Roger Judenne *est né dans une famille d'origine rurale. Son enfance se déroule au contact de la nature et des paysages de la Beauce. Devenu instituteur et secrétaire de mairie, il s'adonne à l'écriture, alternant avec bonheur romans du terroir et romans pour la jeunesse.*

Une vie de dimanche

Du même auteur

Aux éditions De Borée

Classe unique
Drôle de moisson
Et demain le TGV
L'Année du nouveau franc
La Maison d'en face
La Petite Suzanne
Le Silence des rives
Les Bons Jours
Les Terres brunes
Louison la douce

Ce roman est déjà paru sous le titre *Les Braconniers du maréchal* en 1994.

TERRE DE POCHE
45, rue du Clos-Four – 63056 Clermont-Ferrand cedex 2

ROGER JUDENNE

UNE VIE DE DIMANCHE

deBorée
TERRE DE POCHE

I

DIX-SEPT MARS 1943. La gelée blanche frisa sur le coup des 5 heures et demie du matin. Quand le jour se leva, des voiles de brouillard planaient au-dessus des bois. L'humidité se posait sur les branches nues des acacias et accrochait des dentelles blanches aux toiles d'araignées épargnées par les vents de l'hiver.

« Fait fré à matin », grommela Fouine en observant le ciel.

Les bas-rouges de la grande ferme aboyaient à en réveiller tout Marolles. Fouine leva le nez pour flairer le vent et suivit l'allée jusqu'aux cabinets, une cabane en bois au fond du jardin. La porte grinça. Le jour n'était pas encore totalement levé. Il dégrafa sa ceinture, tordit le velours côtelé pour déboutonner sa braguette et baissa son pantalon. Puis, il s'assit sur la planche humide, au-dessus du trou.

« Manquerait plus que les vieux aient vendu les moutons sur pied ! Paraît que des gars de Paris sont passés hier avec un camion », rumina-t-il à voix basse.

Le froid s'empara de sa chair et monta dans ses reins. La grande ferme s'éveillait sur sa gauche. Il percevait distinctement les meuglements des vaches et le claquement des fers des premiers chevaux qu'on attelait. Sur sa droite, les merles sifflaient dans le bois tout proche et il tendit un moment l'oreille pour percevoir les criaillements des premiers faisans en mal d'amour. Tour à tour, il imaginait les bonnes de la ferme allumant les feux pour préparer la soupe des charretiers et le gibier du comte se prenant en grand nombre dans les collets qu'il avait posés la veille.

« Quand la guerre sera finie, il faudra que j'aille le remercier celui-là. Sans ses lapins et ses faisans, je me demande bien ce qu'on boufferait tous les jours. »

Fouine tendit la main vers *La Dépêche d'Eure-et-Loir* accrochée à un clou derrière la porte et en déchira une feuille. Il tourna le bout de papier vers le maigre jour qui filtrait par la porte entrouverte. Il distingua une photo de Pétain. Les grosses lettres des titres appelaient à l'économie et au civisme des Français pour éviter le gaspillage.

« Gaspillage, gaspillage, on voit bien qu'ils ont du travail et pas de gosses à nourrir ! »

Des bruits parvinrent de la maison. Il se pencha. Par la porte ouverte de la cuisine, la lumière éclairait le tas de bois et le bric-à-brac entassé sous la loge. Sa belle-mère secouait une bourrée pour en tirer quelques triques. La bonne femme était grosse, très grosse et marchait avec peine. Quand elle se baissait, sa gorge roulait sous sa blouse de coton gris foncé jusque sur son ventre difforme. À soixante-six ans, elle se déplaçait en impotente. Entre deux respirations courtes, elle sifflait quelques paroles méchantes en tournant son visage vers le fond du jardin pour que son gendre l'entende :

« ... Bon à rien ! Pas même pensé à casser du petit bois pour allumer le feu. On peut crever de froid dans la carrée, il s'en fout... Feignant, oui... »

Léonie ne manquait pas une occasion de blesser son gendre. Tout lui était prétexte à rappeler que sa fille était morte en couches parce que, selon elle, Robert avait engrossé la malheureuse trois fois, coup sur coup, sans lui laisser le temps de se relever. Pierrot était né en janvier, Claude en novembre de la même année et elle était morte à la fin juillet de l'année suivante. Deux ans mariés. Trois grossesses.

De temps en temps, Fouine lui rappelait que c'est elle et la mère Anceaume qui avaient laissé sa femme dans les douleurs pendant plus de trente heures avant d'appeler le médecin. Quand il était arrivé, la malheureuse ne réagissait plus et était déjà à moitié morte. Le docteur avait parlé de jumeaux enchevêtrés à l'intérieur et de fièvre foudroyante. Dans ces moments-là, la vieille se déchaînait et rétorquait par des bordées d'injures à faire rougir un charretier. Elle répétait qu'elle n'aurait jamais dû donner sa fille à un goret de son espèce qui avait la braguette en feu et qui lâchait de la semence en veux-tu en voilà.

« J'aurais dû te châtrer avec un couteau de cuisine dès que j't'ai vu rôder autour d'elle !

— Vous avez été bien contente que je prenne la mère et sa grande, ripostait-il. Après tout, c'est pas moi qui lui ai fait Claire ! »

La vieille se redressa et lança vers le fond du jardin :

« Faut-il que j'te l'apporte sur place pour que tu l'casses ? »

Fouine fit une grimace dans la pénombre. Pour toute réponse, il contracta ses abdominaux. Un pet volumineux éclata.

« J'arrive, j'arrive… »

Quand il sortit de la cabane, le jour perçait les nuages sombres. La vieille rentra dans la maison et le ferraillement du crochet au travers des grilles de la cuisinière traduisit sa rogne. Il gagna la loge, s'empara des brindilles et les coupa en bouts d'une trentaine de centimètres de long en quatre coups de serpe. Au moment où il entrait, Claire s'apprêtait à aller au lait. Elle lui sauta au cou et lui décocha un baiser sonore. Claire avait la joue fraîche. La sève de ses quinze ans éclatait en formes arrondies dans ses épaules, ses seins, ses hanches. Une bien belle fille, Claire.

« Si tu vois le premier charretier, demande-lui donc s'il a pas besoin de moi pendant un jour ou deux », lui dit-il en posant le petit bois sur le coin de la cuisinière.

Claire saisit la laitière. Elle hocha la tête. Une mèche de cheveux fous glissa sur sa nuque.

« C'est ça, pour qu'elle se fasse pognasser par ce grand cochon de fumelier ! bougonna la vieille. Déjà qu'elle tourne traînée comme une Marie-couche-toi-là !

— C'est p't'être qu'elle tiendrait de vous ! » ricana Fouine en adressant un coup d'œil à l'adolescente.

Les flammes grésillaient. La fumée hésitait à emprunter le conduit froid de la cheminée. Léonie poussa les ronds, se retourna et posa ses deux mains noires sur ses hanches grasses :

« C'est ça. J'suis une menteuse. Et l'gamin Anceaume ? Et le jeune berger d'à côté ? Et le p'tit Breton qu'à des yeux rapprochés comme un verrat ? C'est pour les réchauffer qu'elle les emmène dans la paille ? »

Fouine haussa les épaules. Il ne voulait pas commencer la journée par une querelle avec sa belle-mère. Claire était une gentille gamine qui tenait sa place dans la maison et qui s'occupait bien des deux garçons. Le matin, elle travaillait régulièrement chez Ferron et l'après-midi, elle trouvait toujours un peu d'ouvrage à droite ou à gauche. Elle gagnait sa croûte et rapportait une pièce à la maison de temps en temps. À lui ou pas, il s'en moquait pas mal. Robert Caillard aimait les enfants, son Pierrot, Claude, Claire et tous les autres qui le suivaient à l'occasion pour apprendre à poser des collets. Tout le pays savait qu'il était inutile d'essayer de le mettre en colère en lui jetant au visage que sa fille avait été faite sur une botte de paille par un fermier chaud lapin parce qu'il en rigolait et s'en moquait comme de sa première cuite. La vieille avait bien eu ses huit enfants avec cinq hommes différents. Toujours sur la paille à ce qu'on disait, y compris la mère de Claire, qui était pourtant la dernière de la portée. Claire aussi avait été faite sur la paille et sa mère avait tout juste seize ans. Et alors ?

« Pierrot... C'est l'heure, mon Pierrot. Réveille-toi. »

L'enfant était habitué. Il se frotta les yeux, repoussa les couvertures et frissonna en posant ses pieds nus sur le sol. Le matin, il faisait froid dans la maison. Son père lui ébouriffa les cheveux. Pierrot commença à s'habiller.

« Couvre-toi comme il faut. Je vais préparer les musettes. »

Quand le gamin eut avalé un bol de lait chaud qu'on buvait maintenant nature parce qu'il n'y avait plus d'argent dans la maison pour acheter du sucre, le père et le fils sortirent. Le chien était enroulé dans la paille de sa niche. Il ne bougea pas, mais sa queue frappa la planche du fond.

Marolles s'animait. Par la porte de la grande ferme, des hommes, des femmes, des chevaux entraient et sortaient. Les vaches appelaient dans les petites étables. Les gens élevaient tout ce qui se mangeait : un cochon, une vache, des volailles, des lapins… L'Occupation. On disait qu'en ville, à Paris surtout, c'était terrible. Il y avait des queues extraordinaires devant les soupes populaires. Ici, c'est à peine si on utilisait les tickets de rationnement que la mairie distribuait. Pour acheter, il fallait de l'argent. Et, de l'argent, peu de gens en avaient.

« T'as pas oublié le petit sac noir ? demanda le père.

— Non, répondit l'enfant. Je l'ai mis dans la poche de ma blouse.

— T'as pas mal aux pieds ?

— Un peu… C'est rien. Les galoches, faut toujours le temps de s'habituer quand on vient de changer la semelle en bois.

— J'ai fait de mon mieux, sembla s'excuser le père. J'suis pas menuisier, moi… »

Ils traversèrent le pays. Dès qu'ils se trouvèrent à l'abri des bois, ils eurent l'impression que le froid était moins vif. Le père prit la main de l'enfant et lui adressa un sourire. Robert Caillard n'avait que trente-quatre ans, mais la fatigue, les années de misère et de travail, les jours sans viande et parfois sans pain, la peur permanente du lendemain se lisaient sur son visage mal rasé. Pierrot avait le sourire triste des enfants élevés à coups de pommes de terre et de saindoux.

« Ce matin, je vais faire trois moutons chez le père Bailly, à Montainville, confia Fouine. Il m'a dit que des Parisiens devaient venir se ravitailler. Mais, tu gardes ça pour toi, hein.

— J'ai déjà dit quelque chose ?

— Non. Hier soir, j'ai mis des collets dans la Fosse Robert. Il y a eu un peu de lune. Les lapins ont dû sortir. »

Dès qu'ils eurent franchi le chemin de Meigneville, Fouine se mit à épier les sous-bois. Instinctivement, il courbait le dos et s'arrêtait le long des gros troncs de chênes pour écouter.

« Tu crois que les Schleus pourraient être par là ? demanda l'enfant.

— Les Schleus ? Certainement pas, mais le garde, c'est pas impossible. Et puis, il y a les jaloux qui pourraient bien nous dénoncer. Les gendarmes, ils mangent le gibier que j e braconne, mais ils seraient bien obligés de me faire un procès quand même. »

À partir de ce moment, Pierrot imita son père, arrondissant les épaules, posant ses galoches dans les empreintes de ses pas. Les jeunes charmes jetaient leurs branchages jusqu'au-dessus du chemin et leurs feuilles desséchées, qui n'étaient pas encore tombées, émettaient des cliquetis étouffés quand le vent les faisait frissonner. Déjà les chatons des noisetiers éclataient en chenilles vert-jaune.

Brusquement, Fouine posa la main sur le bras de l'enfant pour qu'il s'arrête. Il écouta, flaira comme un chien de chasse et se faufila dans une coulée de ronces. Il s'accroupit et sa main fureta dans les broussailles. Puis un sourire éclaira ses yeux.

« Ouvre ta musette, petit. Y en a un. »

Il plongea la main vers le collet, dénoua le fil de laiton et sortit un lapin aux yeux exorbités par l'étranglement.

« Il est beau, dit Fouine. Tu le donneras au maître d'école. Il est plus savant que nous mais les livres, ça lui sert pas à grand-chose à notre époque. La preuve, il crève de faim !

— C'est bien fait pour lui, risqua Pierrot. Ça vaut pour les torgnoles qu'il nous… »

Il croisa les yeux de son père et n'acheva pas sa phrase. Pour Fouine, le maître d'école avait toujours raison et il valait mieux ne pas avouer qu'on avait ramassé une gifle à l'école si on ne voulait pas en recevoir une autre à la maison. Et puis le maître d'école s'occupait de résistance et savait comment faire pour procurer des faux papiers à ceux qui en avaient besoin. Fouine faisait souvent le coursier à travers le canton pour transporter les fausses cartes en cours d'établissement. C'était un homme bien et arrangeant avec tout le monde.

« Lui, il sait pas faire les collets, continua le père, mais il aide les autres. En plus, il m'a fait avoir un bon pour un pneu de vélo. C'est pas rien, un pneu de vélo. »

Tout en parlant, Fouine avait desserré le nœud coulant. Il examinait le cou du lapin et reconstituait la façon dont il s'était étranglé.

« Tu vois, expliqua-t-il en incitant Pierrot à palper le cou, celui-là, c'était un franc. Il devait courir à toute vitesse quand il s'est foutu la tête dedans. Tu sens ? Il a les vertèbres brisées.

— Tu crois que le garde champêtre nous arrêterait ? »

Fouine ouvrit la bouche pour rire et frappa l'épaule de son fils.

« Le garde champêtre nous arrêter ? Mais non, mon bonhomme. Il fait exactement comme nous. La seule différence, c'est que lui, il a la plaque de "la Loi" et il peut toujours dire qu'il est en train d'arracher les collets posés par les braconniers s'il est pris en train de mettre les siens. »

Pierrot glissa le lapin dans son petit sac de toile et le dissimula sous l'espèce de pelisse taillée dans une capote de soldat qu'il portait depuis l'hiver 40. On ne voyait rien tant le vêtement était ample. Pendant ce temps, Fouine enroulait soigneusement le collet et le rangeait dans la musette qu'il portait en bandoulière du matin au soir. Ils se redressèrent en même temps et repartirent.

Il y avait une sorte de satisfaction dans leur regard. L'astuce, la roublardise, le sentiment d'avoir été plus fort que les Allemands qui interdisaient la chasse, que le garde, que la loi… pour une fois, ils avaient gagné.

Plus loin, ils décrochèrent encore deux lapins et un petit lièvre.

« Le lièvre, c'est pour ton maître aussi. Les deux petits lapins, c'est pour nous. Tu repasses par la maison et tu vas à l'école en vitesse. Cours. Je crois bien que tu vas être en retard.

— En retard… Ah merde, il va certainement me foutre des lignes !

— Débrouille-toi pour rentrer par la petite porte et cache-les dans sa cave avant de rentrer en classe. Te fais pas voir, surtout. »

Le gamin ajusta son sac qui pesait maintenant un bon poids et détala d ans le chemin de toute la vitesse de ses galoches. Son père le regarda s'éloigner vers Marolles. Il l'aimait bien son Pierrot. Pas très fort à l'école, ça non, mais ce n'était pas le plus important. Il savait déjà poser des collets, repérer les passages du gibier. Il distinguait les champignons et se souvenait des endroits où l'on trouvait les morilles, les châtaignes ou les plus grosses noisettes. Il n'y en avait pas deux comme lui pour grimper aux arbres et dénicher les pigeonneaux. Il ne revenait jamais de l'école sans rapporter quelques œufs chapardés dans une maille, des patates glanées au bord d'un champ ou des pommes vertes cueillies le long d'un chemin.

Quand la tache sombre de la pelisse disparut, Fouine tourna le dos et descendit vers Rouvray. Sa boîte à couteaux, son tablier et son vélo étaient chez Pierrette Quillay.

« Trois moutons à tuer, c'est du travail. Plutôt que de l'argent, j'lui demanderai des côtes à Léon. Avec des haricots… »

Il suivit l'allée qui regagnait la route de Bonneval, sortit du bois et marcha sur le bord de la chaussée. L'image du ragoût de mouton aux haricots emplissait sa tête. Du lapin, on en mangeait plusieurs fois par semaine, mais de la vraie viande, dame, c'était si rare !

La ferme de Pierrette Quillay se trouvait au milieu du pays. La lumière était allumée dans l'étable. Pauvre Pierrette, encore une que la chance avait oubliée. On l'avait mariée malgré elle à Quillay quelques années avant la guerre. Pas d'amour. Quillay, c'était un costaud, aussi brutal au lit qu'infatigable au travail, qui ensemençait le ventre de sa femme et fécondait sa terre avec la même rudesse. Exigeant, dur, autoritaire. Le travail, la terre, la moisson. Il y avait eu la guerre, la drôle de guerre. Il avait été mobilisé. Immobilisé. De septembre 39 à mai 40, il avait attendu les Allemands dans les Ardennes. Inutile. Inemployé pendant des mois alors que sa terre attendait ses bras. Il avait usé ses forces à écrire. Pierrette recevait jusqu'à trois lettres par semaine. Pas des lettres d'amour, non, des ordres, des recommandations pour que les champs soient entretenus comme s'il avait été présent. La malheureuse s'épuisait au travail. Et puis il y avait eu l'exode et, juste au retour, l'annonce que Quillay avait été tué, là-bas, à la frontière belge. Mort pour la France. À vingt-neuf ans, Pierrette s'était retrouvée veuve, à la fois soulagée et complètement déboussolée par cette liberté inconnue.

« Bonjour, ma Pierrette...

— Oh ! Robert, tu m'as fait peur ! »

Elle était assise sur un petit tabouret, la joue contre le ventre d'une vache, le seau rempli de lait entre les genoux. Il s'était approché silencieusement par-derrière et lui avait posé un premier baiser sur la nuque. Les mains de Robert glissèrent des épaules de la femme vers ses flancs, son ventre, sa poitrine.

« Robert... Si la voisine venait chercher son lait...

— Et alors, on nous voyait déjà ensemble quand on avait treize ans. Tu te rappelles pas ? »

Il lui murmurait des paroles tendres à l'oreille. Comme quand ils étaient des enfants assis côte à côte à l'école.

« C'était il y a longtemps. Tu sais bien que c'est fini... roucoula-t-elle en fermant les yeux. Arrête... C'est pas raisonnable... »

Mais Robert n'arrêtait pas. Le désir montait dans ses mains.

« Si tu voulais... commença Robert, on...

— Tu sais que c'est pas possible. On n'est plus des gosses.

— Mais moi, je t'aime... »

Pierrette se retourna. Elle lui prit le visage entre ses mains et regarda les deux yeux bleus qui cherchaient désespérément une réponse à sa question. Leurs bouches se rapprochèrent lentement et s'unirent en un long baiser.

« Moi aussi, je t'aime bien, mais tu ne te rends pas compte que les temps ont changé. Il y a les enfants, la ferme... »

Une ride creusa le visage de Robert, affichant une nouvelle fois sa déception. Pierrette ne voulait pas lui faire de peine. Robert, c'était un amour d'enfance, un béguin de jeunesse. Parfois, des idées de tout quitter bourdonnaient dans sa tête. La terre, la ferme, le travail de bête… Au diable ! Mais comment le lui expliquer ? Elle sentit qu'il allait parler. Elle posa à nouveau sa bouche sur la sienne.

« Maman, maman, on trouve pas le sucre. »

L'arrivée de l'enfant produisit une sorte de décharge électrique. Robert se releva brusquement. Pierrette frémit et son buste se tendit. Instinctivement, ses mains retrouvèrent le chemin du pis et reprirent le rythme de la traite. Les jets de lait éclatèrent dans le seau.

« Le sucre… Il n'y en a plus. On n'a pas encore eu les tickets ce mois-ci. »

II

Régine furetait dans une niche à lapins. On ne voyait de la vieille que le dos de sa blouse sombre, ses deux chevilles maigres et les talons de sa paire de sabots.

« Bonjour, la mère », lança René en sautant de son vélo.

La bonne femme ne l'avait pas entendu arriver. Elle arracha son buste de la niche. Chacune de ses mains tenait les oreilles d'un lapin roux qui lançait ses grandes pattes arrière dans tous les sens. Elle se redressa et pivota.

« Il est là, le grand-père », demanda l'arrivant en posant son engin contre le mur.

La vieille pinça les lèvres et marcha vers la grange. Les lapins gigotaient dur. La grande porte de la bâtisse était ouverte à deux vantaux. À l'intérieur, il y avait un petit enclos fermé par une demi-douzaine de claies. Trois moutons attendaient. Elle posa un lapin dans un panier.

« Si c'est encore pour lui rabâcher la même chose ! » grinça-t-elle au moment où elle se retournait.

Sa main libérée saisit la seconde bête par les pattes arrière. En arrivant près de la porte de la grange, elle lâcha les oreilles. Le lapin bascula et se retrouva brusquement tête en bas. Dès qu'il s'immobilisa, Régine lui donna sur la nuque un coup sec et précis du tranchant de la main. Le lapin se raidit et recroquevilla ses petites pattes avant contre sa poitrine. Elle ouvrit le nœud coulant qui pendait à un clou, suspendit l'animal et le laissa se détendre deux ou trois fois. Puis elle prit le couteau à courte lame triangulaire posé sur la table, près du bol qui contenait une cuillerée de vinaigre.

« La même chose, la même chose... T'en as de bonnes, répondit René d'une voix calme. C'est d'importance. »

La vieille immobilisa la tête, glissa la pointe du couteau dans l'orbite et arracha prestement un œil en tournant la lame à l'intérieur de la cavité. Elle reposa l'outil sur la table sans même se retourner et saisit le bol. Le sang coula, rouge vif.

« Dans la cuisine... Il se rase », dit-elle en pointant le menton.

René hésitait.

« Mais vous en avez ben parlé tous les deux. Tu peux sûrement me dire quelque chose. »

La vieille ne répondit pas. Elle tenait la tête du lapin au-dessus du bol pour ne pas perdre une seule goutte de sang tout en tâtant par habitude les reins pour évaluer le prix qu'elle pourrait en tirer. Peut-être quatre-vingts francs. Quatre-vingt-dix...

« Faut voir l'patron. C'est li qu'ça r'garde.

— Bon. Si c'est l'patron qu'ça r'garde ! »

René tourna les talons et marcha vers la cuisine. Régine le suivit du coin de l'œil sans relever franchement la tête. Il s'éloigna, poussa la porte, frotta ses pieds sur le sac en toile de jute jeté par terre en guise de paillasson et entra. Léon avait accroché le miroir à l'espagnolette de la fenêtre. Le col de sa chemise était largement ouvert pour dégager le cou. Ses bretelles pendaient de chaque côté de son pantalon de drap rayé. Il avait relevé sa casquette, ce qui découvrait une bande laiteuse à la naissance du crâne. D'une main, il tenait un pot à savon en faïence. De l'autre, il promenait son blaireau sur son visage, massant et remassant interminablement la peau couverte de mousse. Il ne tourna pas la tête, comme s'il n'avait pas entendu son petit-fils entrer dans la maison.

« Bonjour, le père. C'est-y que t'as à aller à Voves ? avança René en espérant engager la conversation.

— B'jour », grommela-t-il sans ouvrir la bouche.

Le vieux regardait fixement devant lui, essayant de guigner René dans le coin extrême du miroir tout en continuant à se badigeonner longuement le cou. René laissa passer un instant pour voir si le vieux se décidait à parler, mais, comme le silence se prolongeait, il prit un air gai et décida de faire la conversation seul, comme il s'y était préparé.

« Fallait que je vienne à Montainville. Alors, j'me suis dit : "Vas donc leur dire bonjour". Il a gelé un peu à matin. Mais après tout, on peut pas dire que c'est drôle. On n'est qu'au mois de mars. Pas vrai ? »

Léon posa le savon et son blaireau poils en l'air sur le rebord intérieur de la fenêtre. Il ouvrit son rasoir et refit le fil en passant et repassant la lame sur le cuir. Ensuite, il se tourna vers la glace, leva haut la tête et fit remonter le rasoir sur la peau de son cou. Après chaque passage, il déposait la mousse accumulée sur le bord d'une sorte de petit bol en caoutchouc. Il prenait son temps, tirant fortement sur la peau pour la tendre, s'amusant à laisser son petit-fils dans l'embarras d'une conversation qui ne démarrait pas.

« Et puis, je voulais te parler... Enfin, tu sais bien. C'est rapport aux terres à Pierrette. Dame, à ce qu'on dit, elle fricote dur avec ce M. Rémi. Moi, j'ai dans l'idée qu'un jour ou l'autre, elle vendra ses quinze hectares et elle partira à la ville. C'est-y pas ton avis ? »

Léon resta muet. La lame venait de rogner un peu fort et une perle de sang grossissait à la base du menton. Il posa son rasoir, détacha une feuille de papier à cigarette du carnet qu'il préparait toujours avant de se raser, et l'appliqua sur la coupure. Le sang se diffusa immédiatement dans le papier. Puis il reprit son rasoir et poursuivit. René comprit que le vieux avait l'intention de le laisser aller jusqu'au bout. Il voulait l'abaisser, comme les autres fois. Mais René tenait tant aux terres de la cousine Quillay qu'il s'était résolu depuis longtemps à accepter cette humiliation si c'était le prix à payer pour faire céder le vieux.

« C'est le bruit qui court dans le pays. La mère Fouchet l'a vu partir à 6 heures hier matin. Et puis tu sais bien que Pierrette a toujours dit qu'elle n'était pas faite pour la ferme. La terre, les vaches, avant d'être veuve, avant d'être mariée même, elle disait déjà que c'était pas sa vie. Alors, elle va vendre ses terres un jour ou l'autre. Et plutôt que de partir chez un étranger, vaudrait quand même mieux que ça reste dans la famille. Pas vrai ? »

Léon avait terminé. Il prit le gant sur le bord de la cuvette, se rinça le visage, s'essuya et tourna la tête à plusieurs reprises sans détacher son regard du miroir pour vérifier que son rasage était impeccable. Puis il passa les mains dans ses bretelles pendantes et les fit remonter sur ses épaules en relevant les bras d'un geste symétrique. Il baissa ses manches et boutonna sa chemise.

« Est-ce que t'as réfléchi pour me prêter les deux cent mille francs qu'il me faudrait à ce moment-là ? »

Dehors, Régine jetait sans cesse des regards inquiets vers la maison. Elle épiait le dos sec et droit de son homme. La porte était entrouverte, mais, d'ici, on n'entendait rien. Le sang du lapin tarissait. La vieille se retourna pour poser le bol sur la table.

Léon sortit de la cuisine, les épaules osseuses, encore plus anguleuses par le simple fait que ses mains poussaient au fond des poches. René le suivait, très légèrement en arrière, et parlait bas. Le grand-père et le petit-fils avancèrent vers la grange. Régine découpait la fourrure du lapin en un anneau précis autour de la patte prise dans le nœud coulant. Elle appuya plus fortement et trancha la peau à l'intérieur de la cuisse. Puis elle tira d'un geste sec. Le muscle rose-rouge se découvrit d'un coup.

« T'as toujours eu la main pour dépouiller les lapins, lança René, histoire de dire quelque chose.

— Si fallait que j'compte tous ceux que j'ai estourbis ! »

Le vieux gardait les dents serrées. Il s'approcha d'une brebis et lui passa une main sur les gigots.

« L'arrive à quelle heure c't'animal ? demanda Léon à Régine.

— Faut d'abord qu'il r'lève ses collets, pardi ! »

L'autre patte du lapin était maintenant découverte. La vieille tint le manche du couteau entre ses dents de façon à libérer ses deux mains et entraîna la fourrure vers la tête. En un instant, le lapin se retrouva nu.

« Je venais causer avec grand-père, relança René. Tu sais bien, on en a déjà parlé. »

Elle ne disait rien. Léon non plus.

« Enfin, vous pouvez avoir confiance en moi. Cet argent, je vous le rendrai. Au besoin, on ira chez le notaire.

— C'est pas une histoire de confiance, grinça la vieille.

— Alors, c'est encore à cause de cette histoire. »

Régine découpait soigneusement la peau autour de la tête. Les coups d'œil furtifs qu'elle jetait en direction de son homme la rassuraient. Oui, bien sûr, c'était toujours à cause de l'histoire. Enfin, la ferme de Rouvray que René et son père exploitaient maintenant n'était-elle pas la leur ? N'y avaient-ils pas trimé toute leur vie ? Ne la leur avaient-ils pas cédée comme tous parents doivent le faire un jour ? Et qu'est-ce qu'ils avaient eu en retour ? De l'ingratitude. En 40, Lucien, leur propre fils, les avait bel et bien chassés comme des malpropres sous prétexte qu'ils avaient fait de bonnes affaires sur le dos des réfugiés pendant l'exode. Est-ce que ça le regardait ? De la jalousie. Rien que de la jalousie.

Et maintenant, c'était leur argent que René venait leur demander pour agrandir la ferme de Rouvray.

Léon se rapprocha.

« La cousine Pierrette va tout vendre et lever le pied un jour ou l'autre. Ses quinze hectares, vous savez bien que j'en ai besoin. Deux cent mille francs. C'est ça qu'il me faudrait.

— Comme tu y vas, répondit Régine. Faudrait encore qu'on les possède !

— Enfin, grand-père, toi, tu comprends. La guerre va pas durer éternellement. Je suis jeune. Après, il faudra se moderniser, acheter du matériel. Mais pour que ce soit rentable, il faut que la ferme de Rouvray soit plus grande. J'ai des gosses à nourrir.

— T'es même pas sûr que la Pierrette veut vendre, le coupa à nouveau Régine. T'arrêtes pas de nous dire qu'elle va filer en ville, mais t'oublies Fouine. Robert aussi est veuf et il se cache pas pour tourner autour d'elle. Après tout, avant qu'on la marie à Quillay, tout le monde sait qu'ils se sont donné du bon temps tous les deux. D'mande donc à ton grand-père. Il les a surpris dans les mailles plus d'une fois ! »

Les mots de la vieille sifflaient entre les trois dents qui lui restaient sur le devant. René n'osait pas interrompre le flot de ses paroles, mais il sentait bien que la vieille essayait de détourner la conversation.

« Le problème, c'est pas l'argent, c'est pas la terre », laissa enfin tomber Léon.

La vieille s'arrêta aussitôt de dépouiller le lapin et cracha les mots comme du venin en pointant la lame du couteau vers la poitrine de René.

« Te prêter de l'argent à toi ou directement à Lucien, c'est du pareil au même, renchérit-elle. La terre, il en profitera tout autant que toi puisque vous la faites ensemble. Et puis, que je sache, c'est encore lui le patron. Toi, t'es pas grand-chose pour l'instant.

— Oui, mais dans l'avenir ? » tenta de la contrer René.

Il regarda son grand-père. Des rides nombreuses et fines entouraient les yeux du vieux. Par moments, on avait l'impression qu'elles se plissaient légèrement, comme s'il souriait. Lui, le cultivateur dur et respecté pendant plus de quarante ans à Rouvray, chassé par Lucien au retour de l'exode, humilié, gardait dans la gorge le nœud impossible à digérer de l'affront. Léon jouissait en savourant sa vengeance à petits coups. Ce silence agaçait René. Il avait envie de crier que Lucien avait eu raison, que les vieux avaient eu une conduite honteuse en profitant du malheur des réfugiés pour leur vendre n'importe quoi à des prix scandaleux, qu'il approuvait son père quand il critiquait le marché noir qu'ils continuaient à faire en grand depuis le début de la guerre. C'était plus gagner sa vie, c'était un trafic sans nom. Pourtant, René se forçait au calme. Les terres de la cousine Pierrette Quillay, il les voulait si fort !

« Tu ramènes toujours la même histoire, enchaîna René, mais est-ce que j'y suis pour quelque chose ? Moi, quand vous êtes partis, j'étais prisonnier. J'ai rien dit, j'ai rien fait. J'étais pas là. Si vous en avez après le père, allez lui dire.

— Si tu achètes les terres, c'est d'abord lui qui en profitera. Et si tu les achètes avec mes sous, il en rigolera bien, opposa Léon.

— Et pis, à ce qu'on dit, vous avez bien les mêmes idées tous les deux. J't'ai jamais entendu dire le contraire de lui.

— Quand on travaille ensemble... » se défendit mollement René.

Le lapin était dépouillé. Régine retourna la peau et la bourra de paille avant de la pendre à une poutre de la grange pour qu'elle sèche. Léon gardait les mains enfoncées dans ses poches et examinait le lapin nu dont les grandes pattes arrière étaient encore recouvertes de fourrure rousse. La vieille reprit son couteau, poussa du pied une gamelle et fendit d'un coup la mince peau de l'abdomen. Les intestins verdâtres jaillirent et pendirent sur une trentaine de centimètres. Elle saisit le foie et trancha habilement trois ou quatre ligaments. Les boyaux se détachèrent et tombèrent dans la gamelle. Elle retourna le foie entre ses mains. Il y avait quelques petits points blancs, signe d'un début de coccidiose. Elle les ôta de la pointe du couteau, comme elle l'aurait fait des yeux d'une pomme de terre, puis arracha délicatement la poche verte de la bile pour que le liquide amer ne se répande pas. Un peu de coccidiose, c'était pas de la maladie. Et puis pour des Parisiens...

« Pendant des années, mon père a travaillé avec vous deux. Dans la même ferme. Qu'est-ce que je fais aujourd'hui ? La même chose. La même chose que ce que tu as fait avec ton père aussi, toi. C'est pas possible autrement. Si ça tenait qu'à moi, j'demanderais pas mieux que d'être mon propre maître. Mais tu vois un moyen d'me mettre à mon compte en ce moment ? J'suis bien forcé. Alors, c'est pas juste de me l'reprocher. »

Léon le fixa. René eut l'impression de l'avoir touché. Il n'avait jamais eu de mauvais rapports avec son grand-père. Sûr que le vieux admettait qu'un jeune ne peut pas travailler autrement qu'avec son père. Depuis des générations, ils avaient tous fait de cette façon. Il y eut un long silence. Régine coupa le diaphragme du lapin et enleva minutieusement le cœur et les poumons. Les rides des yeux de Léon s'étaient estompées. Il ne semblait plus rire intérieurement. René en profita pour pousser l'avantage.

« Alors, c'est non. Tu préfères qu'elle fasse affaire avec un étranger. Un gros. Un de ceux qui t'en ont fait baver toute ta vie.

— … J'ai pas dit ça non plus », marmonna Léon.

À ce moment, Fouine entra dans la cour de la fermette. Les freins de son vélo couinaient comme un rat pris au piège. Il passa une jambe au-dessus de la selle et continua de rouler jusqu'au bord du mur de la grange, un pied sur la pédale.

III

Le train quittait Paris. Irène se forçait à regarder vers l'extérieur. Les maisons grises défilaient lentement. De temps en temps, le regard plongeait dans l'enfilade d'une rue et l'on apercevait furtivement une ribambelle de vélos tirant de petites remorques chargées de matériels de chantier ou de sacs de bois. Les roues des wagons ferraillaient fréquemment sur les aiguillages et les passagers étaient secoués comme dans une mauvaise charrette sur un chemin plein d'ornières. La locomotive siffla longuement et sa respiration sourde de bête haletante gronda soudain en entrant dans un tunnel. La fumée et la vapeur se mélangèrent. Une forte odeur de charbon envahit le compartiment avant même que le train n'ait franchi la centaine de mètres d'obscurité. La lumière grise d'un jour d'hiver réapparut à la sortie. Le train accéléra.

Irène appuya ses épaules contre le dossier. Ouf ! L'angoisse qui la tenaillait depuis la gare d'Austerlitz s'estompa légèrement. Elle jeta un bref coup d'œil aux autres passagers : un vieux couple, une femme au chapeau surmonté d'une poignée de cerises artificielles, un ouvrier en bleu de travail, une autre femme aux jambes nues tenant une lourde valise sur ses genoux et puis, près du couloir, faisant mine de lire un journal, Philippe. Son Philippe. Elle détourna le regard. Il ne fallait absolument pas qu'on s'aperçoive qu'ils se connaissaient. Question de sécurité. Mais, malgré leurs regards absents, elle le sentait proche, comme si, à chaque instant il lui murmurait : « Tu vois, j'avais raison. Livrer un poste émetteur anglais en plein Paris, ce n'est pas si difficile. Aie confiance en moi. Rassure-toi. Je t'aime. »

Des pavillons apparurent, avec des jardinets entièrement bêchés parce qu'on les avait tous transformés en potagers depuis trois ans. Des rangs dégarnis de poireaux et des carrés de têtes de choux remplaçaient les minuscules pelouses. La guerre. Le train passa Ivry, Vitry, longea brièvement la Seine avant d'atteindre Choisy, ralentit aux abords de Villeneuve-le-Roi et s'élança ensuite. Au loin, sur les collines, les taches sombres des premières forêts apparurent sur fond de brume. Philippe tourna une page de son journal. Elle résista au besoin de jeter un coup d'œil dans sa direction.

Irène l'avait rencontré pendant l'exode, à Blois, dans les décombres d'une rue bombardée. Il s'échappait vers le sud, sûr que le combat allait s'organiser, plus loin. Il parlait anglais et allemand aussi couramment que français. Elle était partie avec lui. Coup de foudre. Coup de jeunesse. Il était si beau. Elle en était tellement amoureuse, elle, la petite paysanne de Rouvray qui sentait depuis toujours qu'une vie autre que celle des Bailly l'attendait. Ils étaient partis vers le sud. L'Espagne. Puis le Portugal parce que la guardia civil de Franco contrôlait sévèrement les mouvements des étrangers. Puis le Maroc. Sur un cargo surchargé par des centaines de réfugiés de tous âges, de toutes nationalités, de toutes conditions, ils avaient navigué dans des conditions épouvantables pendant quatorze jours avant d'atteindre un port anglais sous les mitraillages de la Luftwaffe. Philippe avait immédiatement négocié un petit travail pour eux deux dans les cuisines d'un collège privé. Ils travaillaient du matin au soir en échange d'une chambre sans chauffage et d'une nourriture à laquelle elle ne pouvait pas s'habituer. Le chef cuistot la rabrouait sans cesse parce qu'elle ne comprenait pas un mot d'anglais. Mais cela importait peu. Il y avait Philippe, les longues nuits d'amour blottis l'un contre l'autre, les paroles tendres, les caresses qui se poursuivaient pendant leur sommeil et les réveils fabuleux quand leurs yeux s'ouvraient dans le regard de l'autre.

Rapidement, il y avait eu les contacts avec les Forces Françaises en cours d'organisation à Londres. Sept semaines après avoir posé le pied sur le sol anglais, elle s'était retrouvée sous un uniforme de l'armée britannique. Elle avait tout appris en même temps : l'anglais, le métier d'infirmière, la conduite des ambulances, les nuits sans sommeil sous les bombardements, la solitude des premières séparations quand Philippe partait s'entraîner dans des camps militaires d'Écosse ou du pays de Galles. Plus tard, elle avait découvert la véritable angoisse quand il participait à des missions plus dangereuses. À partir de juillet 1942, on le parachuta à plusieurs reprises au-dessus de la France. Il parlait parfaitement allemand. C'était si précieux. Irène restait sans nouvelles pendant quelques jours, ou quelques semaines. Tout dépendait des conditions qui lui permettaient de rentrer en Angleterre.

« Il y a un courant d'air froid dans ce wagon. Tu ne sens pas l'air ? » demanda la femme âgée.

Elle resserra l'écharpe que son mari portait autour du cou et ferma soigneusement le col du pardessus. Le vieux monsieur portait un chapeau enfoncé jusqu'aux oreilles. Sous son manteau, on devinait plusieurs épaisseurs de pulls et de gilets et, quand il bougeait les bras, on le sentait engoncé et mal à l'aise.

« Non, répondit-il d'une voix fatiguée, je n'ai pas trop froid.

— J'espère que Madeleine viendra nous chercher. On ne pourra pas porter les deux valises.

— Non, on ne pourra pas... Il faut marcher au moins un kilomètre et demi avant d'arriver chez elle.

— Rien que la marche... »

Le train longeait la Seine. Quelques péniches remontaient en direction de Paris. De l'autre côté du fleuve, il y avait maintenant des champs. Des champs, comme à Rouvray. Souvent, Irène repensait à la ferme familiale. Qu'étaient devenus ses parents ? Aucune nouvelle d'eux depuis trois ans. Sans en envoyer non plus. Comment l'aurait-elle pu ? D'Angleterre, ce n'était pas possible et, depuis qu'elle était revenue en France, elle circulait sous un faux nom, avec de faux papiers. La consigne était claire : aucun contact qui puisse mettre en péril les missions, les réseaux ou la vie des uns et des autres en jeu. À commencer par sa propre vie et celle de Philippe. Des soupçons, c'était à coup sûr l'arrestation, l'accusation d'être des terroristes, la condamnation. L'Allemagne, peut-être. On disait tant de choses sur la cruauté des Allemands. Alors, elle n'avait jamais envoyé le moindre petit mot.

La nostalgie s'empara d'elle. Elle se mit à revivre son enfance sur les bancs de l'école communale. Elle se souvenait de ses copines, de sa famille, des crises de fou rire pendant que le vieux curé essayait de leur apprendre le catéchisme. Elle se rappelait aussi Lucien, et les multiples accrochages qui avaient émaillé sa vie d'adolescente. Sans doute ne s'était-il pas toujours montré très patient et n'avait-il pas essayé de comprendre que sa fille pouvait aspirer à une autre vie que celle des cultivateurs, mais elle reconnaissait qu'elle l'avait souvent provoqué. L'absence de son père lui pesait plus que les autres. Quand donc finirait cette guerre ? Quand les reverrait-elle tous ?

Le train ralentit. On approchait d'une ville. La locomotive lâcha un énorme paquet de vapeur où le train s'engouffra comme dans un nuage de brouillard. Puis les crissements des freins emplirent la petite gare de gémissements du fer. Les uniformes verts de soldats allemands alignés tous les dix mètres de chaque côté de la voie apparurent. Le train ralentissait.

« Mais aucun arrêt n'est prévu avant Orléans, commenta la vieille dame.

— Il y a peut-être des travaux sur les voies », supposa l'homme en écho.

La femme aux jambes nues serrait sa valise. Irène se sentit très inquiète. Elle jeta un regard furtif à Philippe qui restait parfaitement calme. Il avait simplement baissé la feuille de son journal de quelques centimètres et regardait en direction des soldats, évaluant probablement l'importance de la présence allemande. Le train s'immobilisa. Des hommes en manteaux de cuir et brassards rouge et noir sortirent de la gare et se répartirent le long du train pour monter dans les wagons.

« Un contrôle de police va être effectué, annonça le haut-parleur. Les voyageurs sont invités à préparer leurs papiers d'identité. Il est interdit de descendre du train. »

L'avis retentit une seconde fois. Le cœur d'Irène se mit à battre très fort. Elle blanchit. On entendit des portières claquer. Philippe sortit son portefeuille et prépara sa carte d'identité. Il regarda Irène et elle crut percevoir un bref sourire. Il était serein. Leurs faux papiers étaient en tous points semblables aux vrais. Ils avaient été fabriqués en Angleterre et il était impossible de déceler la moindre anomalie sur un simple coup d'œil.

« C'est ennuyeux, dit la vieille dame. Nous allons prendre du retard. Madeleine va attendre.

— À moins qu'elle ne croie que le train a été supprimé », renchérit son mari, brusquement angoissé à la pensée de faire le chemin en portant la valise.

Le silence précéda le contrôle. Attente lourde. Deux hommes en noir passèrent dans le couloir et contrôlèrent les voyageurs d'à côté. On entendit quelques paroles, puis ils entrèrent dans le compartiment.

« Contrôle de police. Vos papiers, s'il vous plaît. »

Celui qui parlait avait le visage rougeaud des gens qui mangent de la viande tous les jours. Il s'avança entre les passagers, tendit la main vers Irène et saisit la carte d'identité. Il l'ouvrit, observa rapidement le visage de la jeune femme et la lui rendit sans un mot. Puis il s'occupa de l'ouvrier. Son acolyte avait déjà fini de contrôler les deux vieux. Irène se rassura un peu. Ce n'était pas très sévère.

« Où allez-vous ? demanda subitement le premier à la femme aux jambes nues.

— À Étampes, répondit-elle, très pâle.

— Ouvrez ça, ordonna-t-il.

— L'ouvrir... » répéta-t-elle machinalement.

L'homme saisit la valise par la poignée, la redressa et fit jouer les deux serrures. Deux cliquetis résonnèrent. Il leva le couvercle. À l'intérieur, il y avait du linge soigneusement rangé, des langes et des couches en quantité. Il plongea la main et tâta. Il arracha brusquement des chemises d'enfants et découvrit des saucissons, une dizaine peut-être. Il saisit les ficelles et en souleva plusieurs en même temps qu'une brassière.

« C'est pour les bébés, sans doute ? ironisa-t-il.

— Mais... Je vais chez ma sœur... bredouilla la malheureuse. Elle a cinq enfants et son mari est prisonnier... Je l'aide un peu... »

Il reposa le tout dans la valise et la referma.

« Marché noir. Descendez.

— Monsieur, s'il vous plaît... » implora-t-elle, en larmes.

L'autre homme venait de s'emparer de la carte de Philippe. Il prenait son temps. Un temps infini pour Irène. Il se montrait soupçonneux.

« Votre nom ? demanda-t-il en campant son regard dans celui du jeune homme.

— Martineau, André Martineau, répondit Philippe, très calme.

— Profession ?

— Employé d'assurances. »

Dès que son collègue eut poussé la femme aux saucissons dans le couloir, il lui montra la carte d'identité et y promena son doigt pour signaler quelque chose. Irène crut défaillir. Elle fit un immense effort pour tourner son visage vers l'extérieur. Des civils descendaient du train et les soldats les regroupaient devant la gare. À part un gros homme en canadienne et béret portant deux énormes valises, tous les hommes qui descendaient étaient jeunes.

« Vous êtes de la classe 42. Vous êtes soumis au service du travail obligatoire. Vous devriez être en Allemagne en ce moment, commenta le rougeaud.

— Je suis requis sur place, affirma sereinement Philippe.

— Descendez. Nous allons vérifier.

— La compagnie d'assurances qui m'emploie est... »

À ce moment, sur le quai, un homme se mit à courir. On entendit ses chaussures claquer sur le sol, puis un « Halte ! » puissant qui paralysa tous les voyageurs. Les regards franchirent la vitre et suivirent la course folle et désespérée. Le fuyard sauta entre deux wagons et traversa la voie en direction d'une petite clôture qui séparait la gare de la rue. Les deux contrôleurs bondirent dans le couloir. Plusieurs « Halte ! » retentirent à nouveau, puis deux coups de feu éclatèrent. L'homme porta les mains à ses reins, se cabra, trébucha et alla s'écrouler à genoux dans une haie de troènes.

Il y eut une seconde d'effroi, puis des cris jaillirent et le brouhaha envahit le train. La confusion régna quelques instants. Philippe se pressa contre Irène, lui serra les mains à lui briser les doigts et lui glissa avant de rejoindre sa place :

« Ne bouge pas. S.T.O. réfractaire, je ne risque pas grand-chose. »

Des soldats couraient. Ils retournèrent l'inconnu en le poussant de leur botte. Un officier accourut et cria quelques ordres en allemand. Ils saisirent le corps par les bras et les jambes et le transportèrent près de la gare. Les deux hommes en noir revinrent et l'un d'eux empoigna Philippe.

« Un terroriste en moins ! » commenta le second dans le couloir.

Irène étouffait. Une terreur infinie l'avait envahie. Ce corps d'homme allongé à même le quai, Philippe emmené par la police, cet officier allemand le pistolet à la main… Ce n'était pas possible. C'était un cauchemar.

« Le pauvre garçon… s'attrista la vieille dame.

— Il n'avait peut-être pas de papiers en règle », ajouta le mari.

Philippe apparut sur le quai. Un soldat le réceptionna avec la crosse de son fusil et le poussa vers le groupe d'hommes. Puis il recula de quelques pas et rejoignit les autres. Philippe était immobile, mais son visage parut plus pâle à Irène. Il regardait en direction de la fenêtre derrière laquelle elle se trouvait, l'implorant silencieusement de ne pas bouger, de ne pas faire un geste qui puisse trahir sa clandestinité.

« Ne bouge pas. S.T.O. réfractaire, je ne risque pas grand-chose. Ne bouge pas. Ne bouge pas… »

Ses dernières paroles résonnaient comme un marteau de forge dans sa tête. Elle posa la main sur la vitre. Des larmes coulaient malgré elle sur ses joues décolorées. Le monde s'écroulait. Qu'allait-il arriver ? La guerre. À Londres, elle avait vu maintes fois des blessés, des gens écrasés par l'effondrement des maisons soufflées par les bombes, mais c'était autre chose. Là, il y avait un homme qui gisait sur le sol, abattu par un officier allemand et, à quelques mètres, il y avait Philippe, menacé par l'œil noir du canon des fusils.

La femme aux jambes nues rejoignit le groupe. Instinctivement, peut-être parce qu'elle était assise près de lui dans le compartiment, elle se plaça aux côtés de Philippe.

À ce moment, un employé des chemins de fer siffla. La locomotive répondit par deux coups brefs, inonda le quai de vapeur et fit patiner ses roues sur le fer des rails.

Le train repartait.

IV

« AH, BEN C'EST PAS TROP TÔT, persifla la vieille dès que Fouine eut rangé son vélo contre le mur. Heureusement que Léon a tout préparé.

— Ils seront faits, ils seront faits, la mère. Vous inquiétez pas », répliqua Fouine.

Il dénoua la ficelle et détacha la boîte à couteaux fixée sur le porte-bagages. À l'intérieur de la grange, les trois moutons attendaient en bêlant.

De toute façon, y a pas de lumière là-dedans. J'me d'mande bien c'que j'aurais pu potrasser dans le noir, essaya-t-il de se justifier.

— T'avais ben assez de jour pour relever les collets, j'suis sûre ! Prépare donc tout ton fourbi au lieu de discuter. »

L'arrivée de Fouine coupait la conversation de Léon et de René, ce qui semblait contrarier très fort le petit-fils. René prit le bras de son grand-père et essaya de l'entraîner un peu plus loin, à l'abri des oreilles de ce foutu Fouine, mais cette arrivée offrait au bonhomme un bon moyen de ne pas donner de réponse. René sentit qu'il était inutile d'insister.

« Bon, ben on en reparlera un autre jour, dit-il. En attendant, tu peux toujours réfléchir.

— C'est ça. On en reparlera », grommela le vieux avant de revenir vers la grange avec une fourche.

René sauta sur son vélo et sortit de la cour. Fouine ouvrit sa boîte et rangea soigneusement son matériel sur la table au bois blanchi par les fréquents lavages. Il prit son fusil et entreprit de refaire le fil de ses couteaux.

« Vous savez, la mère, dit-il au milieu du cliquetis produit par la lame, pour mon travail, plutôt que des sous, c'est un peu de viande qu'il m'faudrait. Dame, quand on a des gosses… »

La vieille avait estourbi le second lapin et le dépouillait à toute vitesse. Elle était contrariée parce que ce grand traîne-misère avait interrompu la conversation avec René et qu'elle n'avait pas eu le temps de vider la poche de fiel qu'elle avait à la place du cœur. De plus, elle avait perdu du temps.

« Faudrait peut-être commencer par faire l'ouvrage avant de demander la paie !

— On y va, on y va… »

Fouine écarta les claies et cueillit les deux pattes arrière d'une vieille brebis. Il lui souleva l'arrière-train et la poussa vers l'extérieur tout en refermant l'enclos d'un coup de genou. La bête, contrainte d'avancer sur les deux pattes avant, bêlait d'affolement. Il la conduisit au bord d'une sorte de table formée par une claie posée sur deux tréteaux. Il l'empoigna à pleine laine avec un « han » d'effort, la souleva et la déposa sur le côté. Puis il lui ficela les pattes aux barreaux. Léon avait piqué une botte de paille et ressortait, la fourche sur l'épaule.

« Récupère tout le sang et mets-le dans le bidon vide. Il l'emmène aussi », commanda-t-il.

La réponse de la vieille l'avait contrarié. Ce rappel à l'ABC du métier l'irrita davantage :

« Comme d'habitude… » contra-t-il à mi-voix.

Fouine se plaça derrière la bête. Sa main gauche maintint la mâchoire. La droite tâta le cou, repéra un endroit précis et enfonça énergiquement le couteau, d'un coup. La lame trancha la gorge. Au même moment, sa main gauche tira la tête vers l'arrière tandis que le genou appuyait sur la nuque. Les vertèbres craquèrent comme une trique sèche. Le flot rouge résonna dans le fond du seau posé en dessous. La tête pendit comme une loque dès qu'il la lâcha. En attendant que la bête se vide de son sang, Fouine ouvrit la mâchoire et examina les dents. Même les incisives latérales étaient usées. Les dents du centre étaient presque déchaussées. C'était une vieille brebis, huit ou neuf ans probablement. Léon s'approcha et passa une main sur les gigots.

« C'est pas de l'agneau, mais pour des Parisiens, ça fera bien l'affaire ! ironisa Fouine.

— On te demande quelque chose ? » riposta immédiatement Régine.

Le sang se frayait un chemin au travers de la laine grasse et sale du cou et se faufilait jusqu'à la pointe de la tête pendante. Fouine dénoua les ficelles en attendant la fin de la saignée, puis il coucha l'animal pantelant sur le dos. Il frotta un couteau très court contre le fusil et se pencha au-dessus de la table d'abattage. Il fendit le cuir à l'intérieur des quatre pattes et sur le ventre, puis il glissa le manche de son couteau entre cuir et chair en appuyant fortement pour les séparer. Le cuir était sec et la viande racornie. C'était dur.

« Est-ce que vous avez semé du poireau ? demanda-t-il tout en continuant à tapoter l'intérieur du cuir.

— ... Fait encore froid, répondit Régine en couchant son second lapin dans un torchon. Faut attendre.

— À propos de poireaux, reprit Léon, si tu lambines pas trop avec les moutons, tu m'en arracheras une cinquantaine.

— Oui... »

Le ventre nu, flasque et gras de la brebis apparaissait petit à petit. Fouine dégageait les gigots, quand une voiture entra dans la cour. Régine se pencha vers l'extérieur.

« Il est pas en retard ! C'est pas prêt.

— On lui avait dit sur le coup de midi », ajouta Léon.

Lui, c'était M. Rémi. Il se disait grossiste à Chartres. Il avait un entrepôt dans l'arrière-cour d'une maison située dans le quartier Saint-Chéron, derrière le cimetière.

« Le docteur a repris une carriole parce qu'il peut pas avoir d'essence, constata Fouine, mais lui, il a ce qu'il faut pour rouler... »

La voiture s'arrêta. M. Rémi descendit. Il portait un costume gris sous un ample manteau non boutonné et fumait un petit cigare. Il avança vers Léon, la main tendue, arborant le large sourire du voyageur de commerce qui a une fin de stock invendable à liquider :

« Mon cher Bailly, comment allez-vous ? »

Léon, sa fourchée de paille sur l'épaule, se laissa secouer la main tout en le regardant de côté. Depuis deux ans, ils faisaient de très bonnes affaires tous les deux, mais Léon restait toujours sur ses gardes et se méfiait de ce Parisien installé à Chartres pour la circonstance. Entre eux, il n'y avait qu'un seul point commun : l'argent facile, le marché noir dont ils s'interdisaient implicitement tous les deux de prononcer le nom. L'arrivant jeta un coup d'œil aux abattages en cours.

« C'est qu'on n'est pas prêts, dit Régine.

— Ne vous inquiétez pas, je passais, c'est tout. Je reviendrai chercher la marchandise après manger. Entre deux, il faut que j'aille à Rouvray et à Villarceaux. »

Le Parisien fit trois pas à l'intérieur de la grange et s'arrêta quand ses chaussures de ville piétinèrent la paille sèche. Il désigna l'enclos où deux moutons attendaient le sacrifice.

« Justement, sourit-il, je suis venu de bonne heure pour vous demander de m'en mettre un peu plus. Puisque vous avez trois moutons, je vous les prends tous les trois. Ça va bien m'arranger. On crève de faim à Paris.

— On s'était mis d'accord sur deux, le coupa Léon.

— On avait dit deux parce que vous m'aviez dit que vous n'en aviez que deux. Mais puisque vous en avez trois, je prends les trois.

— Le troisième, c'est pas possible. C'est pour nous. »

M. Rémi mit les mains dans les poches de son manteau et parla en les bougeant, comme il le faisait quand elles étaient à l'air libre. Le manteau s'ouvrit et se referma au rythme de ses paroles. Son sourire devint rictus forcé.

« Je vois. Vous voulez faire monter les prix. Bailly, c'est pas prudent de devenir de plus en plus gourmand. En ce moment, le kilo d'agneau vaut soixante-trois francs au cours officiel. Je vous prends la vieille quétine à cent francs et vous trouvez que c'est pas encore assez. Voyons, Bailly… »

Fouine avait dégagé les tendons des jarrets arrière et le mouton était maintenant suspendu à un crochet horizontal fixé au poteau central de la grange. Le ventre était totalement nu. La viande chaude fumait en dégageant une odeur de suif aigre. La pointe de son couteau montait et descendait le long de la colonne vertébrale, courant à ras des chairs, tranchant avec précision les membranes blanches qui retenaient le cuir dans le dos. Rapidement, la toison tomba sur le sol en un paquet mou qu'il poussa du pied.

« Les Parisiens demandent de la viande, mais ils sont pas les seuls. Le troisième, on en a besoin ici.

— La moitié… l'arrière… marchanda M. Rémi.

— C'est ça, les gigots et les reins, accourut Régine pour soutenir son homme. Et pis les côtes et le gras du collier pour nous autres !

— Bon, alors on le fend en longueur si vous préférez. »

Les vieux ne répondaient pas. M. Rémi avait l'habitude. Il savait qu'ils calculaient le moyen de tirer le maximum de cette troisième carcasse. Il laissa le temps passer. Les deux vieux échangèrent un regard complice et Régine répondit :

« On le fendra en deux, mais c'est bien pour vous obliger. »

M. Rémi cracha le mégot de son cigare vers l'extérieur, puis il sortit les mains de ses poches, les joignit et les agita au rythme de ses paroles.

« Si vous saviez comment c'est à Paris ! Les gens n'ont rien. Si on ne comptait que sur le service de ravitaillement de la préfecture, les gosses grandiraient pas beaucoup. Par ici, vous vous rendez pas compte. Ah, heureusement qu'il y a encore des gens comme moi pour les approvisionner, des gens qui n'ont pas peur de prendre de gros risques. »

Léon sortit de la grange, jeta la botte de paille à l'entrée de l'étable et revint. Ce discours l'agaçait. M. Rémi faisait du marché noir en grand. Il n'y avait aucune volonté d'aider les gens là-dedans. Il gagnait beaucoup d'argent, le montrait et s'assurait des appuis partout à grands coups de billets de mille francs. Le vieux ne put s'empêcher de faire semblant de s'étonner :

« Heureusement que vous avez de la chance parce qu'avec tous ces contrôles sur les routes… »

L'autre comprit qu'il ne devait pas en rajouter. Il finassa :

« Faut connaître des combines, et les bonnes routes. »

Fouine redonna quelques coups de fusil à son couteau avant de fendre la peau de l'abdomen. Les intestins glissèrent mollement à l'extérieur, verdâtres, luisants, huileux. Il les fit tomber dans un baquet. Plus tard, il récupérerait la panse, le feuillet, la caillette, les boyaux. Avant guerre, personne n'aurait mangé les tripes d'une vieille quétine, mais aujourd'hui... Le foie était boursouflé et violacé.

« Il faudrait aussi me donner des œufs, des patates, des haricots, du beurre. Enfin, je suis preneur de tout ce que vous pouvez me vendre. Il m'en faut beaucoup. »

Régine reluquait souvent en direction de Fouine. Elle n'aimait pas parler de ces choses-là devant lui. Quelques canons sur le comptoir du bistrot, un petit coup dans l'aile et il racontait tout ce qu'il avait entendu. Elle sentit qu'il tendait l'oreille. Quand il releva la tête, elle le fusilla du regard, d'un air de dire : « Est-ce que ça te regarde ? » Puis, comme l'autre ne baissait pas les yeux : « Si tu racontes quelque chose, c'est pas demain que tu viendras faire une journée ici ! »

« Et du cochon ? Quand est-ce que vous faites un ou deux cochons ? » insistait M. Rémi.

Elle coupa court à la conversation.

« Bon, ben revenez à midi. On verra ce qu'on peut faire. »

L'autre comprit enfin que la présence de Fouine gênait les vieux, s'interrompit et leva la main en signe d'accord.

« Vous avez raison. On bavarde, on bavarde et le temps passe. Je vais à Rouvray. Si vous ne me voyez pas avant 2 ou 3 heures de l'après-midi, ne vous inquiétez pas. Il est possible que je sois retenu. »

Il sortit de la grange et se dirigea vers sa voiture en prenant grand soin de ne pas poser les pieds dans les flaques de purin.

« Oubliez pas les cervelles, lança-t-il en ouvrant la portière. C'est bon pour les enfants, les cervelles. »

Il mit le moteur en route et alluma un nouveau petit cigare avant de démarrer. Les pneus écrasèrent des bouses de vaches. Régine regarda la voiture quitter la ferme, fortement contrariée parce que cette conversation avait eu un témoin. Fouine s'activait, baissait la tête pour ne pas avoir l'air de s'être mêlé malgré lui d'une conversation qui ne le regardait pas, mais elle crut déceler une sorte de sourire dans le plissement de quelques rides autour de la bouche. Elle éprouva le besoin de le rabaisser :

« J'me d'mande bien quel genre de ravitaillement il a à faire à Rouvray ? »

À Rouvray, c'était chez Pierrette Quillay qu'il risquait d'être retenu. Pas seulement pour lui acheter des patates ou des haricots. Il arrivait à Pierrette de fermer les volets de sa chambre en plein midi. Léon comprit l'allusion, tourna la tête et ébaucha un sourire narquois :

« T'as ben vu qu'il est à la r'cherche de gigots… » répondit-il en appuyant fortement sur le mot « gigots » pour y glisser un sous-entendu plein de vulgarité.

Fouine serra les dents. Que pouvait-il répondre ? Il se baissa, attrapa la mâchoire à pleine main et trancha la tête de la brebis d'un geste sec.

V

DANS LE MILIEU de l'après-midi, M. Rémi prit livraison de ses deux moutons et demi, de lapins, de volailles, d'un panier plein d'œufs, de haricots et de quelques sacs de vieilles patates. Il marchanda un bon moment avant de sortir de son manteau un portefeuille gonflé. Il étala, un à un, une poignée de billets neufs sur la table de la cuisine en observant les yeux brillants de la vieille.

« Vous au moins, vous travaillez pas pour rien ! » lança-t-il pendant que Régine recomptait.

Il avait cependant un large sourire, parce qu'il savait que, même payé à prix d'or, tout ce ravitaillement lui procurerait un bénéfice confortable à l'arrivée.

« Je repasserai au début de la semaine prochaine. Trouvez-moi du beurre, des patates et du cochon. Ça manque aux Parisiens, la charcuterie. »

Une fois parti, Régine mit des morceaux de mouton dans des cabas et un grand panier. Elle enfila les premiers dans le guidon de son vélo, fixa le second sur le porte-bagages et prit la direction de Voves.

Malgré son âge et sa silhouette sèche, elle pédalait avec force et les deux kilomètres entre Montainville et Rouvray furent rapidement franchis. Elle s'arrêta au croisement et repartit lentement.

La ferme de Lucien n'était pas loin. Rien. La cour était vide. Seul le cabot montait la garde à l'entrée. Il se lança vers elle, la gueule en avant, mais il la reconnut et n'aboya pas. Tout était comme de leur temps : la porte de l'étable ouverte avec les bidons vides dehors, l'écurie, les volailles sur le gros tas de fumier, le grand abreuvoir pour les chevaux, la chaise basse où la femme de Lucien cousait, en haut des quatre marches, sur le perron.

Elle appuya sur les pédales pour ne pas perdre l'équilibre. Plus loin, dans la cour de sa ferme, Pierrette poussait une brouette de foin. L'occasion était belle. Elle mit pied à terre.

« C'est-y que t'as des bêtes en pude ? » dit-elle en guise de bonjour.

Pierrette laissa tomber la brouette sur ses pattes et se redressa en se frottant le dos.

« C'est pour m'avancer. Dame, quand on est toute seule. »

La vieille appuya la selle du vélo contre sa cuisse.

« Sûr que c'est pas drôle quand on se r'trouve veuve si jeune avec des enfants à élever. Une ferme, c'est une charge. Tu devrais prendre quelqu'un.

— Et le payer avec quoi ? J'ai déjà bien du mal à vivre avec mes deux gosses.

— Tu finiras bien par trouver une solution. Et pis, à t'entendre depuis toute petite, t'es pas tellement faite pour la culture.

— Pour sûr que non, lâcha Pierrette dans un cri du cœur. Mais en ce moment…

— Oui, c'est pas facile de trouver à vendre. L'argent court pas les routes à c't'heure. »

Pierrette avait des yeux qui ressemblaient à ceux d'une chatte au retour de dix jours de maraude. Régine se dit que la gaillarde venait de faire l'amour. Avec M. Rémi, pardi. Ah, elle cachait bien son jeu, la veuve ! La malice se faufila dans ses veines et le désir de la mettre dans l'embarras s'empara de la vieille.

« Enfin, de l'argent, il y en a qu'en ont. Regarde, M. Rémi... Tu sais, M. Rémi ? Mais j'suis bête, il vient assez souvent chez toi pour que tu soyes au courant. »

Pierrette avait tourné les yeux et relevait de grosses mèches de foin qui menaçaient de tomber. Régine poursuivit :

« C'est ce que les gens disent, du moins... une belle voiture, de s beaux habits... C'est un bel homme ! »

Pierrette se sentit attaquée et fit face, le visage dur :

« Y en a d'autres qui ont de l'argent, et pas toujours de l'argent bien propre. Mais vous en connaissez sans doute. Ça aussi, y a des gens qui le disent, alors vous devez bien être au courant. »

Elle reprit les poignées de sa brouette et partit en direction de l'étable. Régine haussa les épaules et tourna le guidon de son vélo.

« Si tes draps pouvaient parler, ma garce ! »

À Voves, Régine avait ses clients, ses habitudes, ses entrées et sa manière de s'assurer le silence de ses acheteurs.

« Vous vous rappelez l'année dernière à Voise, eh bien ils ont eu une amende de cinq cents francs, ceux qu'ont tué un mouton sans le déclarer. Aujourd'hui, ce serait le double et autant pour ceux qui achètent la viande ! »

Selon Léon, plus les prix montaient, plus le silence était assuré. La trouille restait chez ceux qui mangeaient la viande, pas chez ceux qui la vendaient. Régine effectua de discrètes livraisons dans une demi-douzaine de maisons. À chaque fois, les billets tombaient dans sa poche et elle en éprouvait une grande jouissance.

Quand elle eut terminé, elle se trouvait près du pont, à l'entrée de la route de Chartres. Elle prit à gauche et passa devant la gare. Une locomotive fumait derrière le bâtiment. Le train devait être là depuis plusieurs minutes, parce que les voyageurs qui en étaient descendus étaient déjà rendus au niveau de l'école. Seule, une femme, la valise à la main, restait immobile, indécise. Quand on descend d'un train, on sait où on va, et cette femme-là ne paraissait pas savoir dans quelle direction avancer. Quand Régine arriva à sa hauteur, la jeune femme tourna la tête et sursauta.

« Grand-mère !

— Irène... »

La vieille sauta des pédales, racla la route des deux pieds à la fois pour freiner et s'arrêta en sautillant. Elle braqua vivement le guidon du vélo.

« Ben, si je m'attendais ! »

Irène avait les yeux rouges et le visage décomposé. La dernière fois qu'elle l'avait vue, c'était au moment du départ en exode. Lucien avait chargé la grande gerbière, avait grimpé toutes ses femmes dedans et avait pris la route de Bonneval. Irène était assise à l'arrière, le dos à la marche, les jambes pendantes à travers la herse. C'était la dernière image qu'elle avait de sa petite-fille : une grande adolescente au regard puissant et au caractère affirmé qui tenait tête à son père.

« On t'a pas vue depuis si longtemps. T'as changé. Oh oui, t'as drôlement changé. »

Irène se taisait. La vieille observait ce visage douloureux. À n'en pas douter, il venait de se passer quelque chose de grave. Le bruit avait couru que la fille de Lucien s'était envolée avec un « Monsieur » rencontré pendant l'exode, qu'elle était partie en zone libre et qu'elle ne pouvait pas revenir à Rouvray parce qu'il était étranger. La femme de René avait raconté un jour qu'il parlait allemand. Régine s'était imaginé qu'il était belge, ou hollandais. Peut-être un juif. Plus tard, on avait dit qu'ils avaient été tués tous les deux sous des bombardements et que c'est pour ça que les Bailly n'avaient jamais eu la moindre nouvelle.

« Tu vas pas rester là. Donne-moi ta valise, on va l'attacher sur le vélo. »

La vieille attrapa la poignée. Ce n'était pas bien lourd. Que du petit linge, sans doute. Peu de bagages, des larmes et un silence à couper au couteau... Il y avait du drame dans l'air. Une séparation d'amants déchirés, la guerre, un accident... Allez savoir.

« Viens. Un peu de marche va te réchauffer. T'as froid. C'est donc pas chauffé dans les trains ?

— Non », répondit Irène en se passant le dos de la main sur le visage.

Grand-mère et petite-fille descendirent la rue jusqu'au monument aux morts. Régine tenait son vélo par le guidon et avançait au milieu de la chaussée. Elle gardait la tête tournée vers Irène qui avait enfoncé les mains dans ses poches et avançait, tête droite, regard lointain. Elle avait perdu ses joues rondes. En trois ans, les traits de son visage s'étaient affinés. Elle était fraîche et la douloureuse tristesse qui l'envahissait en ce moment transformait cette fraîcheur en beauté, une beauté triste, semblable à celle d'une polonaise aux yeux clairs et au visage mélancolique.

« T'as dû faire un grand voyage pour être r'frédie comme tu l'es. Tu viens d'où, comme ça ? »

Irène ignorait que son père et les vieux s'étaient brouillés. Pour elle, rien n'avait bougé au pays. Tous les Bailly habitaient ensemble à Rouvray, son père gueulait contre le Front populaire et René était prisonnier, comme tous les soldats de la drôle de guerre. Elle ne se méfiait donc pas et ne se rendit pas compte que, habilement, sa grand-mère essayait de lui soutirer des confidences. Et puis, elle était tellement déboussolée par ce qui venait d'arriver qu'elle dérivait sur sa peine immense comme un naufragé accroché à une épave. Dans sa tête, il n'y avait qu'un visage, qu'un nom, qu'un désir, qu'une seule pensée : Philippe. Cependant, l'habitude de la clandestinité, la prudence acquise par l'entraînement, l'étrange sentiment de ne pas pouvoir être comprise, la possession jalouse de son secret de femme la maintinrent réticente et discrète.

« J'ai pris le train à Houdan...

— Houdan. C'est-y que t'aurais passé trois ans si près sans donner de nouvelles ?

— Non... J'étais... Je viens de plus loin.

— Tu travaillais sans doute ?

— Oui. J'ai fait pas mal de choses...

— Trois ans, c'est long et c'est court. Mais quand on est jeune, on est vaillant. »

Elles tournèrent à droite devant l'école et prirent la route de Bonneval. En quelques minutes, elles dépassèrent la dernière maison et marchèrent dans la plaine. Des tombereaux rentraient sur Voves chargés de bois. Elles franchirent le passage à niveau, puis Sazeray. À la sortie du dernier virage, les bois de Reverseaux barrèrent l'horizon.

« On t'attend peut-être pas à Rouvray ? demanda la vieille.

— Non. Ils ne savent rien.

— Ah... T'as eu de l'imprévu ? »

Le hameau était maintenant derrière elles. Il n'y avait que les champs, les bois noirs au loin, le vent. L'immense détresse conte nue brisa soudain la poche qui la maintenait muette depuis le matin. Irène éclata en sanglots.

« Ma petite, ma petite... »

Régine coucha son vélo dans l'herbe du bas-côté. Irène plongea son visage dans le cou de sa grand-mère tout en lui pressant les avant-bras. La digue qui contenait l'inondation de sa douleur se brisa brutalement. Elle pleura sans retenue. Régine, d'ordinaire si dure au malheur des autres, sentit sa gorge se serrer. Elle lui tapota le dos pour tenter de la consoler.

« C'est-y qu'il t'aurait quittée ? avança-t-elle.

— Il a été arrêté. Dans le train, ce matin.

— Tu vivais avec un homme. C'est donc pour ça que t'es pas r'venue à Rouvray depuis trois ans ?

— Oui. Ils l'ont fait descendre du train et ils l'ont remis aux Allemands.

— Et pourquoi qu'ils l'ont arrêté ?

— … »

Les images de Philippe, pâle, mais se forçant au sourire, debout sur le quai, la valise à la main au milieu des autres, la hantaient depuis des heures. Et puis, toujours, elle voyait le corps désarticulé de l'homme abattu. Ce corps sans vie, n'était-ce pas celui de Philippe ? N'allait-il pas essayer de fuir, lui aussi ? Les balles d'un Luger n'allaient-elles pas le faucher en pleine course de la même façon que l'autre homme ? Il y avait tant d'interrogations au milieu de sa peine. Où l'emmenait-on ? Qu'allait-il lui arriver ? Quand le reverrait-elle ? Quand sa bouche mordrait-elle encore ses lèvres ? Elle se sentait prise d'envie de courir à travers champs pour le rejoindre, de crier, de se jeter à terre pour hurler son désespoir.

« On n'arrête pas les gens pour rien », dit Régine sans conviction.

Irène ne répondit pas. La grand-mère n'eut pas le courage d'insister. Elle lui releva le visage et essuya les joues baignées de pleurs.

« Si c'est une erreur, ils le relâcheront très vite. T'inquiète pas. C'est sans doute moins grave que tu l'imagines. »

Elle se détacha de sa petite-fille et reprit son vélo. La valise glissa de biais, mais elle ne la redressa pas.

« Il vaudrait mieux marcher. Tu vas avoir froid. »

Elles repartirent. Il y avait des flaques sur la route. Irène portait de mauvaises chaussures, des chaussures comme on en vendait en ville qui prirent très rapidement l'eau. Leur marche ne fut plus accompagnée que par les « floc-floc » des pas. Elles se taisaient toutes les deux. La petite-fille était étranglée par l'angoisse. La grand-mère était émue par le spectacle d'un grand amour. Le grand amour, c'était un monde qui lui était tellement étranger ! Elle n'avait pas l'habitude. Elle se tut et cessa de poser les questions qui la démangeaient.

Elles dépassèrent le moulin, la tourelle de la Garenne, les prés autour des premières fermes. À l'entrée du pays, la mère Anceaume sortait du cimetière. Comme avant. Le village de son enfance l'accueillit. Au fur et à mesure qu'elle avançait dans la grande rue, Irène retrouvait une sensation de sécurité qu'elle n'avait pas éprouvée depuis bien longtemps. Des détails, des petits riens : la bande d'herbe piétinée entre la chaussée et les maisons, la pancarte « Primagaz » à la porte du charron, le lierre sur le Pavillon, les rideaux à petits carreaux aux fenêtres des instituteurs, les enfants dans la cour de l'école, la pompe où elle se balançait autrefois.

Rien n'était changé. Ici, la guerre n'était pas passée et elle, qui avait vécu les bombardements de Londres, les maisons éventrées, les incendies en pleine nuit et les rues trouées par des cratères immenses, s'apaisa un peu à la vue de ces bâtisses aux murs de bauge intacts.

Et puis elles arrivèrent devant la ferme des Bailly. Même le chien était là, avec sa chaîne qui renversait sa gamelle d'eau quand il sortait de la niche. Régine s'arrêta une cinquantaine de mètres avant le portail.

« Faut que je te dise, on n'habite plus avec eux. Nous, on reste à Montainville à l'heure qu'il est. Tiens, prends ta valise. »

Irène ne réagit pas. Régine crut qu'elle n'avait pas entendu, alors, pour bien se faire comprendre, elle ajouta :

« Ton père nous a foutus à la porte ! »

À ce moment, le rideau de la cuisine se souleva et la face ronde de Lucien s'encadra derrière la vitre. Le visage de la vieille retrouva immédiatement sa dureté et elle lui jeta un regard de fer.

VI

IRÈNE FRANCHIT LE PORTAIL de la ferme. À ce moment, Lucien ouvrit la porte de la cuisine et se pétrifia en haut des marches du perron. Il était en chemise, ce qui découvrait la ceinture de flanelle mal enroulée autour de son ventre. Le crochet de fer qui remplaçait sa main perdue au cours de la Grande Guerre tremblait un peu. Irène s'immobilisa, plus grande, plus mince, plus femme qu'autrefois. Ils se regardèrent silencieusement. Puis, brusquement, tout bascula dans une émotion sans nom :

« Ma fille ! »

Lucien dégringola les marches. Irène lâcha son bagage et courut, les bras en avant. Le chien s'élança, aboya, s'étrangla quand la chaîne stoppa net sa course en plein élan. Des volailles s'effarouchèrent.

« Oh, ma fille, te voilà ! J'me suis fait tant de mauvais sang depuis trois ans ! Ma petite. »

Lucien la serrait dans ses bras, embrassait ses cheveux, la maintenait contre lui pour être sûr qu'il ne pressait pas un rêve. Ses mains, ses jambes, son corps tout entier tremblaient. Elle, elle se laissait bercer comme une enfant qui a peur de s'endormir dans le noir. L'épaule de son père était douce, chaude et sa chemise de coton était imprégnée de l'odeur de la terre et des bêtes. D'un coup, elle retrouvait la sécurité de son enfance.

« Je suis si content ! Je suis si content, répétait Lucien. J'ai cru que tu ne reviendrais plus jamais. J'avais peur que tu sois restée sous les bombardements. »

Sa main et son crochet remontèrent jusqu'aux épaules et il repoussa doucement sa fille pour pouvoir la regarder. Irène releva son regard. Les yeux du père étaient brouillés et des larmes coulaient sur ses joues de paysan. C'était la première fois qu'elle voyait des pleurs couler sur le visage de son père.

« Mon Dieu, comme tu as changé ! Pour sûr que t'étais pas faite pour rester dans la culture. Que je suis heureux que tu sois revenue. J'ai eu tellement peur pendant trois ans ! »

Dans le train, Irène s'était demandé comment il allait l'accueillir. Son enfance et plus encore son adolescence avaient été une lutte incessante contre ce père qu'elle trouvait dur et vieux jeu, qui racontait sans cesse ses histoires de tranchées et qui trouvait à redire tous les jours sur le Front populaire, Blum, les congés payés et les assurances sociales. Et puis là, en quelques secondes, avec sa main, avec sa bouche, avec ses larmes, il venait de prononcer d'un coup tous les mots qu'elle avait toujours attendus et qui n'étaient jamais venus. Elle en éprouva un grand réconfort.

« Toi aussi, tu m'as beaucoup manqué. J'ai si souvent pensé à toi ! » dit-elle.

Il la serra encore une fois contre lui, comme pour vérifier que sa fille rebelle et rétive était bien là.

« Entre vite. C'est ta mère qui va être contente. La pauvre, elle a tant pleuré. »

Lucien passa son crochet dans la poignée de la valise et garda sa main valide fermée sur le bras de sa fille. Ils entrèrent dans la cuisine. Par habitude, il frotta ses pieds sur le sac. La maison était vide. Le rata du soir mijotait dans la cocotte en fonte noire posée sur le coin de la cuisinière. Par le couvercle entrouvert, s'échappait un peu de vapeur chargée du parfum de pommes de terre et du cochon rissolant lentement dans le saindoux. Dans le coin, la comtoise égrenait son tic-tac à petits coups endormis et feutrés. Les deux chats, pelotonnés sur les bûches contre le côté de la cuisinière, ronronnaient en dormant. Ici non plus, rien n'avait changé

« Je crois qu'elle range du linge », dit Lucien en se torchant le visage d'un coup de manche de chemise.

Il ouvrit la porte d'une chambre et appela :

« Marthe. Marthe... »

On entendit grincer la porte centrale de l'armoire à glace. Marthe arriva, quelques torchons pliés à la main. En voyant sa fille, elle blanchit très fort, sa bouche trembla et elle fondit immédiatement en larmes. Irène se jeta à son cou, l'embrassa, la serra. La mère gardait ses torchons dans les mains, sans penser à les poser.

« Ah, si on m'avait dit, si on m'avait dit », répétait Lucien en caressant l'épaule de sa fille tandis que la mère lui déversait toutes les larmes de son corps dans le cou.

Lucien courut chercher René, Nicole, le petit Philippe. Tout le monde se retrouva dans la pièce. Aux larmes et aux instants de grande émotion succédèrent des torrents de questions. On voulut savoir où elle était et ce qu'elle avait fait pendant ces trois années, pourquoi elle n'avait pas donné de nouvelles, pourquoi elle revenait, comment elle avait vécu. Irène se trouva submergée et elle répondait par bribes. Elle parlait surtout de Philippe, de l'arrestation du matin, de l'homme abattu dans la gare, de l'angoisse qui la tenaillait.

« Mais alors, t'es mariée ! laissa échapper Marthe au milieu des explications.

— Non…

— En Angleterre ! répétait Lucien avec admiration.

— Il parle allemand, il saura s'expliquer, rassurait Nicole.

— Les Allemands, à ce qu'on dit, c'est surtout pour le marché noir qu'ils arrêtent. Pour une histoire de S.T.O… reprenait René.

— Mais, s'ils apprennent… » essayait de riposter Irène.

Personne ne l'écoutait vraiment. Son rapide récit avait excité leur imagination et chacun restait accroché à certaines paroles comme des brins de paille aux branches épineuses d'un buisson un jour de grand vent. Marthe voulait des détails sur Philippe et la façon dont ils vivaient tous les deux. René, qui prétendait connaître les Allemands parce qu'ils l'avaient fait prisonnier en 40, minimisait le danger d'une arrestation à laquelle il ne comprenait pas grand-chose. Nicole compatissait et Lucien qui, autrefois, trouvait toujours qu'elle ne se donnait pas à fond à l'école, ne tarissait pas d'admiration pour sa fille retrouvée :

« Tu te rends compte, disait-il à Marthe en lui secouant le bras pour maintenir son attention, elle parle anglais ! C'est pas rien de parler anglais ! »

Et tout de suite, il enchaînait sans être écouté, parlant fort pour dominer le brouhaha :

« Infirmière !

— Et elle sait conduire des ambulances ! »

Quant au petit Philippe, du haut de ses trois ans, il balbutiait les deux mots dont sa mère lui avait rebattu les oreilles depuis sa naissance en tirant la robe de sa tante :

« Tata I-iène, Tata I-iène… »

La nuit tomba lentement, si lentement que personne n'éprouva le besoin d'allumer la lumière. Le rata collait au fond de la cocotte et personne ne pensait à prendre la cuillère en bois pour le remuer, malgré l'odeur des patates attachées qui aigrissait l'air de la pièce. Personne ne s'apercevait du temps qui passait. On fut tout surpris, vers les 7 heures, d'entendre les meuglements d'impatience des vaches et le claquement des fers du cheval sur le sol empierré de la cour. Chacun leva la tête et respira un coup de silence comme s'il venait d'émerger après de longues minutes passées sous l'eau.

« Mais on est bêtes, s'écria Marthe. Tu dois avoir faim. Quelle heure il est ?

— Et les vaches ? s'inquiéta Nicole.

— Nom de Dieu ! bondit René. Tambour est toujours attelé dans les limons du tombereau ! »

Irène quitta ses chaussures gorgées d'eau. Elle avait les pieds de la couleur du fromage blanc sortant de la faisselle. Le paquet familial éclata et chacun s'agita avec la frénésie des fourmis au premier coup de tonnerre. Des portes claquèrent, des seaux tintèrent. Marthe rudoya les ronds de la cuisinière, tisonna bruyamment, chargea le foyer de deux ou trois rondins de charme et tourna la clé fixée sur le tuyau du poêle pour activer le tirage.

« Va me chercher des œufs, commandait-elle à son mari. Le rata est bon pour les cochons !

— Installe-toi, recommandait Lucien à Irène sans entendre sa femme. Tu trouveras tout comme avant. Le lit est fait et le linge est rangé dans l'armoire. Ta mère a ouvert les volets tous les jours. Dame, elle t'attendait d'une heure à l'autre... »

Irène alla poser sa valise dans la chambre. Dès qu'elle se retrouva seule, une immense fatigue l'envahit et elle se laissa tomber sur le lit. Mélange douloureux de joie, d'angoisse, de trouble dans sa tête et d'abattement devant une situation à laquelle elle ne s'était pas préparée. Elle se sentit à bout de forces. Ses yeux grand ouverts sur le plafond suivaient le méandre des fissures. Vide. Elle se sentait vide et incapable de réfléchir. Trop d'émotions l'avaient triturée depuis le matin. Elle était tiraillée par des sentiments contraires, aurait voulu être tout à la fois seule et loin de sa famille pour ne vivre qu'avec l'image de Philippe et éprouvait un immense soulagement à retrouver la sécurité auprès des siens. Elle voulait être seule. Elle voulait être entourée, rassurée... Elle ne savait plus tant son malheur était grand.

Dans la ferme, il y avait deux logements séparés l'un de l'autre par la laiterie. Chez les Bailly, on avait toujours vu vivre un ménage de jeunes et un ménage de vieux. René et Nicole dînèrent chez eux. Irène se retrouva en tête-à-tête avec ses parents. Les larmes des premières émotions se dissipèrent. Bien sûr, Lucien parsemait toujours la conversation de : « En Angleterre ! En passant par l'Espagne, le Portugal, le Maroc ! », de « Alors comme ça, t'es infirmière ! » et de « Conduire des camions, si jeune ! », mais, en bon paysan, il ne perdait pas contact avec la réalité. Avant d'avoir terminé l'omelette aux pommes de terre que Marthe avait préparée en remplacement du rata brûlé, l'émotion de la première heure céda la place au bon sens, son visage s'assombrit quelque peu et il s'inquiéta :

« De Gaulle... Vous travaillez pour De Gaulle ? Mais alors, c'est pas pour une histoire de S.T.O. qu'il a été arrêté ?

— Si, expliqua à nouveau Irène. C'est parce que la carte d'identité qu'il a présentée indiquait qu'il était né en 1922. Tous les hommes de la classe 42 doivent aller travailler en Allemagne. »

Marthe ne comprenait pas bien.

« Et il est pas de 22 ?

— Si, il est de 1922, mais c'était pas sa vraie date de naissance. La carte est fausse.

— Alors, le nom sur la carte, c'est pas non plus son vrai nom ?

— Non... »

Lucien, lui, comprenait parfaitement que sa fille et ce Philippe s'étaient mis dans de sales draps. Il pointa les dents de sa fourchette sur la toile cirée et essaya de piquer une miette de pain.

« S'ils découvrent le pot aux roses, les Allemands vont le prendre pour un communiste ou un terroriste... enfin, je veux dire... un résistant. »

Irène devint songeuse : « résistant », « terroriste », « communiste », la frontière était donc si floue ici pour que son propre père hésite entre les mots ?

« Je ne comprends pas, avouait Marthe en levant de grands yeux ronds vers sa fille. Tu ne vis quand même pas en ménage avec un terroriste ?

— Maman... »

Irène retint ses larmes, mais sa gorge se noua. « Philippe, Philippe » martelait une voix à l'intérieur de sa tête. La mère sentit la peine et se tut.

« Et toi, ta carte, elle est vraie ou elle est fausse ? » interrogea Lucien.

La jeune femme se leva et fouilla dans la poche intérieure de son manteau qui séchait sur un dossier de chaise, devant la cuisinière. Elle en tira une pochette humide qu'elle ouvrit en faisant claquer la pression. Un rectangle de cartonnette beige de la taille d'un paquet de gauloises apparut. Elle posa la carte sur la table, à côté de l'assiette de son père. Lucien se pencha.

« Antoinette Marcellin... née le 22 juillet 1923... Mais qu'est-ce que c'est que ce fourbi ? »

Irène reprit sa place et expliqua calmement. L'attention tendait les traits du visage de Marthe. Il suffisait de la regarder pour voir combien cette situation nouvelle lui paraissait irréelle. Les faux papiers, les arrestations, la milice, la résistance, ça pouvait donc arriver jusqu'à Rouvray ?

« Je n'ai ni vraie carte d'identité, ni vraie carte d'alimentation, ni tickets venant d'une mairie. Rien. Je n'ai aucun papier en règle. »

Lucien retourna les morceaux de papier entre ses gros doigts aux ongles épais et cassés.

« Tous ces papiers sont des faux fabriqués en Angleterre, poursuivit Irène. Ils nous ont été donnés avant notre départ. Ils sont parfaitement imités, mais, évidemment, les noms ne figurent dans aucun fichier de préfecture. En cas de contrôle poussé…

— Pourtant, on jurerait qu'elle est vraie, cette carte.

— Ne cherche pas, si elle sortait de la préfecture de Chartres, elle ne paraîtrait pas plus vraie.

— Elle a pas été volée, au moins ? insista Lucien, sceptique.

— Mais non, Papa. »

Marthe n'en revenait pas. À Paris, peut-être, mais ici, à Rouvray, chez elle, comment des choses pareilles pouvaient-elles arriver ?

Le repas s'acheva. La mère entassa les assiettes sales dans une cuvette en émail constellée d'éclats sombres provoqués par les chocs de quelques années d'utilisation. Lucien annonça qu'il allait dans la bergerie parce que des brebis étaient sur le point de mettre bas et qu'il voulait voir si tout allait bien pour la nuit. Il attrapa sa veste de velours côtelé, enfila d'abord son bras mutilé au bout duquel brillait le crochet, puis se contorsionna habilement pour passer l'autre. Juste avant de sortir, il vissa sa casquette sur son crâne et glissa les chaussons de feutre noir qu'il portait aux pieds dans les sabots rangés sur le sac-paillasson.

« Je viens avec toi, dit Irène. Il y a si longtemps que je n'ai pas vu les bêtes. »

La cour était sombre. On ne distinguait que les masses noires des bâtiments.

« René est déjà couché ? s'étonna Irène. On ne voit pas de lumière chez lui.

— Nicole a fait un gros rideau qu'elle tire dès que les volets sont fermés. Pour les avions. La mairie a dit que c'est obligatoire. »

Les quelques heures vécues dans le calme de la ferme de son enfance l'avaient éloignée de la guerre. Elle fut surprise d'avoir posé une question aussi saugrenue.

« Bien sûr… Comme en ville… »

Ils entrèrent dans la bergerie et refermèrent la porte avant d'allumer la lumière. Une lueur pisseuse filtra au travers du verre couvert de poussière de l'unique ampoule électrique. Les moutons détalèrent et s'entassèrent dans le coin le plus éloigné, la tête tournée vers les arrivants. Autant pour expliquer à sa fille que pour se faire reconnaître des bêtes, Lucien parla d'une voix forte :

« Les mères sont à part. Si les petits naissent dans la nuit, je ne veux pas qu'ils soient piétinés par les autres. »

Ils s'arrêtèrent au bord des claies qui séparaient les brebis. Elles étaient debout, inquiètes, sauf une qui avait un ventre énorme et qui restait couchée sur le côté, la tête pesante, le souffle court, les yeux inquiets.

« Si c'est pas pour cette nuit, c'est pour demain dans la matinée », estima Lucien.

Le troupeau n'était pas sorti depuis plusieurs mois et la couche de litière atteignait une épaisseur d'au moins vingt-cinq centimètres. C'était moelleux sous les pieds. L'odeur particulière du fumier de mouton montait du sol comme une buée épaisse.

En trois ans, elle avait oublié cette aigreur à la fois piquante et sucrée qui agressait son nez. Pendant toute son enfance, elle n'y avait prêté aucune attention et, maintenant, elle en prenait conscience, comme d'une chose précieuse subitement retrouvée. Lucien regarda les brebis une à une, puis il se retourna vers sa fille.

« Ta mère s'inquiète pour un rien. À table, j'ai pas voulu discuter. »

Il baissa la voix :

« Maintenant qu'on est que tous les deux, tu peux parler franchement : c'est bien pour faire de la résistance que Philippe est rentré en France ?

— Oui.

— C'est bien ce que je pensais. Et toi ?

— Les Anglais voulaient que je reste à Londres. Mais je ne peux pas vivre sans lui. Tu comprends ? »

Lucien baissa les yeux. Les choses de l'amour, c'est pas fait pour en parler. Il se sentit mal à l'aise et, pourtant, il éprouva un bonheur nouveau à entendre sa propre fille lui livrer ses confidences. Il ajusta machinalement sa casquette pour se donner une contenance et répondit sourdement :

« Oui...

— J'ai tellement peur de ce qui vient d'arriver, continua-t-elle en laissant à nouveau perler des larmes.

— Ne pleure pas. Une fois le contrôle terminé, ils le relâcheront. »

Relâcher Philippe... Mais il ne savait même pas où la retrouver ! Comment pourrait-il deviner qu'elle était rentrée à Rouvray ? Une impulsion jaillit en elle et la poussa à rejoindre immédiatement la ville. Mais où aller ?

« À Rouvray, je suis revenue d'instinct, sans réfléchir. Philippe ne sait même pas où je suis. S'il est libre, il… »

Irène parla longuement de son Philippe, de ce qu'ils avaient fait ensemble depuis trois ans. Et toujours le mot amour revenait dans sa bouche. Lucien se taisait et buvait avec un infini bonheur les confidences de sa fille. Tous leurs désaccords anciens étaient effacés. Ils se comprenaient enfin. Parfaitement. Au bout d'une heure, Marthe vint s'inquiéter de ce qu'ils faisaient.

« En attendant, conclut Lucien, tu n'as pas de papiers en règle. Il va falloir commencer par ça et j'ai l'impression que ça va être une autre paire de manches. »

VII

Le père « P'tit-coup » était assis avec trois autres vieux dans un angle du bistrot et faisait une chaloupée. Quand c'était à lui de jouer, il frappait du poing et ne lâchait sa carte que lorsqu'il avait l'impression d'avoir assommé celles de ses partenaires.

« C'est core pour moué ! gueulait-il à chaque tour.

— Nom de Dieu ! jurait immédiatement son partenaire pour lui faire écho et montrer sa joie.

— Ah ! Vos gueules, les vieux, coupait le patron, sinon j'vous r'tire l'jeu d'cartes. »

À la table qui se trouvait entre les deux fenêtres, quatre autres bonhommiaux jouaient à la manille coinchée. Mais le bruit du cul de leurs verres reposés bruyamment revenait plus souvent que la frappe de leurs phalanges qui coinchaient.

« Nom de Dieu de saloperie de radine ! éructait Fouine accoudé au comptoir entre deux gorgées de pinard. Ah, la vieille filoute ! Alors, elle m'dit : “Pisque tu préfères de la viande à d'l'argent, t'as qu'à prendre deux têtes.” Moi, que j'lui réponds, “J'ai tué trois moutons, ce s'rait pu juste que j'aie les trois têtes." Mais la vieille, tu la connais : grippe-sous comme c'est pas possible. Elle a rien voulu savoir. »

Le patron sortit son tabac et roula une cigarette entre ses gros doigts en ayant soin de faire tomber le surplus dans la blague pour ne rien perdre. Les patates et le pinard, on n'en manquait pas à Rouvray. Le tabac, si. Le sourire au bord du mégot, Ferron et quelques autres cultivateurs écoutaient Fouine en sirotant un verre de Touraine rapporté par le marchand de vins en gros qui se débrouillait toujours pour approvisionner le bistrot. Assis aux autres tables, goguenards et les yeux brillants, des journaliers suivaient la discussion.

« Eh, dit Fouine en agitant son verre vide en direction du patron, tu m'écoutes au moins ?

— Mais ça fait une heure que tu nous les casses avec tes deux têtes de mouton. On l'sait à c't'heure que la vieille avait retiré les langues.

— Ah la bourrique ! Tiens, si elle avait quarante ans de moins, le Léon, j'le f'rais cocu ! J'me paierais sur la bête, ça lui apprendrait.

— Il est peut-être pas trop tard, conseilla le patron. Si ça s'trouve, le Léon, il préférerait peut-être te donner une saillie sur sa bonne femme plutôt que deux têtes de mouton. Dame, ça lui f'rait faire des économies.

— Tu parles d'une emmancherie que ça f'rait ! » commenta Fouine en agitant la main comme s'il venait de se donner un coup de marteau sur les doigts.

Tout le monde rigola et des paroles inaudibles parcoururent le bistrot. Le patron saliva un grand coup et lécha copieusement le bord du papier. La cigarette était difforme et filiforme comme une crotte de chat maigre. Il se la colla au bord des lèvres, sortit la bouteille de dessous le comptoir et versa un nouveau ballon.

« Paie-moi donc tout de suite, dit-il. Tu m'en dois déjà cinq. »

Fouine se baissa et approcha ses lèvres du verre plein à ras bord pour ne pas avoir à répondre. Des sous, il n'en avait pas. Il aspira bruyamment mais, malgré cette précaution, il en renversa un peu.

« Et c'est comme ça que Léonie t'a encore engueulé, le relança Lachaume, un petit qui ne labourait droit que lorsqu'il s'endormait sur les manchons du brabant et que ses chevaux allaient librement leur chemin.

— Engueulé… L'autre grosse vache m'a traité de tous les noms. Elle m'a dit qu'elle allait faire un ragoût avec les yeux des moutons, mais que, comme ça f'rait pas assez, elle mettrait mes roustons avec. Et pis c'est reparti avec… »

Les hommes guettaient les paroles de Fouine. Le malheur et la misère, dans la bouche de Fouine, cela prenait des proportions extraordinaires. Il braillait en levant le verre, illustrait ses explications à grands renforts de moulinets du bras. Fouine, c'était un conteur. Il prenait son temps, ajoutait des détails, faisait durer le plaisir. Au passage, il disait souvent tout haut ce que les autres ne se permettaient pas de dire en public. Quand la cuite montait comme aujourd'hui, surtout. Le patron versait canon sur canon et, quand il ouvrait la bouche pour demander ses sous, Ferron, Lachaume et les autres lui faisaient signe de se taire. Pendant une heure ou deux, tout le monde oubliait l'occupation, les tracasseries du service du ravitaillement qui demandait toujours plus, le manque d'argent, les tickets. Les vieux parlaient fort au milieu de la fumée. Le poêle ronflait et il faisait chaud.

« Y avait quand même les cervelles ! Et pis, si on n'a pas de mouton, on a toujours les lapins du Comte. J'lui en baiserai un ou deux de plus. Mais du lapin, la belle-doche me serine les oreilles qu'elle peut même plus les faire cuire tellement que ça pue. C'est-y de ma faute si les morciaux de barbaque courent pas dans "La Petite Contrée" ?

— Ah, mon pauvre Robert, feignit de le plaindre Lachaume pour l'entraîner sur le terrain de la grivoiserie, heureusement qu'on a la cuisse ! »

L'œil de Fouine pétilla. Le vin faisait toujours briller ses yeux. Il posa son verre sur le comptoir, s'écarta un peu et prit un air goguenard :

« Alors là, j'te rejoins. Viens me donner la main, camarade. On voit bien que toi non plus t'es pas d'la race qui se la colle sur l'oreille comme une cigarette et qui la garde au frais pour la fumer à la fin du mois. Les roustons en chaleur du premier janvier au 31 décembre. »

Il se tourna légèrement et mit la main sur l'épaule de Ferron.

« Pas vrai, Ferron qu'on est chauds comme des lapins ? »

Ferron gardait toujours le même sourire silencieux et rigolait de toutes les plaisanteries qu'on lui décochait sans jamais répondre. En douze ans de mariage, sa femme n'avait pas été capable de lui faire un héritier. En plus d'être stérile, on la disait frigide comme une planche de merisier. Les piliers de comptoir qui prétendaient tous être des défonceurs de matelas le chambraient sans cesse sur ses tournois conjugaux et ses exploits dans la paille. Certains disaient qu'il préférait caresser le magot de ses beaux-parents parce que c'était plus doux que le ventre de sa moitié, mais d'autres ricanaient en affirmant que le feu qui couvait dans la braguette de Ferron allumait bien souvent des incendies dans les jupes des femmes des moqueurs pendant qu'ils rigolaient au bistrot.

« Paraît qu'avec ton couteau, tu fais une encoche sur ton bois de lit à chaque fois qu'tu lui fais une p'tite gâterie à ta bergère ? » interrogea Fouine le plus sérieusement du monde.

Lachaume glissa dans l'oreille de son voisin que Fouine commençait à être fin plein et qu'il allait encore bardauler.

« On va s'fendre la pipe ! »

Les vieux s'arrêtèrent de jouer et tendirent l'oreille. Seul « P'tit-coup » et son partenaire continuaient à gueuler des « C'est core pour moué ! » et des « Nom de Dieu ! » de contentement.

Le bistrotier se cassa en deux et appuya ses coudes sur le comptoir. Le cercle se resserra un peu. Silence.

« Une gâterie ? Tu sais ben, un p'tit plaisir. Alors, ton bois de lit, il est-y ridé comme le cul de la mère Bailly ou il est-y lisse comme la croupe d'une pouliche ? »

Ferron rit comme les autres sans ajouter la moindre réponse, ce qui laissa Fouine désarmé.

Il fallait à tout prix relancer la discussion sur une autre personne.

« Paraît que le premier charretier de Marolles était en forme l'autre jour. Raconte-nous donc, reprit Lachaume.

— Alors là, les gars, c'est du solide. V'là-t-y pas que j'vais dans le grenier qu'est au-dessus de l'étable pour empoucher du blé. Je monte à l'échelle, j'passe la tête par la trappe et qu'est-ce que j'entends ? Les deux bonnes femmes de Villars qui viennent faire le rata à la ferme et l'autre fumelier. "C'est pour celle-là qu'enlève sa culotte la première", qu'il disait. Je baisse la tête, pour pas me faire repérer. Quand je zieute un autre coup, qu'est-ce que je vois ? »

Il s'arrêta, vérifia qu'il tenait son auditoire et profita du silence pour se faire resservir un verre.

« Alors ?

— Qu'est-ce que je vois ? reprit-il. Les deux paires de miches des deux gaillardes, mais alors des miches ! Toutes les deux ! Penchées en avant comme des bineuses de betteraves ! Les babouilles à l'air. Mais, en fait de binette, c'est l'autre qu'était derrière avec le manche en pleine forme. Il te les a... »

Lachaume adressa un signe. Le patron avança un petit verre et servit un coup de gnôle. Fouine fit durer les exploits du charretier en racontant comment il passait de l'une à l'autre sans casser le rythme.

« Ah, c'était du raide ! Deux à la fois... Et elles mordaient la paille pour pas crier ! »

Après, il passa au petit Breton qui avait les yeux rapprochés comme ceux d'un verrat. Un nerveux toujours en rut qui poussait un petit cri comme les lapins quand il lâchait sa semence. Puis il décrivit longuement les prouesses d'Anceaume père qui ne livrait son bois dans les maisons de Voves qu'un stère à la fois pour retourner plus souvent.

« Un jour, il a chopé la grande Catherine sur une échelle. Elle montait d'vant lui. Une sacrée gaillarde aussi. Il l'a... »

Fouine entrecoupait ses récits de pauses pour s'envoyer une rasade. Le bistrotier gardait la bouteille à la main et maintenait le niveau du verre.

Puis ce fut le tour du jeune Anceaume fils qui couchait la femme au gros Louis sur les sacs vides trois ou quatre fois dans une matinée.

« Pas besoin de rentrer dans la grange. Les sacs font tellement de poussière que ça sort par la chatière ! Une santé, celui-là. Le vrai fils de son père. »

Au bout d'une heure, Fouine se sentit pris d'une envie de faire un billard. Il se redressa, brancilla un peu, fit trois pas en titubant vers le râtelier et décrocha deux queues.

« Allez Fer-er-ron. On en fait une.

— Non. C'est l'heure de la soupe, répondit-il en gardant son éternel sourire accroché à ses moustaches.

— Une petite alors », accepta Lachaume.

Deux ou trois hommes emboîtèrent le pas à Ferron et s'en allèrent. Des vieux retournèrent leur chaise et se placèrent autour du Chevillotte. Entre deux « C'est core pour moué ! », le père P'tit-coup fouilla dans sa poche et exhuma une boîte en bois poli au milieu d'un fatras de bouts de ficelle, de papiers de journaux et de fils de laiton dont il se servait pour fabriquer ses collets. Il ouvrit la boîte, déposa sur le dos de sa main la poudre blanche de son tabac à priser et la fit disparaître dans ses narines à grands renforts de reniflements bruyants. Après quoi, ses yeux s'emplirent de larmes. Son voisin cracha sa chique gluante par terre et tendit la main pour qu'il lui passe la boîte. Le patron poussa un « Oh ! Tu parles d'un gros dégueulasse ! » Pendant ce temps, Lachaume et Fouine préparaient soigneusement leur queue en frottant le carré de bleu contre le bout.

« Ben mon cochon, si t'étais obligé de faire ça avant de t'en servir ! »

Lachaume rigolait. La partie commença. Fouine visa longuement, calculant des angles compliqués. Il fit coulisser la queue de multiples fois avant de tirer.

« Faut toujours la chauffer un peu avant d'commencer ! »

La boule rouge partit avec force, rebondit sur les bandes, décrivit plusieurs tours et s'immobilisa dans un coin sans avoir touché les deux blanches. Fouine pencha la tête, étonné par cette trajectoire qu'il n'avait pas prévue et fit des mimiques remplies de soupçons.

« … S'rait pas d'niveau que ça m'étonnerait pas. »

Lachaume, qui n'avait pas bu et qui consacrait au billard une petite heure chaque jour, marqua une série d'une douzaine de points.

« Nom de Dieu ! » rota Fouine tandis que l'autre faisait glisser les billes de bois sur le boulier pour enregistrer ses points.

Il se coucha littéralement sur le tapis vert et pointa en fermant un œil. La boule alla s'écraser juste dans un angle et resta bloquée avant même qu'il ne se relève.

« Ta queue, elle est pas droite ! lança-t-il en direction du bistrotier. Marcel, t'as une queue qu'est tordue et qui tire dans les coins. »

Les vieux entrouvrirent la bouche sur leurs chicots jaunes de chique en guise de sourire.

« Pisque t'as une queue qu'est tire-bouchonnée comme une queue de cochon, donne-moi un canon. »

L'autre porta son poing fermé à hauteur de son nez et fit mine de se le tordre.

« T'es brindzingue. Tu f'rais mieux de rentrer parce que la Léonie, elle va t'la faire passer, ta biture.

— La belle-doche, j'lui coupe les… enfin… »

Il chercha ses mots mais n'en trouva pas d'assez grossiers. Alors, il but et revint vers le billard. Pendant un quart d'heure, il continua encore à tirer dans les boules. Il buvait verre sur verre et le patron commençait à s'inquiéter pour le tapis de son billard. Puis il éprouva le besoin de s'asseoir et de priser la poudre du père « P'tit-coup ». Des filets rouges apparurent dans le blanc de ses yeux troubles. Sa langue devint molle et lourde et ses paroles sortirent avec l'épaisseur d'une crêpe garnie de crème de marrons.

« Le v'là qui dort !

— Sacré Fouine, rigola Lachaume. J'vas chercher mon tombereau. »

Un quart d'heure plus tard, Lachaume chargeait l'ivrogne et son vélo et reconduisait le tout à Marolles.

VIII

Un gars d'Étampes qui traficotait dans le cochon était venu voir Léon la veille au soir. Dans la soue, en plus d'une coche et ses sept petits qui n'avaient pas encore un mois, le vieux avait un dernier goret qui commençait à peine à faire du lard. Au cours de la préfecture, le pourciau valait tout juste vingt-trois francs le kilo. Le gars d'Étampes était pressé et payait royalement : quatre-vingt-dix francs ! Vingt francs de mieux que M. Rémi. Une occasion. L'affaire avait donc été conclue.

Mais, pour faire sa fête au cochon, Léon avait besoin de Fouine. À cette heure matinale, il l'imagina en vadrouille dans les bois. Rien ne servait de pousser jusqu'à Marolles. Il décida donc d'aller à Rouvray pour dire à Claire, qui travaillait chaque matin chez Ferron, de faire la commission à son père au plus vite.

« L'est là, Claire ? » demanda Léon en entrant dans la cuisine sans frapper ni dire bonjour.

L'épouse Ferron repassait des rideaux. Elle sursauta.

« Vous m'avez fait peur, M'sieur Bailly. Si j'm'attendais. Bonjour quand même. »

Le vieux mâchonna un grognement sourd que la femme reçut comme un bonjour et répéta :

« C'est rapport à Claire. Elle est là ?

— Oui, elle est aux bêtes. Peut-être dans l'étable. Allez-y donc voir. Mes fers sont chauds, je sors pas. »

Léon émit un nouveau grognement et tourna les talons. La ferme de Ferron était une belle grande ferme avec un porche en briques et une maison en pierre. Au centre, une flopée de canards et d'oies s'ébattaient dans une mare ronde. De l'autre côté, il y avait la bergerie et la grange et, séparant la cour du jardin, l'étable, l'écurie et une vaste maillère remplie de foin et de paille à longueur d'année. Selon son habitude, Léon enfonça les mains dans ses poches et fit le tour des bâtiments. Les vaches étaient tirées et les bidons de lait s'alignaient au bord de l'allée pavée. Tout était calme et l'étable sentait bon le lait chaud. Personne. Il passa dans l'écurie. Trois beaux chevaux cendrés présentaient leurs croupes puissantes. Rien.

Il s'apprêtait à ressortir quand il entendit des bruissements de paille et le souffle d'un homme. Il s'immobilisa, écouta, jeta un coup d'œil derrière lui. Des bat-flanc délimitaient les cases où chaque cheval trouvait une place. Vers le fond, deux cases étaient vides de chevaux et de la paille était entreposée. Le bruit montait de cet endroit. Léon avança à pas de loup vers le bat-flanc qui lui bouchait la vue. Pas de doute, derrière, il y avait un homme en jouissance qui accompagnait ses coups de butoir de « han-han » à peine retenus, preuve que le plaisir l'emportait sur la crainte d'être surpris.

Léon se ramassa contre la planche et leva lentement la tête. Il vit d'abord les jambes nues qu'une drôlesse relevait jusqu'à hauteur des épaules de l'homme dont il ne voyait que le dos. En se redressant davantage, il découvrit ses fesses étroites et blanches, ses mains manœuvrant puissamment les hanches de la jeunesse et, enfin, bouchonnée sur les chevilles, la culotte de velours hâtivement baissée.

Le mâle, c'était Ferron. La gueuse avait les cheveux sur le visage et fermait les yeux pour mieux consommer son plaisir, mais Léon la reconnut : c'était la fille de Fouine.

Ferron s'activait comme un taureau. La garce n'était pas mal faite du tout. Ses jambes fines et bien galbées s'ouvraient généreusement pour offrir un sexe épanoui comme la corolle d'une fleur. Le grain de peau était fin, le ventre lisse, les cuisses fermes. Tantôt, elle lui tenait les avant-bras et incitait l'homme à accélérer la cadence, tantôt elle l'invitait à abandonner ses hanches pour remonter son corps, découvrir sa poitrine et pétrir ses seins ronds et vivants comme des pigeons. Une excitation et une frénésie gourmande agitaient les deux corps.

Léon les observa quelques instants, amusé quand il regardait la fille, réprobateur quand il voyait Ferron. Il ne l'aimait guère, lui et son sourire silencieux dans lequel planaient de perpétuels sous-entendus. Sa façon obstinée de forcer les jeunettes et les femmes mariées, de relever leurs jupes pour assouvir ses appétits insatiables ne lui plaisait pas. Pour Léon, c'était clair, Ferron était un vicieux.

Un fouet de charretier était pendu au mur. Léon le décrocha, laissa pendre la lanière puis lui fit décrire une courbe rapide qu'il interrompit d'un mouvement sec du poignet. La ficelle de l'extrémité claqua comme un coup de pistolet à moins d'un mètre des fesses du jouisseur. Une détonation. Ferron se retira brusquement et se retourna juste au moment où il lâchait sa semence. Il regarda Léon bêtement, un mélange de surprise, de désarroi et de panique dans les yeux. D'une main, il essayait de dissimuler sa verge que la jouissance animait de soubresauts qu'il ne parvenait ni à réprimer ni à contrôler. De l'autre, il s'acharnait à remonter son pantalon en tirant du côté droit, ce qui avait pour effet de coincer la ceinture dans le brodequin gauche. Il se trouvait dans une position ridicule, à moitié plié en deux, tordu, exposé, ne parvenant pas à coordonner les actions contraires qu'il devait exécuter en même temps. Comme pour le fermer, Claire porta la main à son sexe, se redressa comme une flèche, rabattit ses jupes et s'enfuit vers la sortie.

« Bougre de saloupiaud ! tonna Léon. Trousser la bonniche à pas quinze mètres de la cuisine où qu'est ta femme ! Toujours prêt à forniquer comme un verrat en chaleur. Fumelier ! »

Ferron restait empêtré dans une position humiliante. Pour s'en sortir, il résolut de libérer ses deux mains, ce qui eut pour effet de faire ressurgir son membre indocile mais lui permit d'agrafer enfin sa culotte et de retrouver une apparence de respectabilité. Alors, ses traits se durcirent et il riposta violemment. Il saisit une fourche à paille et appuya le fer des pointes contre la poitrine de Léon. Mais le vieux ne recula pas. Il se cala sur ses jambes, mit les mains dans ses poches et toisa Ferron d'un regard méprisant.

« Qu'est-ce qu'il a le trafiquant ? Avec tout le marché noir qu'il fait, il vaut même pas la balle de fusil qu'on lui tirerait dans la caboche et il vient faire la morale. J'vas t'crever. Crapule. Collabo. Fous le camp ! Fous le camp ou j'te crève. »

Ferron était à la fois humilié dans sa puissance de mâle et maintenant inquiet sur les possibles conséquences. Il tremblait de rage et de colère. Léon était homme à craindre. Il parlait peu, mais deux paroles anodines à sa femme ou à ses beaux-parents et c'était la catastrophe. Il suffisait d'un mot en passant devant la cuisine, là, maintenant, tout de suite, et toute sa vie pouvait basculer. Il appuya davantage les fers sur le torse et menaça :

« Si tu parles, t'auras pu l'occasion de traficoter avec les Parisiens ! »

Les lèvres du vieux se tendirent aux commissures. Il sourit, haussa les épaules, cracha par terre en signe de dépit, puis fit demi-tour et sortit de l'écurie sans ajouter un mot. De toute sa force, Ferron planta la fourche jusqu'à la garde dans les bottes de paille en laissant exploser un « Han ! » de rage.

Au moment de reprendre son vélo sous le porche, Léon aperçut Claire par la porte ouverte de l'étable. La garce ne manquait pas d'aplomb. Elle avait déjà réprimé l'éruption volcanique sous ses jupes, remis de l'ordre dans ses cheveux et transvasait calmement le lait d'un bidon dans l'autre, sans trembler, sans renverser une seule goutte sur le sol. Elle ne baissa même pas les yeux et soutint le regard du vieux quand il s'arrêta à sa hauteur.

« Tu diras à ton père que j'l'attends tantôt. J'ai d'l'ouvrage pour li. »

Là-dessus, Léon marmonna un « Bougre d'fumelle ! », posa un pied sur la pédale, prit de l'élan et leva lentement la jambe au-dessus de la selle pour enfourcher son vélo.

Les gosses en tablier noir entraient dans la cour de l'école. Il passa devant chez le bourrelier. Le forgeron ferrait des chevaux. Il croisa un attelage.

Juste au moment de dépasser la ferme des Bailly, « sa » ferme comme il avait l'habitude de dire bien qu'il n'y soit plus rien, Lucien sortait, tenant Tambour par la bride.

« Oh, l'père ! appela Lucien. Tu vas ben t'arrêter quand même. »

Léon se serait bien passé de cette rencontre, mais puisque l'occasion se présentait, il tira sur le frein. Il avait deux mots à lui dire :

« J'avions pas l'intention de t'causer an'hui, mais pisque c'est le hasard…

— On peut s'dire bonjour, non ?

— Dire bonjour à un saligaud qu'a foutu son père à la porte !

— J'tai pas foutu à… se défendit Lucien.

— Même foutu à la porte, l'interrompit Léon, tu m'dois quand même le fermage. T'as trois s'maines de r'tard !

— J'ai payé chez l'notaire. T'as qu'à passer à Voves.

— Tu payes chez l'notaire à c't'heure ! C'est du neuf, s'étonna Léon.

— Tu vas quand même pas m'faire croire que t'es à court. Avec tout l'commerce que tu brasses !

— Mon commerce te r'garde pas ! C'est pas tes oignons. »

Malgré les trois années passées, Tambour reconnaissait Léon et tendait ses narines de velours vers son ancien maître pour le sentir.

« C'est gênant, poursuivit Lucien. On dit tellement de choses sur tes clients. Tiens, ton M. Rémi qui s'ravitaille chez toi et qui fricote avec la Pierrette, ben on cause sur lui. L'Occupation, c'est pas dur pour tout l'monde. Pour certains, c'est même une aubaine que les Boches soient venus. Les restrictions, ça a du bon pour d'aucuns.

— M. Rémi, il t'emmerde. Et moi itou.

— Fais gaffe, l'père. Le marché noir… »

Léon n'aimait pas qu'on prononce les mots de « marché noir ». Il plissa les yeux et interrompit immédiatement son fils :

« Marché noir… Et tu crois qu'c'est plus propre de fricoter avec des terroristes à De Gaulle ? Si tu crois qu'on n'a pas compris pourquoi ta gamine est r'venue. »

Lucien pâlit. Il eut l'impression que son père le menaçait. Le marché noir contre les terroristes !

« Tu dénoncerais quand même pas ta propre petite-fille ! »

Pour la seconde fois en l'espace de quelques minutes, le vieux haussa les épaules, cracha par terre pour manifester son dépit, tourna la tête et appuya sur les pédales pour reprendre la route de Montainville.

IX

CHEZ FOUINE, une cuite n'engendrait jamais une gueule de bois épouvantable le lendemain. Il dormait quelques heures de plus. C'est tout. Il faut croire que cette fois la cuite avait été sévère parce qu'il ne se réveilla qu'à 9 heures. Il y avait belle lurette que Claire était partie faire sa matinée chez Ferron et que les deux garçons avaient pris le chemin de l'école.

« V'là la feignasse qui s'lève, l'accueillit Léonie quand il sortit de la chambre. Si c'est pas une honte de prendre des musettes pareilles à en rester baugé jusqu'à 9 heures ! Mais où donc qu't'as l'argent ? »

Fouine était de bonne humeur et éprouvait un certain bien-être. Avec ses doigts, il imita le mouvement de bec du corbeau pour signifier à sa belle-mère qu'il valait mieux qu'elle ferme son clapet. Mais Léonie n'était pas femme à s'en laisser imposer par un gendre ivrogne.

« Sac à vin. Fallait entendre comment qu't'as ronflé toute la nuit ! Pas content qu'on s'partage deux malheureuses cervelles à quatre, faut encore qu'il ramène une biture. Soûlot ! Non mais des fois, s'faire ramener dans un banniau ! C'est du propre.

— Y a du café ? la coupa Fouine.

— Du café ? Faudrait avoir des sous pour en acheter. Au lieu de te saouler la gueule, fallait en acheter. »

Fouine souleva le couvercle de la huche à pain : elle était vide. Le buffet aussi était vide. Il n'y avait rien à manger dans la maison. Il se versa un grand verre d'eau et l'avala d'un trait, puis il enfila ses brodequins et les laça soigneusement. Léonie se plaça dos à la cuisinière et bava un couplet acide sur les vieux Bailly.

« Deux têtes de mouton sans les langues ! C'est rien que des vieux rapiats. Pourtant, les sous, c'est pas ce qui doit leur manquer avec tout le marché noir qu'ils font. Ils refusent de vendre un bout de viande à leur voisine, mais ils vendent des moutons entiers à des Parisiens. Faut croire que ça rapporte. Des ordures, oui. Si ça s'trouve, c'est d'la viande qui va directement chez les Allemands. Ah, il a eu bien raison de les foutre à la porte, leur gars. Moi, si j'étais l'bon Dieu, j'les f'rais calencher d'un coup, ça débarrasserait l'pauvre monde. Des profiteurs. Mais ils l'emporteront pas au paradis. Faudra bien… »

Fouine avait fini de se chausser. Il enfila sa veste, décrocha sa musette au passage et sortit sans refermer la porte, laissant sa belle-mère pester contre Bailly, les têtes de mouton et sa cuite de la veille. Elle trimbala sa silhouette de grosse bonne femme jusque sur le seuil de la porte et regarda son gendre redresser le vélo que Lachaume avait couché contre la niche du chien.

« Si tu te r'mets à chopiner comme hier, vaudrait p't'être mieux qu'tu l'laisses là. »

Il haussa les épaules et enfourcha l'engin. Il ne savait pas du tout dans quelle direction se diriger. Pas de travail. Rien qui puisse lui rapporter quatre sous pour faire bouillir la marmite. Il dépassa la mare et alla voir à la grande ferme s'il n'y avait pas une journée à faire. Le premier charretier était parti avec la farinière pour livrer du blé au service de ravitaillement et le patron était en furie parce qu'une saloperie de chien essayait d'arracher le grillage du chenil où il avait enfermé ses splendides chiennes de chasse qui se trouvaient en feu en ce moment. Ce n'était pas le moment de le chatouiller.

Fouine redescendit vers le bois d'acacias. Son ventre gargouillait d'une drôle de façon et son estomac, anesthésié par l'alcool pendant toute la journée d'hier se réveillait d'un long jeûne en réclamant sa pitance. Pour calmer sa faim, Fouine se forçait à respirer à pleins poumons le mélange de froid et de senteurs suaves des végétaux en décomposition. Des cordes de bois apparurent, droites, méticuleusement alignées, emplissant l'endroit de l'essence forte du charme fraîchement coupé. Seuls, quelques chênes d'une cinquantaine d'années dressaient leur tronc rectiligne. Au centre de la coupe, le vent furetait dans les restes d'un foyer où les bûcherons avaient brûlé les ronces et les déchets de branches.

« Les faisans, c'est comme les poules, murmura-t-il pour lui-même. Ils aiment se rouler là-dedans pour se débarrasser de leurs poux. »

Il coucha son vélo dans l'herbe. Puisqu'il n'y avait pas de travail, il fallait bien se débrouiller. Il posa un genou à terre et tâta la cendre.

« Elle est encore tiède. C'est un peu chaud pour qu'ils viennent tout de suite, mais dans quelques heures. »

Fouine reluqua les environs et flaira le vent. Le plaisir du braconnier reprit le dessus et l'excitation changea l'éclat de son regard. Il redevint renard.

Manifestement, la coupe était terminée et les hommes ne reviendraient pas travailler aujourd'hui. Il se dirigea vers un tas de ronces que les bûcherons avaient entassées un peu plus loin et en saisit de larges brassées. Puis, il dressa une sorte de mur d'épines autour du tas de cendres, ménageant par endroits des tunnels d'une vingtaine de centimètres de diamètre.

« C'est par là que vous passerez, mes jolis, avant d'aller vous rouler dans la cendre. Mais au passage, il y a toutes les chances que vous vous preniez le cou dans mes colliers. »

Fouine amena la musette devant lui et sortit un petit rouleau de fil de laiton. Habilement, il façonna un nœud coulant du diamètre d'un verre. Puis il attacha le collet à bonne hauteur sur une solide branche d'épine. Braconner les faisans, c'était un art difficile. Le lapin est un trouillard qui court droit devant lui et qui peut se prendre chaque nuit. Le faisan, lui, minaude comme une jeune fille qui ne veut pas reprendre de dessert. Il avance, il s'arrête la patte en l'air, regarde, écoute, se méfie. Il n'aime ni le vent bas qui pousse les feuilles, ni le vent haut qui amène le froid. C'est un délicat, un indécis.

« Voilà, marmonna Fouine après avoir posé une dizaine de collets. Les deux premiers, la belle-doche les fera à la cocotte avec un chou du jardin. S'il y en a d'autres, j'les porterai aux gendarmes. Ils sont comme les autres, ils n'ont pas trop de viande. »

Il se releva, vérifia que tout était bien agencé et s'accroupit quelques instants contre un tronc d'arbre pour s'assurer que personne ne l'avait vu. Puis il releva son vélo, franchit le fossé et prit la direction de Rouvray.

Pierrette Quillay dégermait des patates au chaud dans sa cuisine. Elle en avait rentré de pleins paniers. Une à une, elle les prenait dans ses mains et, à petits coups de pouce, faisait sauter les pointes violettes des germes.

« Tu veux que je t'aide ? proposa Fouine.

— J'peux pas te payer, répondit-elle.

— Payer, payer… De toute façon, j'ai du travail nulle part. Donne-moi quelque chose à manger et ça ira. J'ai rien dans l'ventre depuis pas mal de temps. »

Elle accepta d'un sourire et se leva. Au passage, il lui caressa l'épaule et lui posa un baiser dans le cou.

Elle se dégagea et al la fureter dans le placard. Fouine prit sa place et continua le travail tout en la regardant aller et venir devant la cuisinière. Il devint songeur.

« Ce s'rait-y bien si tu voulais qu'on s'mette en ménage ! Tu tiendrais la maison et les enfants. Moi, je f'rais dans les champs et je m'occuperais des bêtes. Le soir, on mettrait un rondin dans l'poêle pour qu'il fasse bien chaud et on mangerait tous autour de la même table. Tu crois pas qu'on s'rait heureux avec nos quatre gnas ? »

Pierrette sortit un morceau de poitrine froide du garde-manger grillagé. Le gras était très blanc. Elle en coupa une bonne tranche en ayant soin de ne pas détacher la couenne.

« T'es gentil, je t'aime bien, répondit-elle, mais c'est plus comme quand on avait quinze ans.

— Tu me l'as déjà dit cent fois…

— C'est pas possible tous les deux… »

Les germes tombaient dans une bassine en zinc. À droite, les tubercules ridés emplissaient petit à petit le panier. Fouine regardait ses mains d'un air triste. Il ne comprenait pas pourquoi elle ne lui disait pas oui. Lui, il l'aimait depuis toujours. Elle, elle ne refusait pas de faire l'amour une fois de temps en temps. Quand ils s'étreignaient sous les draps, elle se serrait bien fort et se pelotonnait contre sa poitrine. Ils s'entendaient bien. Il y avait sûrement une raison pour qu'elle ne dise pas oui. Les enfants ? Certainement pas. Les garçons de Pierrette l'adoraient et les siens venaient souvent jouer ici. Alors, les sous ? Les terres ? Des idées d'autre chose ?

« C'est pas possible… parce que t'as quelqu'un ? demanda-t-il. Tu peux me le dire, va, si c'est ça la vérité.

— Mais non…

— On voit pourtant l'auto de M. Rémi bien souvent dans ta cour.

— Il vient se ravitailler. J'peux vivre qu'en vendant ce que j'ai. Et puis il va chez d'autres. Tiens, quand il va chez les Bailly. Tu ne trouves pas à redire que c'est pour la Régine.

— Non… Mais ici, il reste longtemps à ce qu'on dit… »

Pierrette coupa une tartine épaisse dans la miche de pain et mit la tranche de cochon dessus. Elle le rejoignit et la lui tendit. Fouine s'essuya les mains sur les cuisses et la regarda avec l'air malheureux d'un chien qui vient de prendre une trempe. Elle s'assit sur un genou de Fouine et passa son bras autour de son cou.

« C'est pas ce que tu crois. C'est pas rapport à toi. J'en ai marre de la ferme, des terres, des vaches. Faut que tu comprennes. J'voudrais autre chose. J'ai toujours voulu autre chose… »

Il y eut un silence. Son regard se perdit dans le lointain. Elle sembla s'absenter. À quoi pensait-elle donc ? Quel rêve inaccessible l'habitait ?

« Faut pas m'en vouloir. Des fois, j'veux une chose et le lendemain, j'veux autre chose. J'ai pas eu de chance jusqu'à maintenant. Regarde-moi, à mon âge, j'ai déjà l'air d'une vieille.

— Mais non, répondit Fouine. Tu es très jolie. »

Elle ne sembla pas entendre la réponse. Elle parla encore de cette chienne de vie qui ne lui avait pas fait de cadeaux, de ses envies de partir. Fouine l'écoutait en oubliant de manger le pain et le morceau de cochon qu'il tenait maladroitement dans sa main. Puis elle se tut et il y eut un long silence. Tous deux se perdaient dans des rêves impossibles. Ce fut lui qui rompit le charme le premier :

« Pourtant, on s'rait heureux tous les deux. Ah, oui. Qu'est-ce qu'on s'rait heureux ensemble avec nos gosses. »

Quand il sortit de chez Pierrette, Claire remontait sur Marolles. Elle avait la mine sombre. Elle lui lança sans s'arrêter :

« Léon te cherchait tout à l'heure. Tantôt, faut que t'ailles faire un cochon à Montainville. »

X

LE SECRÉTAIRE DE MAIRIE était un rouge qui ne cachait pas son hostilité au régime de Vichy. C'était aussi le maître d'école. Un bon maître, même si l'arrière-train des gamins avait parfois à souffrir d'un participe passé mal accordé. Comme dans toutes les classes, l'académie l'obligeait à afficher le portrait de Pétain. Il l'avait accroché derrière la porte du vestiaire et, depuis le début de l'Occupation, il faisait classe porte grande ouverte de façon que la trogne du maréchal reste collée nez contre le mur. Comme disait Fouine quand il se glissait le soir dans la classe pour lui apporter un lièvre ou une musette de coulemelles, « à votre manière, vous aussi vous êtes un braconnier. Vous respectez pas la loi. »

M. Cochepin gérait les cartes d'alimentation et les tickets de rationnement avec un sens de la justice et de l'équité qui le faisait respecter de toute la population. Le pneu de vélo ou la paire de chaussures, c'était chacun son tour. Le gros cultivateur comme le dernier des journaliers. Le maire lui faisait d'autant plus confiance que ces histoires de tickets étaient compliquées à s'en donner mal à la tête.

« Ma fille, conseillait Lucien, faut te mettre en règle. M'sieur Cochepin, c'est un homme droit comme un i. Il a arrangé des situations pas très catholiques depuis le début de l'Occupation. Tiens, il a même réussi à avoir une carte pour l'Espagnol qui travaille à la grande ferme.

— Je ne le connais pas. S'il prévenait la préfecture ?

— Quelqu'un qu'enferme Pétain entre une porte et le mur depuis trois ans, on peut avoir confiance en lui. Il te faut des papiers en règle.

— Non. Attends encore un peu. »

Irène n'avait aucune nouvelle de Philippe. Elle ressentait un grand vide. Elle s'isolait constamment avec son père et ils se parlaient pendant des heures. Lucien en oubliait son travail. Tous les prétextes étaient bons pour rester à la ferme.

« J'croyais qu'tu d'vais rouler les blés à Pilmont ? reprochait René.

— T'avais promis de débarder dix stères de bois pour l'auberge, rappelait Marthe.

— Y fait core trop mou. Ça borbille », répondait Lucien pour se justifier.

Il avait l'impression que des années et des années d'incompréhension entre lui et sa fille s'effaçaient et il en était profondément heureux.

Un soir, Lucien se rendit seul à la mairie. Les volets étaient fermés et la lampe à suspension avait été baissée au maximum pour éclairer les pages du registre que M. Cochepin complétait au porte-plume.

« C'est pour ma fille, expliqua Lucien. Elle est rentrée y a quelques jours. J'viens voir pour ses papiers. »

Le maître d'école avait un regard puissant difficile à soutenir. On aurait dit qu'il devinait dans la tête des gens. Lucien ne baissa pas les yeux.

« Vous voulez dire qu'elle n'a pas ses tickets de rationnement ?

— Non. Elle a pas de tickets.

— Donnez-moi sa carte d'alimentation. Je ferai le nécessaire auprès de la préfecture pour qu'elle soit inscrite sur la liste communale.

— Elle a pas de carte d'alimentation non plus.

— Ah. Eh bien ! Confiez-moi sa carte d'identité. Je verrai comment on peut régulariser sa situation.

— Ni alimentation, ni identité. Elle a pas de papiers du tout. Rien. »

La mairie était une petite pièce d'une quinzaine de mètres carrés. Trois fenêtres accaparaient deux murs. Le central téléphonique, la porte, le cadastre, le Godin et les placards occupaient le reste de la place. Fixée au mur derrière le greffier, il y avait la plaque de marbre où étaient gravés les noms des hommes de la commune tombés pendant la Grande Guerre, les noms des copains de Lucien qui n'avaient pas eu la chance de revenir. M. Cochepin croisa les bras et s'appuya contre le dossier de sa chaise, ce qui eut pour effet de l'éloigner de la lumière et d'adoucir les traits de son visage.

« Ah ! »

Silence. Malaise. Lucien ne répondit pas. Il hésitait à dire la vérité. Tout rouge qu'on le soupçonnait, le maître d'école travaillait pour les autorités. Et, à

Chartres, les autorités étaient au service des Boches. On lui avait certainement rapporté le retour d'Irène. À Rouvray, tout se savait. La femme de René avait eu l'imprudence de dire un jour qu'Irène était partie avec un homme qui parlait anglais et allemand. La nouvelle avait probablement fait le tour de toutes les maisons.

M. Cochepin prit un crayon à papier dans la pochette de sa blouse grise pour se donner une contenance et donna la fausse explication que Lucien n'osait pas avancer sur le ton de celui qui n'est pas dupe :

« Après l'exode, elle est restée de l'autre côté de la ligne. Vous êtes revenus et elle, elle s'est réfugiée dans le Sud. C'est ça ? »

C'était manifeste, il savait tout.

« … En quelque sorte…

— Je vais me renseigner », conclut-il en hochant la tête.

Lucien se dit qu'il n'était pas nécessaire de parler davantage, mais il aurait aimé une réponse plus claire. Le greffier voulait du temps. Se méfiait-il ? Le fait d'avoir refusé que ses vieux traficotent dans le marché noir sous son toit conférait à Lucien une réputation d'honnête homme. Lui, il vendait ses flageolets à quinze francs le kilo à qui en avait besoin dans le pays, mais il n'en restait pas moins vrai que Léon et Régine étaient ses parents et que, eux, les vendaient des cinquante ou soixante francs aux Parisiens.

À son retour, il rapporta à Irène sa visite à la mairie, mais il eut l'impression que ce problème ne la préoccupait pas. Elle était pâle. Ses yeux étaient bordés de cernes sombres.

« Comment pourrait-on savoir où est Philippe ? Est-ce que la liste des hommes qui partent S.T.O. en Allemagne est publiée quelque part ? Et pour ceux qui sont en prison… »

Lucien entoura les épaules de la jeune femme et essaya de lui transmettre un peu de réconfort. Il la laissa parler :

« Il ne faut rien faire. Il faut que tu restes ici. Si tu essaies de savoir, tu vas te faire repérer. Tu risques de te perdre et de le perdre avec toi. Attends. Dès qu'il le pourra, il te donnera de ses nouvelles. Aie confiance en lui. »

Irène releva la tête et approuva son père. Une larme perla sur son visage.

« Attendre. Mais attendre sans rien faire, c'est si dur ! »

XI

Le service du ravitaillement exigeait du château de Reverseaux des livraisons très importantes de bois de chauffage. Depuis le début de l'hiver, des centaines de stères avaient été coupées et des cordes sans fin s'alignaient dans les coupes. Quant aux fagots, on en faisait de telles quantités en récupérant le moindre bout de trique qu'on ne pouvait pas tous les rentrer pour les faire sécher. On les tassait debout autour des gros chênes.

De temps en temps, un ordre de réquisition immédiate arrivait en mairie. Sur-le-champ, le château devait livrer en gare de Voves de quoi remplir un wagon pour les boulangers de la capitale. Du moins, c'est ce qui était écrit sur le papier. Le garde-chasse en restait perplexe. Jamais il n'avait vu ça.

« Mais il pisse core la sève ! »

Quant au jardinier qui, dans ces cas-là, se trouvait réquisitionné au même titre que les charrettes et les chevaux pour aider au chargement et au transport, il bougonnait à cause du travail supplémentaire qui n'entraînait pas un centime de plus sur la paie :

« Pour les boulangers… Si ça s'trouve, c'est pour chauffer le cul des Boches, oui. »

Quand le comte ne pouvait pas faire transporter le bois par ses fermiers, le maire désignait un cultivateur et signait un bon de réquisition. Longtemps après, l'administration envoyait un mandat. Ce jour-là, c'était le tour de Pierrette.

« J'ai qu'un cheval et je suis toute seule, contesta-t-elle.

— C'est des fagots qu'ils veulent, parlementa le maire à qui revenait toujours la sale besogne de répercuter les ordres de la préfecture. C'est pas lourd. Un cheval, ce s'ra suffisant. Je signerai les papiers et tu seras payée au tarif.

— Et qui c'est qui va charger ? riposta Pierrette qui considérait que cette corvée incombait aux gros qui avaient des ouvriers.

— Prends Fouine, il en est réduit à bêcher le jardin du presbytère pour un bout de pain. Et puis les hommes du château donneront la main. »

Pierrette renâcla pour le principe, mais puisque c'était payé et que c'était son tour… Elle envoya un gosse chercher Fouine chez le curé.

« C'est pas d'refus, se réjouit-il. J'commence à en avoir ma claque des fraisiers pleins de chiendent. »

Il abandonna la fourche près du muret qui séparait le jardin de la cour et fit signe au curé qui lisait à l'intérieur de son bureau qu'on l'appelait d'urgence mais qu'il reviendrait un jour ou l'autre. Le brave homme sourit et replongea dans sa sieste et sa lecture d'un lent affaissement de tête sur sa poitrine. Fouine attela le cheval, mit les cornes à la gerbière et partit sur le champ en tenant la brave bête par le harnais.

« Hue, on y va. »

Il aimait les chevaux et préférait marcher à côté d'eux plutôt que de monter dans la voiture. De là-haut, on dominait trop les gens qu'on croisait et cela lui paraissait méprisant. Il passa devant l'auberge et prit la route de Villeneuve. Les fagots se trouvaient dans une coupe entre l'allée de Madame et les Lunes. Après le virage, il n'y avait qu'une maison. Il longea les ouches et se retrouva rapidement avec les bois à sa gauche et la plaine sur sa droite.

« La mairie me paiera, se dit-il, mais quand ? M'étonnerait qu'on m'donne mes sous sitôt terminé. »

Des nuages noircissaient le ciel du côté de Voves et il avait l'impression qu'une averse se préparait, là-bas. Au-dessus de lui, des trouées de ciel bleu déversaient des paquets de lumière sur les bourgeons qui commençaient à éclater. Les fers du cheval frappaient les pierres du chemin et imposaient la cadence de la marche. De temps en temps, l'épaule de l'homme touchait celle de l'animal, alors Fouine souriait et caressait le pelage ras de son compagnon.

Le jardinier du château l'attendait au croisement, assis sur la pierre qui se trouvait au bout de la haie du chemin du moulin.

« Ça crampote dans le chemin. Tu pourras jamais déhoter avec un seul cheval.

— Faut des fagots, c'est pas lourd, répondit Fouine.

— Ah, dit l'autre, étonné. Ils cuisent le pain avec des bourrées à Paris ? »

L'homme sauta dans la gerbière et s'assit, les jambes allongées. Sa culotte était tellement rapiécée et rafistolée de pièces cousues les unes sur les autres qu'il était impossible d'en connaître la couleur d'origine. Ils atteignirent la coupe. Le garde-chasse les y attendait déjà.

« M'sieur le comte m'a dit qu'il faut prendre tout ça et ce qu'il y a à la corne. Faudra faire au moins cinq voyages.

— Deux voitures aujourd'hui et trois d'main, dit Fouine. J'vous prendrai à 7 heures et demie. Tâchez d'être à l'heure.

— 7 heures et demie, grommela le jardinier. Le bois, ça empêche pas le reste du travail. »

En trois quarts d'heure, la première voiture fut chargée. Fouine tira sur la bride. Le cheval donna un coup de reins et décolla sans peine la charrette.

« J'fais l'aller-retour à Voves et je reviens. »

Les hommes du château levèrent le bras pour montrer qu'ils avaient entendu et partirent à travers bois en direction de Reverseaux. Fouine surveilla les premières centaines de mètres pour vérifier l'enfoncement des roues dans les braies du chemin. Le chargement ne pesait pas beaucoup et le cheval était puissant. Il sortit aisément la voiture du bois. Dès qu'ils furent sur la route pierrée, Fouine lâcha la bride et marcha à hauteur de la tête de l'animal.

« Tiens, lui expliqua-t-il, on va couper par le chemin du moulin. On évitera un détour par le pays et on gagnera au moins un quart d'heure. »

La route de Voves était gravillonnée. Quand l'attelage l'atteignit, Fouine s'assit sur le limon et laissa filer le cheval à son rythme. Un bon cheval devant, un chargement rassurant derrière, un beau ciel où couraient de gros nuages au-dessus... Il se mit à rêver.

« Le cheval à Pierrette, la gerbière à Pierrette... Si elle voulait, ce s'rait comme ça à l'année ! »

Son rêve de mise en ménage le gagna à nouveau. Tous les jours avec ce cheval pour compagnon de travail. Il pensait à la façon dont il arrangerait l'étable pour que le fumier soit plus facile à sortir le matin. Il se voyait en train de pousser sur les mancherons de la charrue pour tracer un sillon dans les pièces de Pilmont. Il imaginait les gosses, les siens et ceux à Pierrette, tous les quatre assis autour de la table pour faire les leçons. Il imaginait aussi leurs corps nus serrés l'un contre l'autre à l'intérieur des draps blancs. Les images se mélangeaient dans sa tête et toutes apportaient des visions de douceur et de tendresse. Il y avait si longtemps qu'il s'endormait dans un lit vide et froid sans recevoir la moindre parole de tendresse !

À la gare de Voves, deux wagons attendaient sur une voie de garage. Un gars de Montainville vidait sa voiture de fagots dans le premier. Fouine amena la sienne le long du second. Deux ouvriers arrivèrent en traînant les pieds. Il ne les connaissait pas. Des chômeurs de la ville qu'on avait envoyés ici pour quelques jours.

« Z'allez avoir des poulettes ! ricana Fouine en leur tendant les premiers fagots.

— Nous, on est coiffeurs », répondirent-ils.

La veille, quatre faisans s'étaient étranglés dans les collets. Fouine aurait voulu en garder deux pour la maison, mais Léonie avait décidé qu'elle n'en plumerait qu'un seul. Alors, il avait porté les trois autres aux femmes des gendarmes. Elles ne l'avaient pas payé. De l'argent, même les gendarmes n'en possédaient pas beaucoup. Mais elles avaient promis de lui arranger quelques paires de chaussettes militaires en laine pour ses gamins. En sortant de la gare, il redescendit donc vers la gendarmerie pour en prendre livraison.

« On a bien pensé à les teindre, lui expliqua la femme du sous-brigadier, mais on n'a rien.

— Et puis c'est pas la couleur qui donne la chaleur », ajouta sa voisine.

Fouine roula les chaussettes raccommodées dans des vieilles pages de *La Dépêche*.

« Merci, merci bien, répéta-t-il à plusieurs reprises. C'est dur de les habiller.

— Surtout quand y a pas la mère pour s'en occuper…

— Pauvres petits… s'attendrit la femme du sous-brigadier.

— Enfin, quand vous aurez un lapin ou un faisan, reprit la première sans perdre le nord, pensez à nous.

— Faut pas croire, gendarme ou pas, on n'a pas un seul ticket en plus. »

Fouine leur serra la main et rejoignit le cheval qu'il avait attaché à la grille de la gendarmerie. Il était en train de dénouer la lanière de cuir quand la Juvaquatre des gendarmes entra dans la cour. Le chef descendit. C'était un jeune qui venait d'arriver. Ses hommes disaient qu'il avait les dents longues et qu'il voulait du galon. Il ouvrit la portière arrière et fit signe à un homme de descendre. Fouine ne vit d'abord qu'une paire de menottes aux poignets d'un vieil homme aux épaules sèches.

Le vieil homme aux épaules sèches, c'était Léon !

Le chef saisit le vieux par le bras, l'aida à s'extirper du véhicule et l'entraîna à l'intérieur de la gendarmerie. Léon baissait la tête et regardait la pointe de ses souliers.

La voiture recula et vint se garer ensuite le long de la grille, juste en face de Fouine. Le gendarme qui conduisait descendit et sortit un fusil de chasse de la malle arrière. Il reconnut Fouine, s'approcha en lui montrant l'arme et lui glissa à voix basse :

« On l'a dénoncé. Il avait ça sur son armoire. »

XII

Le tribunal condamna Léon Bailly à quarante-cinq jours de prison pour détention d'armes prohibées. Le début du mois de mai arriva. Depuis cinq semaines, le vieux était incarcéré à Chartres, à la prison de la rue des Lisses et effectuait tous les jours des travaux de balayage dans la ville.

Ce qui était certain, c'est que Léon avait été dénoncé. Le chef de la gendarmerie de Voves l'avait arrêté après avoir reçu une lettre, lettre qui figurait dans son dossier. Le juge avait brandi le bout de papier le jour du procès et Léon l'avait vu. Mais c'était évidemment une lettre anonyme.

Qui avait dénoncé ? Le mystère restait entier.

Depuis le départ de son homme, Régine n'y arrivait plus. Il y avait tant à faire : avec le printemps, il fallait planter des pommes de terre et des topinambours à pleins champs, semer des rutabagas, des carottes, des haricots, des lentilles, faire le jardin sans laisser le moindre carré en herbe, emplir les clapiers de petits lapins, mettre à couver, engraisser les cochons. Il fallait aussi dégermer les dernières vieilles patates que les Parisiens achetaient à prix d'or, dépouiller, plumer, arracher les derniers poireaux qui montaient à graines mais qui trouvaient encore preneurs à douze francs le kilo. M. Rémi venait tous les deux ou trois jours et emportait dans sa voiture tout ce que la vieille pouvait lui procurer.

« Les Parisiens, on leur fourguerait de la paille, en ce moment ! » expliquait-il pour justifier ses demandes toujours à la hausse.

Les affaires marchaient très bien.

Une fois par semaine, Régine s'habillait de noir et mettait son chapeau plat avec quatre cerises factices dessus. Les habits qu'elle revêtait pour aller aux messes d'enterrements. Elle profitait de l'aller-retour que faisait le camion du marchand de vins de Rouvray pour rendre une visite à son homme. Journée doublement pénible dont elle revenait à chaque fois bougonne et chagrine. Elle avait perdu quelques heures et l'ouvrage ne s'était pas fait pendant ce temps. Elle était surtout remuée par le spectacle de son homme humilié. Les deux ou trois premières semaines, elle n'avait rien laissé paraître, mais, maintenant, elle avait des moments d'abandon.

Les jours où elle allait à Chartres, Fouine gardait la fermette et préparait ce que la vieille lui avait commandé.

Quand elle revint de sa visite du début mai, il finissait de curer la soue à cochons et s'apprêtait à faire péter les fils de fer des ballots de paille pour remplacer la litière. La coche était sur le point de mettre bas et il fallait un peu de propreté pour que les petits ne crèvent pas dans la fiente. Régine entra dans la cour, se dirigea vers lui et s'assit sur le ballot. Elle resta ainsi sans dire un mot, le dos droit, les épaules saillantes, le cou raide, le visage marqué. Elle porta les mains à son chignon et ôta la longue aiguille qui maintenait son chapeau avant de le poser sur ses genoux. Elle était pâle et silencieuse.

« C'est-y que ça irait pas bien, la mère ? » s'inquiéta Fouine.

Il l'observa, s'attendant à une brusque rebuffade, mais la vieille ne réagit pas. Son regard resta soudé aux cerises du chapeau et elle se mit à parler avec une voix que Fouine ne lui connaissait pas :

« Si tu le voyais ! Ils lui laissent même pas sa casquette et ils lui font balayer les rues de Chartres tête nue. Si c'est pas une honte de traiter un homme de c't'âge-là comme un assassin. Toutes les corvées, comme un galvaudeux. La nuit, ils couchent à huit par cellule, des jeunes, des vieux, des hommes de rien, tous mélangés. Il a attrapé des poux. Ils l'ont passé à la poudre. Comme pour les doryphores dans les patates. Le jour, il est avec quequ'z'autres et on leur fait faire toutes les corvées. Hier, il a balayé devant la *Kommandantur.* Oui da, en plein sur la place des Épars. Tête nue comme un r'pris d'justice ! Y a même des gens qu'ont rigolé de lui en disant que si il était là, c'est qu'il avait sans doute pas assez traficoté. Une honte. Oui, c'est une honte de traiter un homme comme ça… »

Des images terribles passaient derrière ses yeux. Le visage fatigué et le crâne blanc de Léon la remplissaient de tristesse. Un paysan tête nue, en ville, devant tout le monde ! C'était inconcevable.

« Il sait pus où qu'il en est. Il a toujours été le patron ici et là-bas, on le commande comme un trimardeux. Il sait pus rin dire. Il m'a même pas d'mandé comment qu'on s'débrouillait. C'est comme si on avait enlevé la ferme de sa tête. Il répète toutes les deux minutes : "Ils m'font balayer les caniveaux... J'on même pus ma cassiette..." »

Régine se tut. Le vent souleva quelques brins de cheveux blancs que le chignon n'emprisonnait pas.

« Vous frappez pas, dit Fouine pour essayer de la remonter, à la fin de la semaine prochaine, ce sera fini. Il va revenir. Une semaine à tirer, c'est pas long maintenant.

— Et dire que tout ça, c'est rapport à un vieux fusil ! »

Elle redressa soudain la tête et les petites rides de ses yeux se raidirent. En un instant, la faiblesse de la vieille femme émue par le malheur de son compagnon disparut de son visage.

« Quand je pense qu'il y a queque part une ordure qu'a envoyé cette saloperie de lettre ! Mais c'est qui ? Le fusil était pas caché. Tout l'monde qu'est v'nu à la maison a vu le canon qui dépassait. On s'méfiait pas. Des fusils, tout l'monde en a donné un vieux à la mairie et en a gardé un bon qu'il a planqué dans une grange ou sur des poutres. À l'heure qu'il est, c'est quand même pas un crime d'avoir un fusil chez soi. Ou alors, il faut foutre tous les hommes du pays rue des Lisses ! Mais c'est qui l'ordure qu'a envoyé c'te lettre ? Un jaloux... un envieux... un qui voulait s'venger de nous. Mais pourquoi ? Si au moins on savait. Rien que d'y penser, j'me sens améchantir. Ah, si j'savais... »

Fouine reprit sa fourche et la piqua dans la paille.

« Ça sert à rien de vous retourner les sangs, dit-il. Dans huit jours, il s'ra là et vous y penserez plus.

— Pus y penser ! Faudra ben qu'on sache qui c'est l'misérable.

— Y en a tellement qu'ont pu voir le fusil sur votre buffet… »

Fouine ne mettait probablement pas de sens derrière ces paroles. Il ne les avait prononcées que pour dire quelque chose de gentil et consoler la vieille. Mais elle ne le prit pas de la même façon et le contra vertement :

« Y en a au moins un qu'était ben au courant, c'est toi.

— Moi, mais…

— Dame, l'fusil, tu savais ben où qu'il l'tait. Et pis tu dis tellement de méchancetés sur nous quand t'es au bistrot. Pourtant, c'est un peu grâce aux vieux Bailly qu'vous bouffez, toi, tes gosses et la grosse Léonie. Bien heureux qu'on t'fasse travailler. Pourtant, tu dis qu'on fait tellement de marché noir qu'on mériterait d'être dénoncés, qu'on vaut même pas la balle qu'on nous tirerait dans la tête pour nous fusiller. Tu l'as dit, non ?

— J'étais saoul… » avança Fouine en courbant le dos pour reprendre de la paille.

La vieille se redressa d'un coup et sa silhouette maigre parut très grande. Elle amorça un pas en direction de la cuisine.

« Va savoir si c'est pas toi qu'a écrit contre nous. »

XIII

PENDANT L'EXODE, les anciens instituteurs se réfugièrent dans le sud de la France et ne rejoignirent jamais leur poste. L'académie les démissionna d'office à la rentrée 40 et les remplaça par le ménage Cochepin.

À sa façon de se taire quand certains sujets étaient abordés, Fouine comprit tout de suite de quel côté penchait le nouveau maître d'école. On le voyait beaucoup circuler en vélo dans le canton.

Avec la loi sur le service du travail obligatoire en Allemagne, de nombreux jeunes du pays quittèrent leur domicile et entrèrent dans la clandestinité. Oh, ils n'allaient pas bien loin. Il y avait toujours la ferme d'un oncle ou d'un cousin dans un rayon d'une vingtaine de kilomètres pour les cacher. Il y avait aussi des jeunes de la ville. Pour les réfractaires au S.T.O., plus question d'utiliser les papiers officiels délivrés par les mairies. Adieu cartes d'identité, cartes d'alimentation, tickets de rationnement, permis de circuler.

Des imprimés vierges, on arrivait à en soustraire pour peu qu'on soit secrétaire de mairie. Le plus difficile, c'était de posséder une machine à écrire et le fameux tampon imprimant la francisque. Seule la préfecture le possédait. Le ravitaillement de tous ces jeunes hommes devenant un problème majeur, Étienne Cochepin s'en était ouvert au libraire qui fabriquait habituellement les tampons des mairies.

« C'est risqué, avait répondu le brave commerçant. Faites signer un bon de commande à votre maire pour la fabrication d'un tampon de mairie et, à la place, j'essaierai de vous avoir une francisque. »

M. Cochepin était donc devenu propriétaire du précieux tampon. Un autre secrétaire de mairie du canton disposait d'une Remington. Fouine faisait le coursier.

« J'braconne bien sur les terres du comte, plaisantait parfois Fouine, pourquoi que j'irais pas braconner sur celles du Maréchal ? »

Depuis le début 42, bon nombre de cartes avaient ainsi été établies clandestinement et dûment enregistrées dans les mairies du sud du département, de quelques cantons du Loiret et même de Sologne où se cachaient de nombreux réfractaires. Mais comment soustraire des dizaines de cartes dans un village de deux ou trois cents habitants sans éveiller des soupçons ? C'était prendre un risque insensé. Aussi, de temps en temps, l'attaque d'une mairie par des résistants était organisée pour se procurer les précieux documents. Menacé par les revolvers des résistants sous l'œil de témoins, le secrétaire de mairie devenait insoupçonnable.

« Ici, ce s'rait facile à faire, disait Fouine. Il faudrait s'arranger pour que le garde champêtre et Lachaume soient là. Y en a un qu'est la Loi et l'autre, il est plus pétainiste que Pétain.

— On verra, on verra, temporisait le maître d'école. Il faudrait profiter d'un jour où il y a les tickets et le renouvellement des cartes.

— Oh, le Lachaume, j'l'entends d'ici. Dans l'heure qui suit, tout le pays s'ra au courant.

— Cet été, ou à la rentrée... » répondait M. Cochepin d'une voix évasive.

Quoi qu'il en soit et grâce à cette filière, Irène Bailly reçut enfin des cartes à son nom, ce qui apporta un immense soulagement à Lucien.

XIV

LÉON REVINT À MONTAINVILLE après avoir purgé quarante-trois jours de détention. En raison de son grand âge et de sa docilité, on lui fit cadeau des deux dernières journées. Régine avait demandé à M. Rémi de le ramener en voiture, ce qui lui avait coûté trois douzaines d'œufs.

« Tu vas trouver tout en ordre, expliqua-t-elle dès que l'auto eut quitté la cour et qu'ils se retrouvèrent seuls. J'ai mis à couver tout ce que j'ai pu. Les patates et les haricots lèvent bien. Tu veux-t-y qu'on aille faire un tour dans l'champ ? »

Léon ne répondit pas. Sa casquette enfin retrouvée solidement vissée sur la tête, il avançait sans bouger les bras ni mettre les mains dans ses poches. Il entra dans la cuisine et s'assit. Régine le suivit. Elle resta debout pour l'observer. Il avait changé. Le hâle qu'on attrape quand on est toujours dans la plaine avait disparu de son visage et le noir vif de ses pupilles avait perdu de son intensité pour virer au gris. Ses épaules s'étaient voûtées. D'un geste saccadé, il enfonça une nouvelle fois sa casquette le plus qu'il put sur son front, posa les mains à plat sur la table et perdit son regard vers une tache d'humidité du mur.

« Pour sûr que t'as les yeux battus ! Mais c'est fini, à c't'heure que t'es r'venu… »

Léon ne sembla pas entendre. Régine mit cette attitude sur le compte de la fatigue. Quarante-trois jours en prison, c'est quelque chose. Elle resta près de lui un quart d'heure, silencieuse, espérant qu'il allait parler, se tenant prête à lui faire le résumé de ce qui s'était passé et à lui fournir les comptes. Mais le vieux s'était transformé en statue.

Les deux vaches attendaient la traite et meuglaient. Elle sortit et fut reprise par le travail. Une heure plus tard, quand elle revint, son tablier rempli de vieilles patates tellement ratatinées qu'elles en étaient invendables et d'une dizaine de poireaux montés à graines, le vieux n'avait pas bougé d'un pouce. Elle prit un couteau sur la pierre à évier, s'assit en face de Léon, déversa les légumes sur la table et commença à les éplucher. Ses doigts s'activaient par habitude, mais son regard baissé épiait le vieux par en dessous.

« C'est le contrecoup », pensa-t-elle.

Elle fit cuire la soupe, la servit dans les bols de grès, apporta du fromage mou qu'elle avait fait le matin et ouvrit une bouteille de cidre. Du vrai. Le vieux laissa la soupe refroidir et la mangea sans prononcer un mot. La mécanique fonctionnait, mais Régine eut l'impression qu'il n'était pas là. Puis il se mit au lit, sans aller jeter un coup d'œil ni aux bêtes, ni au jardin. Il ne parla pas non plus des affaires, ni des sous, ni de ce qui s'était passé en son absence. Il n'évoqua même pas ses nuits rue des Lisses. Rien. Silence.

Cette nuit-là, Léon coucha avec sa casquette.

Au matin, les deux vieux se levèrent dès 5 heures. Avec l'heure de l'Europe centrale, il faisait encore petite nuit, mais le ciel était clair avec des vapeurs roses à très haute altitude, l'air était frais et la journée promettait d'être ensoleillée. Régine alla dans l'étable, tira les vaches, récupéra l'épaisse couche de crème qui s'était formée pendant la nuit à la surface du lait de la veille pour faire le beurre, donna le petit-lait au veau, soigna les volailles avec parcimonie, remplit l'auge aux cochons, fureta dans la grange, revint, vira, tourna... Entre deux travaux, elle zieutait pour voir ce qu'il faisait. Mais il ne faisait rien. Il était là, immobile, assis, les mains posées à plat de chaque côté de son bol, la tranche de pain rassis devant lui, sans penser à la casser et à jeter les morceaux dedans pour épaissir la soupe froide.

Fouine arriva sur le coup des 7 heures en sifflotant. Sa tournée matinale dans les bois l'avait mis de bonne humeur. Le cageot ficelé sur le porte-bagages de son vélo contenait quatre lapins.

« C'est pour M. Rémi, lança-t-il à Régine. Vous ferez au mieux et vous me donnerez ce que vous aurez pu en tirer. »

Elle lui fit signe de cacher le cageot dans la grange. Elle tâta les reintiers des bêtes pour estimer le prix qu'elle pourrait demander, ce qu'elle prendrait au passage et ce qu'elle restituerait au braconnier. Après tout, ces lapins ne lui avaient pas coûté cher.

« On dirait que vous avez oublié de souffler la lumière dans la maison », dit Fouine.

La vieille haussa les épaules.

« C'est Léon. Il est r'venu hier au soir.

— C'est une bonne nouvelle », répondit-il sans conviction.

En fait de bonne nouvelle, le retour de Léon signifiait que ses journées de travail à Montainville étaient terminées et qu'il allait perdre les quatre sous qu'il gagnait ici. Régine le devina :

« Reste. Pour aujourd'hui, y a d'l'ouvrage.

— Vous allez pus avoir besoin de vous cailler les sangs, la mère. Il doit être content, le Léon. J'vas lui dire bonjour.

— Non, non, l'arrêta Régine. Faut pas l'déranger. »

Fouine sentit du mystère dans sa voix. Il hocha la tête pour donner l'impression qu'il avait compris quelque chose. Il ajouta :

« Pour sûr, il a besoin de r'prendre ses habitudes. »

Régine ramassa une chaîne et un piquet.

« Prends l'autre, on va sortir les deux vaches. Pendant qu'elles s'ront à l'herbe, tu cureras l'étable. Ce s'ra pas du luxe. »

Ils emmenèrent les vaches. Puis Fouine empoigna la brouette et commença les allers-retours entre l'étable et le tas de fumier. Régine partit au jardin en bougonnant contre son homme. Il y avait tant à faire.

Sur le coup des 8 heures un quart, Léon sortit de la cuisine.

« Ah, bonjour, lança Fouine en vidant sa brouette sur le fumier. Alors, comment qu'ça va ? »

Léon l'ignora, avança tout droit, traversa la cour, entra dans la grange sans répondre et referma la petite porte derrière lui.

« Il s'est l'vé l'cul l'premier à matin ! murmura Fouine. Toujours aussi bachique. »

Il reprit sa brouette. Un peu plus tard, Régine trottina comme une musaraigne pour reluquer vers la cuisine où la lumière brûlait toujours.

« Il est parti dans la grange. Il est passé y a pas cinq minutes, dit Fouine.

— Ah... »

La vieille parut à la fois soulagée de savoir que Léon s'était enfin décidé à se mettre au travail et irritée parce que sa préoccupation avait été découverte. Elle regarda les portes fermées de la grange, puis fit demi-tour et repartit dans le jardin. Fouine termina de curer l'étable et étala plusieurs ballots de paille pour remplacer la litière. Puis il alla aux ordres dans le jardin. Régine était cassée en deux et semait des navets en serrant fort le pouce contre son index pour que les graines contenues dans sa main tombent régulièrement.

« Ben, t'as pas r'garni l'pailler ?

— Non. Léon est toujours dans la grange. J'ose pas l'déranger. »

Elle se redressa. Ils se regardèrent. Une lueur étrange traversa le regard de la vieille. Elle laissa tomber sa pincée de graines dans le rayon, se précipita vers la grange, tourna le loquet et se jeta littéralement à l'intérieur, poussée par un terrible pressentiment. Puis elle s'immobilisa net. Fouine entra à son tour :

« Nom de Dieu ! » s'exclama-t-il.

Léon était pendu à la poutre maîtresse. Son corps se balançait mollement au bout de la corde à vache qu'il s'était nouée autour du cou. Il avait dû enfoncer sa casquette sur son front juste avant de faire basculer la caisse sur laquelle il était monté parce que la secousse ne l'avait pas fait tomber. Ils le regardèrent tournoyer quelques secondes, sans oser s'approcher, fascinés par ces yeux exorbités qui semblaient les fixer quand le corps leur faisait face. Fouine sortit de sa stupeur le premier et avança.

« Y a pus rien à faire. Il est trop tard. »

Régine restait pétrifiée, sèche, terrible de fixité. Fouine lui prit le bras.

« Restez pas là, la mère, venez dans la maison. J'vais prévenir l'maire et il appellera les gendarmes. »

Régine se laissa conduire dans la cuisine. Fouine tira une chaise et elle s'assit, posant les mains sur la table dans la même étonnante position que le vieux la veille au soir.

« Bougez pas. J's'rai pas long. »

Il enfourcha son vélo et pédala comme un fou. Le maire poussa un « Ah, ben merde. C'est la prison qui l'aura tué ! », téléphona à la gendarmerie et accourut chez Bailly. Vingt minutes plus tard, le nouveau chef et deux hommes arrivèrent en side-car, suivis de peu par le docteur de Voves qui ne put que constater le décès et signer le certificat. À la suite de quoi, deux gendarmes montèrent sur des caisses et soutinrent le corps pendant que le chef coupait la corde. Ils transportèrent Léon dans la maison et l'allongèrent sur son lit.

« On n'a pas de doute sur le suicide, dit le chef, mais il y a enquête. Il me faut vos témoignages. »

Fouine et Régine racontèrent ce qui s'était passé. Pour tout le monde, cette séance solennelle « des papiers » dura une éternité. Le jeune maréchal des logis-chef écrivait en penchant la tête, avec application. À la fin, Régine lui posa la main sur le bras :

« Tout ça, c'est parti de la lettre que vous avez r'çu à la gendarmerie. Maintenant qu'il est mort, vous pouvez m'dire qui c'est qui l'a envoyée. »

Le chef n'était en poste que depuis trois semaines. Il ouvrit la paume de ses mains en un geste d'impuissance et répondit sur un ton d'excuse :

« J'étais pas là, madame Bailly. C'est pas moi qui l'ai reçue, cette lettre. J'y suis pour rien.

— Mais vous savez sans doute. C'est qui ? C'est qui ?

— Je ne sais pas... Personne ne sait. C'était une lettre anonyme.

— Mais à l'écriture, on r'connaît.

— Je ne l'ai pas vue. Vous savez bien qu'elle est dans le dossier de la justice depuis le début. »

Régine baissa la tête.

« L'autre, ajouta-t-elle en faisant allusion à l'ancien gendarme, il sait certainement, mais il est parti maintenant. Il d'vait ben s'douter pourtant qu'la prison, à son âge... seul'ment, il voulait monter, fallait des arrestations... »

Le docteur était parti depuis longtemps. Tous les hommes se levèrent. Le maire demanda aux gendarmes comment il devait procéder pour dresser l'acte de décès et délivrer le permis d'inhumer. Le chef promit d'apporter une copie du procès-verbal le soir même à la mairie. Puis ils présentèrent leurs condoléances à Régine et s'en allèrent.

Fouine resta seul avec elle.

« L'fusil, c'ti-là qui l'a dénoncé, il s'en foutait pas mal du fusil. C'est quequ'un qui nous en veut. Mais qui ? C'est qui qu'a tué Léon ? »

XV

DEPUIS SEPT SEMAINES, Irène n'avait aucune nouvelle de Philippe. Elle était désespérée. Aucun moyen d'obtenir la moindre information. À plusieurs reprises, elle voulut repartir en ville. À Paris, on savait certainement quelque chose. Lucien la dissuada, la réconforta de son mieux et lui remonta sans cesse le moral. Sans ces longues conversations au cours desquelles elle pouvait se livrer et trouver l'affection de son père, elle aurait probablement pris des risques stupides pour tenter de savoir.

Simplicité déconcertante. Un matin, un fort bel homme monta les marches du perron et frappa à la porte. C'était le jour du beurre. Marthe emplissait la baratte de crème. Elle alla ouvrir.

« Bonjour. Vous êtes Mme Bailly ?

— Oui...

— La mère d'Irène Bailly ?

— Oui... »

Elle devint pâle et craignit le pire, mais l'homme était calme et annonça le plus simplement du monde :

« Je suis Philippe.

— Philippe... Philippe !

— Elle est là, n'est-ce pas ? »

Marthe ne savait plus où elle en était. Elle s'essuya les mains en se servant du bas de son tablier. Comme elle restait ébahie, il lui posa la main sur l'épaule et répéta :

« Elle est bien ici ? »

Marthe était brusquement perdue, étourdie.

« Philippe… ah ben, si j'm'attendais… »

Puis, le plantant sur le seuil sans même lui dire d'entrer, elle se précipita vers les chambres, ouvrit les portes en appelant :

« Irène ! Irène, viens vite. »

Irène accourut, trouva tout de suite le regard de Philippe et se jeta dans ses bras puissants qui se refermèrent aussitôt. Ils s'étreignirent longtemps, silencieusement, s'embrassèrent en fermant les yeux. Marthe en était toute retournée. Elle courut chercher Lucien qui travaillait avec René dans les ouches. Quand les parents revinrent, les deux amants étaient dans la chambre et avaient poussé la porte.

Ce ne fut que le soir, quand ils se retrouvèrent tous autour de la grande table qu'ils apprirent ce qui s'était passé.

« Ils m'ont vraiment pris pour un S.T.O. réfractaire. J'ai passé deux jours dans un camp de regroupement, puis ils m'ont emmené en Hollande pour construire des blockhaus. On travaillait en équipes de nuit ou de jour, toujours un fusil boche dans notre dos. Il y a une semaine, j'ai été désigné pour charger un train de ciment. J'en ai profité. »

Irène l'écoutait, lui tenant le bras à deux mains, comme si elle avait peur qu'il ne lui échappe à nouveau. Elle ne disait rien, mais buvait littéralement ses paroles. Philippe avait une belle voix profonde et chaude.

« Je n'ai pas quitté les trains. Je suis allé de dépôts en gares de triage, toujours dans des trains de marchandises, évitant les grands axes surveillés par les Allemands. J'ai beaucoup circulé de nuit. Une semaine pour arriver à Nogent-le-Rotrou. Au moins deux mille kilomètres. »

Irène ne le quittait pas des yeux. Plus rien ne semblait compter pour elle que cet homme. Lucien observait sa fille mais ne parvenait plus à capter son regard.

« Je me doutais bien qu'elle était revenue ici poursuivait Philippe. On n'en avait jamais parlé, mais où pouvait-elle aller ? »

La soirée ne se prolongea pas. Irène et Philippe avaient envie d'être ensemble, seuls tous les deux et ils s'enfermèrent dans la chambre.

Irène rayonnait à nouveau et Lucien s'en réjouissait, mais, au moment où la porte se referma, il se sentit étranger à ce bonheur et il comprit que le temps des longues conversations en tête à tête et des confidences était terminé.

Il s'assit sur la chaise en haut du perron et alluma une cigarette. Plusieurs sujets le peinaient et le tourmentaient : la mort de son père, l'arrivée de Philippe, le sentiment d'un danger qui rôdait autour de lui. Dans sa tête, les images se succédaient, se superposaient rapidement sans qu'il ait le temps de réfléchir et d'y voir clair. C'était trop rapide pour lui, trop dur d'avaler tout en même temps.

Irène n'allait-elle pas repartir ? D'une certaine façon, n'était-elle pas déjà en train de l'oublier en ce moment ? Que diraient les gens, le lendemain, à l'enterrement du vieux ? Ne serait-il pas montré du doigt ? Ne manquerait-on pas de dire : « S'il ne l'avait pas mis à la porte ! » Philippe n'était-il pas recherché ? Comment expliquer la présence de cet inconnu sous son toit ?

« En tout cas, confia-t-il à Marthe quand elle lui apporta une veste pour qu'il ne prenne pas froid, on va avoir du mal à le faire passer pour un journalier. Il ne ressemble ni à un paysan ni à un benêt des villes qui vient se cacher en campagne pour pas partir en Allemagne. »

Elle laissa ses mains sur les épaules de son homme après avoir posé le vêtement.

« Parce que tu crois qu'ils vont repartir… ? »

Les yeux de la mère brillaient dans la pénombre. Marthe éprouvait la douleur animale d'une mère qui sent que son petit va quitter le nid pour voler de ses propres ailes. Et, cette fois, elle se disait que son enfant ne reviendrait pas.

« Elle est encore si jeune… murmura-t-elle.

— Elle est encore si fragile… » ajouta-t-il.

Et leurs deux rêves les entraînèrent sur des chemins divergents.

XVI

LE CERCUEIL DE LÉON fut ramené à Rouvray dans une farinière. Devant la mairie, quatre hommes le descendirent et on le posa sur le corbillard avant de le recouvrir du drap noir. Tout le pays se retrouva là, rassemblé par petits groupes bavardant à voix basse. Les mots *fusil, lettre anonyme, marché noir, M. Rémi, gendarmes, prison, six semaines, pendu, profiteurs, pauvre vieux*... flottaient au ras des têtes comme l'écume à la surface d'un pot-au-feu. Le brave bonhomme curé avait été obligé de refuser son église. Un suicidé n'est pas enterré à l'église.

Régine arriva dans la voiture qui transportait le cercueil. Lucien et Marthe étaient allés à Montainville pour préparer le corps du père. Ils avaient tenté de lui apporter un peu de soutien, mais elle les avait reçus froidement par un : « Si tu l'avais pas foutu à la porte de chez lui ! » C'est avec René qu'elle avait mis au point les détails de l'enterrement.

Maintenant, elle était murée dans son silence et sa haine du monde. Elle ne dit bonjour qu'à ses petits-enfants et à une cousine. Lucien s'approcha d'elle parce qu'il lui semblait que c'était sa place, mais il était très mal à l'aise. Marthe l'accompagnait. La sœur de Lucien, qui était religieuse à la communauté Saint-Paul, était partie dans le sud de la France depuis le début de la guerre et on n'avait pas pu la prévenir. Derrière, il y avait René, Nicole, Irène, Pierrette, des neveux et des nièces, quelques vieux cousins qui habitaient dans des villages voisins.

La cloche n'annonça pas le départ. Le garde champêtre marcha devant, à la place du curé absent et ouvrit la route. Deux hommes poussèrent le corbillard au milieu de la chaussée. La famille se plaça derrière. Lentement, le village prit la suite et forma un cortège qui s'étira jusqu'au bistrot. En quelques minutes, on atteignit le cimetière et tout le monde se retrouva autour de la fosse béante creusée la veille. Pas un mot. Les hommes descendirent le cercueil au fond du trou et le défilé des jeteurs d'immortelles se prolongea pendant une vingtaine de minutes. Les gens venaient ensuite bredouiller quelques vagues condoléances à l'oreille de la famille puis sortaient rapidement du cimetière pour bavarder sous les tilleuls. Des cultivateurs, pressés par le travail des champs, rentraient à grandes enjambées. L'enterrement avait duré une demi-heure.

« Toute la famille prend quelque chose à la maison avant de s'en retourner. Viens avec nous, dit Lucien à sa mère.

— Non. Je rentre chez moi.

— Un jour comme aujourd'hui, faut pas rester toute seule. Les vieilles histoires…

— Non. »

Lucien s'irritait de cet entêtement qui le plaçait en position de mauvais fils devant tout le monde, mais il se contint.

« Alors, je vais te reconduire.

— J'préférerais core rentrer à pied ! »

Ostensiblement, Régine alla embrasser quelques personnes de la famille, puis monta dans la petite carriole de son cousin de Meslay qui passait par Montainville pour rentrer chez lui.

XVII

La fièvre cloua Pierrot et le petit Claude au lit. Pendant deux jours, Léonie enveloppa leurs torses maigres dans des cataplasmes à la farine de moutarde, mais leurs fronts restèrent brûlants.

« Faut faire venir le docteur, insistait Claire.

— Avec quoi qu'on va l'payer ? la rabrouait Léonie. C'est pas avec l'argent qu'tu ramènes à la maison. Tu passes ton temps à courir. Tu fais même pus tes matinées chez Ferron. »

Ferron avait mis Claire à la porte et cela restait un mystère. Tout le monde savait que Ferron était un chaud lapin et, pour Léonie, la chose était simple : le fermier avait eu les mains un peu fureteuses et la garce qui, pourtant, s'allongeait sur le premier tas de paille venu, avait joué les effarouchées et l'avait envoyé balader. Mais la grand-mère n'osait pas le reprocher ouvertement à sa petite-fille. Alors, elle bougonnait sans cesse pour brûler sa mauvaise humeur.

« Pis ton père, vaut mieux pas en parler. Un fainéant. Pas foutu de ram'ner deux billets de cinquante francs dans la semaine. On n'a pas un sou dans l'taudion. »

Claire lui répondait avec insolence, avec la volonté de la provoquer.

« Tu préfères qu'ils crèvent !

— Peuh ! I z'auront pris un achauferdi, v'là tout. Pas besoin de payer des r'mèdes pour si peu d'choses ! »

Dans la chambre, Fouine était accroupi près des enfants. Il caressait les petites têtes fiévreuses et observait les yeux brillants. Claude se forçait à sourire. Pierrot remontait le drap jusqu'aux yeux. La porte de la cuisine claqua.

« La v'là qui r'tourne à la maraude ! Traînée ! C'est pas d'la fièvre qu'elle a, elle, c'est l'feu au cul, oui ! »

Fouine cajola ses garçons pendant un petit moment et les embrassa.

« C'est vrai qu'il vaudrait peut-être mieux faire venir le docteur, dit-il en rentrant dans la cuisine.

— T'as des sous ? Non, alors… »

L'altercation avec Claire avait épuisé la grosse femme. Elle tomba sur une chaise. Des sifflements montaient de sa gorge. Son bras maintenait sa tête tandis que, par la bouche grande ouverte, filtrait une respiration saccadée et courte de machine mal graissée. Son énorme poitrine gélatineuse roulait sur la table et tremblotait quand une quinte de toux se déclarait. Au moment où elle voulut reprendre sa phrase, elle s'asphyxia. Des bruits sourds remontèrent en cataractes de ses bronches encombrées. Elle se leva précipitamment, arracha le crochet du poêle qui pendait à la barre, extirpa les ronds de la cuisinière dans un bruit de fonte félée et cracha des glaires verdâtres dans le feu. Fouine eut une mimique de dégoût et profita de l'accalmie verbale pour lui lancer :

« Si j'avais pas à vous nourrir, ce s'rait déjà ça d'gagné. »

Le mois de mai éclatait dans le jardin. Les arbres étaient en fleurs. Pour compenser le manque de travail à l'extérieur, Fouine prodiguait des soins tout particuliers à son jardin et essayait d'en tirer le maximum. Le cœur des salades d'hiver prenait de la rondeur. Les carottes, les navets, les poireaux, les betteraves rouges, les choux germaient à pleins rayons. Les petits pois commençaient à grimper aux rames. L'oignon et l'échalote pointaient leurs tiges vertes. Bien protégées le long du vieux mur, les feuilles fragiles des pommes de terre nouvelles perçaient le sol. Bientôt, on mangerait les premiers radis. Dès qu'il ferait un peu plus chaud, il planterait des courgettes, des concombres, des citrouilles pour les soupes de l'hiver et des gros choux qui se conservent jusqu'en avril de l'année suivante.

Il entreprit de préparer un carré pour semer des haricots.

« Un bon coup de crochet, ça va sécher la terre. »

Les deux garçons avaient une carte de ravitaillement J2. Claire était classée en J3 et Léonie en A. M. Cochepin avait réussi à lui avoir une carte T, celle des travailleurs de force. À eux cinq, ils avaient droit à un kilo et demi de pain. Par manque d'argent, c'était à peu près les seuls tickets qu'on utilisait régulièrement. Pour le reste, on se débrouillait comme on pouvait. Les noisettes, les noix, les châtaignes, les champignons, la braconne... De temps en temps, il donnait quelques journées à

Reverseaux. Dans cette ferme-là, on moulait du blé avec un moulin à manivelle. On tamisait grossièrement la farine et on faisait une pâte qui levait mal parce qu'on n'avait pas la levure nécessaire. Mais ça faisait du bon pain compact qui tenait bien au ventre et Fouine était tout content quand il en rapportait une boule ou deux à la maison.

Un attelage passa sur la petite route. Le premier charretier rentrait d'une énième livraison de blé, à croire que les greniers de la grande ferme étaient inépuisables. Il se tenait debout dans la farinière vide, la moustache redressée, le fouet suspendu autour du cou, la veste de drap noir boutonnée jusqu'en haut. Fier. Élégant. Son regard passait par-dessus le mur de clôture, si bien qu'il vit Fouine dans son jardin.

« Ho ! » lança-t-il aux chevaux tout en tirant sur les guides.

L'attelage s'arrêta et les grandes roues cessèrent de crisser sur les cailloux.

« Fait beau aujourd'hui. Faut en profiter pour rouler pendant qu'ça colle pas. Viens donc, tu vas faire une petite journée.

— C'est pas d'refus, accepta Fouine en suspendant son crochet à la branche d'un poirier. J'arrive.

— Tu prendras Sansonnet. C'est dans la pièce du Guignier », précisa le charretier tandis que son poignet provoquait une onde sur les guides qui frappa la croupe du cheval de tête afin de lui donner le signal du départ.

Fouine rejoignit la maison, prit son paletot et partit à pied en direction de la ferme.

« Une petite journée, ce s'ra de l'argent pour le docteur. »

La grande ferme, c'était un village à elle toute seule. Du matin au soir, c'était un va-et-vient de vachers, de bergers, de tâcherons, d'attelages, de bestiaux. Les bonniches tournaient autour de la maison. Des hommes portaient des sacs, de la paille. Les femmes traversaient la cour, des paniers dans les bras. Les meuglements, les bêlements, les aboiements des chiens et toute la cacophonie des volailles qui grattaient sur le gros tas de fumier couvraient à peine les jurons et les ordres des charretiers. De temps en temps, les formidables coups de gueule du propriétaire dominaient toute cette frénésie de vie et imposaient un court moment de silence.

« Nom de Dieu, tu tombes bien ! jura le patron quand Fouine se présenta dans la cour. Il m'a mordu, c'te saleté, mais j'ai réussi à l'enfermer dans l'étable. La vessie ! Viens m'aider, on va lui faire passer l'envie de triquer. »

Le propriétaire de la grande ferme était trapu et court sur pattes. Il examinait les traces rouges laissées par les crocs du chien sur son bras. Il entrouvrit la porte et poussa Fouine à l'intérieur avant de rentrer à son tour et de verrouiller de l'intérieur.

« Ça fait au moins dix jours qu'il tourne autour de mes chiennes. Il a trouvé le moyen de faire un trou dans l'grillage et d'm'en sauter une. »

Il prit plusieurs sacs à blé vides. Ce n'était probablement pas la première fois que le chien recevait une volée de bois vert. Par expérience, il s'était reculé dans un coin, dos au mur et faisait face en découvrant les crocs.

« R'garde-moi ce corniaud ! Tell'ment bâtard qu'on s'demande si c'est un clébard. Ah, elle va m'en faire une portée ! Une pointer pure race que j'ai payée quatre mille francs. Tu sais à qui il est ?

— Non. Faut ouvrir la gueule des sacs pour l'empouchter. J'ai l'impression qu'il va sauter. »

Ils se préparèrent et avancèrent. Le chien grognait, reculait comme s'il voulait s'enfoncer dans le mur, mais il ne sauta pas. Quand il fut à moins d'un mètre, Fouine plongea et le chien se débattit à l'intérieur du sac, tentant de mordre à travers la toile. Le patron jeta les autres sacs dessus pour se protéger des morsures et coinça l'animal entre ses genoux.

« On va y ressortir le cul. Vas-y doucement. »

La tête resta immobilisée sous l'espèce de matelas. Ils tirèrent sur les pattes arrière qu'ils écartèrent pour découvrir les testicules. Le patron sortit un couteau de sa poche, l'ouvrit et le tendit à Fouine.

« T'as plus l'habitude que moi. »

Effectivement, ce n'était pas la première fois que Fouine castrait un animal. Les moutons, les veaux, les lapins, les chiens à l'occasion… On venait même le chercher pour les chats parce qu'il n'avait pas son pareil pour les enfermer dans une laitière et les opérer. Il saisit les deux petites noix, tira pour les écarter du ventre et trancha d'un coup sec. Le chien poussa un cri aigu en bondissant comme un diable.

« Mon saloupiaud, maintenant qu't'as pus que l'tuyau pour pisser, ça va t'passer l'envie ! »

Le patron souleva le sac contenant le chien, ouvrit la porte et lâcha le paquet dans la cour. L'animal trouva immédiatement la sortie et partit en courant, les cuisses en sang.

Fouine essuya le couteau, le plia et le rendit. Puis il partit harnacher le cheval et atteler le rouleau. Sansonnet était « le ch'vau d'cour », un vieux percheron usé qu'on n'utilisait plus que pour des travaux faciles. Il était doux et comprenait de nombreux mots. Depuis le temps.

Fouine travailla dans la pièce du Guignier jusqu'au soir, n'arrêtant qu'une petite heure pendant midi pour s'emplir le ventre de rata dans le réfectoire de la ferme. La brise caressait la plaine depuis plusieurs jours et la terre ne collait pas au rouleau. Le travail était facile. Il suffisait de laisser aller le cheval à son rythme. Fouine se perdit dans des rêveries paresseuses. Il y avait la mort de Léon qui le privait de travail. Il y avait aussi la fièvre de ses petits qu'il ne savait pas bien soigner.

« … Ce qui leur faudrait, c'est une mère… »

Et, de pensée en pensée, il se confortait dans son idée que la meilleure solution pour tout le monde, ç'eût encore été de vivre en ménage avec Pierrette.

« Puisqu'on s'aime… »

Le soir, quand il eut dételé Sansonnet, le patron lui donna ses quarante francs sur-le-champ.

« Et demain ? interrogea Fouine tout en bouchonnant les deux petits billets dans sa poche de veste.

— Demain, y a rin. J'te f'rai signe quand j'aurai besoin. »

Quand il rentra à la maison, Claire avait posé le baquet dont on se servait pour laver le linge et l'emplissait d'eau chaude. Elle voulait se laver en grand et bataillait ferme avec sa grand-mère pour qu'elle ne restât pas dans la pièce à l'examiner sous toutes les coutures pendant qu'elle faisait sa toilette.

« Faut ben qu'elle s'nettoie l'cul après toutes les saloperies qu'elle fait dans la sainte journée !

— Hein ! grimaça Claire en haussant les épaules. J'ai balayé les greniers tout l'après-midi. Ça m'gratte. J'ai quand même le droit de me laver, non ?

— Qu'est-ce qui t'en empêche ?

— Toi. J'veux pas que tu restes à me reluquer quand j's'rai toute nue. C'est mon droit », répliqua-t-elle en dodelinant de la tête et en grimaçant pour se moquer d'elle.

Fouine posa les deux billets de vingt francs sur la table et entra dans la chambre pour voir ses garçons. Claude somnolait. Pierrot était blanc et essayait de calmer la douleur de son ventre en le comprimant des deux mains à la fois.

« Ça va ?

— J'ai mal dans les boyaux », se plaignit Pierrot.

Le père observa ses garçons en leur posant la main sur le front. La fièvre semblait avoir augmenté.

« C'est même pus d'la chiasse, c'est d'l'eau », reprit l'aîné.

À côté, Léonie débitait toujours ses litanies et Claire montait le ton :

« J'attends. L'eau va refroidir.

— L'eau froide, c'est bon pour les fumelles qu'ont l'feu où je pense ! »

Fouine sortit de la chambre et interrompit l'altercation.

« Claire a travaillé, elle a l'droit de s'laver, trancha-t-il en prenant sa belle-mère par le bras. Alors, vous allez dans la chambre ou je vous fous dehors ?

— Ah, par exemple ! »

Léonie craignait les brutalités de son gendre. Elle se dégagea vivement et alla s'enfermer avec les enfants sans lui tenir tête.

« J'vais chercher le docteur, dit-il à Claire. Les petits, ça va pas. Tâche d'avoir fini quand j'vais revenir. »

Claire s'assura que la grosse avait bien fermé la porte et retrouva une voix calme.

« Oui, Papa. Dis, aujourd'hui, j'ai gagné quinze francs. S'il faut des médicaments, tu peux les prendre, je les lui ai pas encore donnés.

— Merci... T'es une bonne fille. »

Fouine descendit jusqu'à Voves. Le docteur passa à la nuit tombante et établit son diagnostic après quelques minutes d'examen :

« Un peu de bronchite, un peu de gastro-entérite. Rien de grave. C'est leur état général qui fait traîner les choses. Ce qui leur faudrait, c'est surtout une alimentation riche, avec de la viande, des vitamines.

— Vous savez, nous, la nourriture...

— Je sais, je sais », l'interrompit le docteur.

Il refusa le prix de la consultation mais, tout autant pour résoudre ses propres difficultés de ravitaillement que pour ne pas humilier Fouine, il lui glissa juste avant de partir :

« Par contre, un lièvre ou un beau faisan, je ne dis pas non. »

XVIII

RÉGINE SE RENDIT chez le notaire le lundi qui suivit l'enterrement de Léon. Seule. Il serait toujours temps de parler de ces choses-là avec Lucien.

« Madame Bailly, commença le notaire, j'ai rapidement examiné la situation laissée à la suite du décès de votre défunt mari, M. Léon Bailly. Vous savez que, selon les clauses de votre contrat de mariage, le patrimoine de votre mari était sa propriété exclusive, de même que le vôtre vous appartient en propre. Je vous l'avais expliqué en détail lors de la donation de votre ferme à votre fils Lucien. »

Régine était assise sur la pointe de la chaise, son chapeau orné de cerises dressé au-dessus de son corps raide. Elle était très tendue : le bureau feutré, la solennité du notaire, les mots inhabituels qu'elle avait peur de ne pas comprendre, sans doute.

« Depuis le jour de cette donation, votre mari a racheté des terres, des titres et a réalisé divers placements. Il l'a toujours fait à son nom propre, si bien que tout lui appartient.

— J'm'en doutais », siffla Régine.

Le notaire prit une enveloppe sur son bureau et en tira une feuille de papier.

« Il a aussi laissé un testament que j'ai moi-même reçu. Il y exprime sa volonté de laisser tous ses biens meubles, immeubles et valeurs à ses deux enfants, M. Lucien Bailly et Mme Jeanne Bailly. »

Régine n'en fut pas surprise outre mesure. Malgré cinquante-cinq ans de vie commune, Léon avait tout manigancé sans lui demander son avis ni même la mettre au courant. Il avait voulu être le seul propriétaire, le maître. Comme avant. Pourtant, n'y avait-il pas sa part de travail et de peine dans les champs qu'ils avaient rachetés ou les titres qui dormaient dans le coffre du notaire ?

« Étant donné que votre mari ne vous a pas accordé d'usufruit, je me trouve dans l'obligation de vous informer que la maison de Montainville devra être vendue. Bien entendu, votre fils Lucien reste tenu de vous loger et de pourvoir à vos besoins selon les termes de l'acte conclu lors de la donation de votre ferme. La loi me fait obligation de convoquer vos enfants pour leur apprendre les dernières volontés de leur père…

— Lucien, ça suffira, grinça Régine. Sa sœur lui a signé une procuration pour tout. C'est lui l'seul maître an'hui. »

Le notaire lut plusieurs papiers, mais Régine, qui ne comprenait déjà pas son vocabulaire quand il parlait, ne saisit que peu de chose.

La vieille rentra à Montainville à pied. Elle marmonna des paroles remplies de fiel d'un bout à l'autre du chemin. Elle n'en voulait vraiment à Léon que sur un point, l'obliger à abandonner la maison. Lucien lui dégagerait probablement les deux petites pièces de la laiterie, mais vivre à nouveau dans la même cour...

Par contre, elle en revenait toujours à la cause profonde de son malheur et se posait à tout moment l'unique question : « Qui a dénoncé Léon ? »

XIX

PHILIPPE PROJETAIT DE REPARTIR.

« Ici, je suis inutile et je fais courir un risque énorme à toute ta famille. Dans un village de trois cents habitants, tout se sait. Je ne peux pas me cacher chez vous. »

Irène avait annoncé qu'elle l'accompagnerait parce qu'elle ne voulait plus être séparée de lui, mais l'éventualité d'une nouvelle arrestation la hantait jusqu'au cauchemar. Dans le train, ils avaient eu de la chance. Que se passerait-il la prochaine fois ? La nouvelle attrista profondément Lucien.

Philippe se méfiait beaucoup du courrier qu'il savait surveillé, ouvert, lu. Il ne voulait pas non plus téléphoner de la cabine publique. Entre Rouvray et Paris, pas moins de quatre ou cinq opératrices consigneraient son appel sur des fiches qui transiteraient par un service de contrôle. Le retrouver dans un si petit village était ensuite un jeu d'enfant.

Il se rendit donc discrètement à Chartres et appela, de la poste, un contact à Paris. L'homme lui fit comprendre à demi-mot qu'il allait demander des instructions et que, dans l'attente d'une réponse, il ne devait pas bouger. Pendant trois jours, il se calfeutra dans la chambre d'Irène, partageant son temps entre la jeune femme et de longs moments de solitude. Pendant ce temps, Irène apparaissait le plus naturellement du monde dans le village pour donner le change. Lui, allongé sur le lit, rongeait son frein.

Un jour, la réponse arriva sous une forme très inattendue.

Fouine fut chargé par M. Cochepin de porter une carte en cours de falsification à l'épicier de Voves. En retour, le brave père tranquille lui commanda de prévenir Irène Bailly que son fiancé était grillé et qu'il devait rester planqué dans la région.

« Quel fiancé ? s'étonna Fouine. Elle est toute seule à Rouvray.

— Je n'en sais pas plus. Débrouille-toi pour la prévenir discrètement.

— Vous savez bien que M. Cochepin a fabriqué des papiers pour elle toute seule. Son fiancé a été arrêté.

— Il est peut-être revenu…

— … m'étonnerait… Je l'aurais su… »

Fouine n'en apprit pas davantage. Il rapporta les nouvelles à M. Cochepin qui n'était pas au courant du retour de Philippe, mais qui conseilla à Fouine de faire suivre immédiatement l'information à Irène.

Fouine connaissait Irène comme il connaissait tous les enfants et les jeunes du pays. Un peu plus cependant depuis l'histoire des faux papiers. Il savait qu'elle avait pas mal bourlingué au cours des trois dernières années et qu'elle était revenue à cause d'ennuis. Tous ces sous-entendus attiraient le respect.

Il n'y alla pas par quatre chemins : il s'arrêta à la ferme et frappa à la porte de la cuisine.

« Bonjour, Marthe. J'voudrais voir Irène, j'ai quelque chose à lui d'mander.

— Irène, elle est dans la laiterie. »

En fait, Irène n'était pas en train de s'occuper du lait, du fromage blanc ou du beurre. Les deux pièces blanchies avaient été déménagées et elle les nettoyait afin de les rendre habitables.

« Papa a été convoqué par le notaire. Grand-mère revient habiter ici. Je lui arrange le logement.

— Ah… »

Fouine était allé le matin même à Montainville et Régine ne lui avait rien dit de son retour à Rouvray. Mais maintenant, il comprenait mieux pourquoi toutes les niches à lapins étaient vides et pourquoi la basse-cour s'était subitement dépeuplée. La vieille liquidait la boutique et bazardait la marchandise avant de partir.

« T'es toute seule ? demanda-t-il.

— Oui. Tu vois.

— J'ai une commission à te faire. C'est rapport à Philippe, ton fiancé. »

Irène se figea et son visage devint inquiet.

« Philippe…

— Je reviens de Voves. Il a téléphoné à Paris. La réponse d'en haut est revenue. Il est grillé. Faut qu'il reste par ici et qu'il se cache en attendant de nouveaux contacts. Alors, si tu le vois…

— T'es dans la Résistance ? lui demanda Irène à brûle-pourpoint en retrouvant la prudence acquise au cours des dernières années.

— Dans la Résistance, dans la Résistance... se défendit Fouine, méfiant. Faut pas exagérer. Moi, j'donne un petit coup de main aux gens. J'porte un papier ici ou là pour rendre service à M. Cochepin ou à un autre. J'fais des commissions, c'est tout. »

Irène s'avança vers la fenêtre et regarda vers l'extérieur, puis, sans se retourner, elle lui confia :

« Les Allemands avaient emmené Philippe en Hollande pour construire des blockhaus. Il s'est évadé. Il est là depuis plusieurs jours. »

Elle le regarda à nouveau et ajouta :

« Il faut l'aider à se cacher dans les environs. Ce n'est pas possible qu'il reste ici.

— Surtout si Régine revient vivre avec vous. J'vais en parler à M. Cochepin. »

Le maître d'école ne fut pas surpris outre mesure. Après la classe, il enfourcha son vélo et prit la direction de Voves. Quand il revint, tout était réglé. Philippe pouvait se rendre dans une grosse ferme isolée où un autre réfractaire au S.T.O. se cachait déjà. Le cultivateur était un résistant du réseau « Libération Nord ». On pouvait avoir confiance.

« Conduis-le dès cette nuit, dit-il à Fouine. Il est attendu. On lui fera des papiers à un autre nom. Pour l'instant, qu'il ne se montre pas. »

Sur le coup des 11 heures et demie, Fouine attendit près de la Tourelle. Irène arriva et présenta Philippe.

« On va prendre par les champs. Y a pas d'Allemands dans le coin, mais on sait jamais. Les mauvaises langues... »

La nuit était assez sombre. Fouine monta sur son vélo et ouvrit la marche. Il roulait au milieu du chemin, entre les braies creusées par les roues des tombereaux. Philippe et Irène n'avaient pas son habitude des maraudages nocturnes. Ils ne parvenaient pas à éviter les ornières et devaient fréquemment mettre pied à terre pour ne pas chuter. Fouine s'en apercevait et riait en silence. Ils traversèrent Villarceaux, contournèrent Voves par le nord et atteignirent la ferme à minuit et demi. Le cultivateur les attendait et les fit entrer dans la grande cuisine.

« Ici, tu crains pas grand-chose, annonça-t-il à Philippe, mais tu changeras quand même de ferme de temps en temps, par précaution. En cas de coup dur, on a aménagé une cache dans l'ancienne marnière. »

Philippe et Irène sortirent pour s'embrasser avant de se séparer. Le cultivateur adressa un coup d'œil à Fouine et lui dit sur un ton rempli de sous-entendu :

« Eux, non, mais nous, tu crois pas qu'on a l'temps de se prendre une p'tite goutte ? »

XX

En février, la cousine Pierrette avait tué un cochon et en avait donné la moitié à ses voisins. La veille, les voisins avaient tué le leur et lui avaient rendu sa moitié. Pierrette avait mis de la viande en *potes*[1] et faisait maintenant des rillettes. Elle entretenait un feu très doux sous la grande cocotte de fonte noire emplie de gros cubes de poitrine, de viande, de gras dont elle n'avait pas pu se servir pour faire le saindoux. La graisse avait fondu et maintenant la viande y cuisait lentement en dégageant une odeur suave qui ravissait les narines. Elle tournait sans cesse afin que les rillettes n'attachent pas au cul de la cocotte et n'aient pas le goût désagréable du grôlé.

René avait réussi à entraîner son père chez la cousine pour lui parler des terres :

« Ce qu'il faut savoir, répétait René, c'est si tu veux les vendre.

— Oui, je vais les vendre, confirmait Pierrette. J'en ai marre de travailler comme une bête pour arriver à rien.

— Une ferme, c'est pas pour une femme toute seule. C'est trop dur, bichait René.

1. Pote : *sorte de grosses jarres en grès.*

— J'ai toujours dit que j'aimais pas la culture, ajoutait Pierrette. Si je vends, c'est pour partir en ville. J'aimerais bien avoir un petit commerce. Je sais pas, une mercerie, ou une boutique où je vendrais de la laine, des boutons, des dentelles. »

René adressait clin d'œil sur clin d'œil à son père.

« Sûr que les boutons et les dentelles, c'est plus dans tes cordes que de biner les betteraves ou m'ner un brabant.

— Mais, en ce moment, c'est guère facile, soupirait la cousine. Pour reprendre une affaire, faut une grosse somme.

— Avec l'argent des terres, tu partirais pas de zéro, risqua Lucien.

— On m'aidera… » ajouta Pierrette en restant évasive.

La grosse cuillère en bois tournait mollement la bouillie de viande d'où montaient des volutes parfumées. René observait sa cousine. À force de le dire, il finissait par trouver évident qu'elle n'était pas faite pour la culture. Elle avait la trentaine épanouie, mais les durs travaux de la terre n'avaient pas encore déformé son corps. Il la voyait très bien derrière le comptoir d'une petite boutique, conseillant les femmes dans leur choix de galons et d'aiguilles.

Pierrette semblait plongée dans un songe, une sorte d'histoire romantique comme on en trouve dans les feuilletons que les femmes aiment lire. Les deux hommes la laissèrent rêver puis René avança prudemment :

« Si tu venais à vendre, ce serait mieux que les terres restent dans la famille. Tu crois pas ?

— Surtout qu'on a de quoi payer », renchérit Lucien.

Pierrette redressa la tête.

« Famille, famille... Moi, ce que je sais, c'est que le prix, c'est le prix. Tout dépendra de ce que vous mettrez sur la table. »

Père et fils échangèrent un regard. On était enfin au cœur de la question.

« Combien que t'en demanderais ? » demanda Lucien.

Il y eut un silence. On entendit les bulles éclater à la surface de la graisse en « ploufs » épais.

« C'est pas à moi de faire le prix. Quand je serai prête, je vendrai à celui qui m'en proposera le plus. »

Lucien tournait entre ses doigts le verre de vin qu'elle lui avait offert et René lissait sa moustache. Ils étaient embarrassés. Toute rêveuse et romantique qu'elle paraissait, Pierrette ne perdait pas le sens des affaires. Elle les laissait venir, tournant ses rillettes sans dévoiler ses cartes, laissant s'installer le silence qui mettait les hommes en position de quémandeurs. La terre trouve toujours preneur, même en période difficile et il ne manquait pas d'amateurs dans le pays. Elle jouait là-dessus.

« Ce serait à voir... dit René qui espérait amener sa cousine à formuler une offre.

— Ce s'rait à voir », répéta Pierrette sur un ton qui signifiait clairement qu'elle ne se découvrirait pas.

Lucien ne voulait pas en rester là. Pour lui, la cousine était une gamine qui n'aimait pas la terre et qui ne devait pas avoir de grandes prétentions

« Dans les trente-deux, trente-trois mille l'hectare », risqua-t-il pour la tester.

La femme sourit et répondit sur un ton ironique :

« Ben, on dirait pas que tu viens d'hériter. C'est largement en dessous du prix.

— Faudrait discuter, poursuivit René. Le père, il dit trente-trois, mais ça peut être un peu plus ou un peu moins, ça dépend des terres. T'en as de première classe, mais t'en as aussi de la moins bonne le long des bois. Pleine de pierres avec des lapins qui bouffent la... »

Pierrette n'entra pas dans le jeu du marchandage. Elle les moucha tout net, appuyant ses paroles d'énergiques mouvements de cuillère en bois.

« Et d'un, je pleure pas pour vous les vendre. Si vous en voulez pas, faut pas venir m'en causer. Et de deux, Ferron serait prêt à monter jusqu'à quarante mille. Si je vends, c'est pour m'installer en ville et j'ai pas l'intention de partir avec des clopinettes. Alors, y aura ni sentiments ni famille. »

Les deux hommes en restèrent bouche bée :

« Ferron t'en donne quarante mille ! On voit bien qu'on est à l'aise du côté de sa femme.

— Si vous voulez les champs, il faudra mettre davantage sur la table.

— Quinze hectares, ça fait six cent mille francs, s'effraya René. Plus les frais. Tu te rends compte ?

— Parfaitement. Et puis les affaires risquent de pas traîner. Si vous voulez tout savoir, j'ai quelque chose en vue. J'attends des réponses. »

Pierrette plongea la cuillère dans le fond de la cocotte et la souleva à plusieurs reprises pour vérifier l'état de la cuisson. Elle laissa couler la graisse et retint les fibres de viande qu'elle égoutta avant de les porter à sa bouche. Elle sembla satisfaite, saisit la cocotte par les deux oreilles et l'apporta sur la table.

« Tu t'emballes, ma fille, philosopha Lucien. Ferron, c'est un étranger. Tu devrais réfléchir.

— Je ne demande que ça, m'arranger en famille. Mais ça ne dépend pas de moi. »

Elle aligna les terrines en grès puis donna un coup de torchon sur une grosse louche avant de la plonger dans la marmite. Elle emplit la première terrine. Le froid du bord figea la graisse qui devint très blanche. Une buée odorante s'éleva jusqu'au plafond et titilla les narines des hommes

« Bon, bon, conclut René, on va y réfléchir, mais il a raison le père, décide rien dans la précipitation. On en recausera.

— C'est ça, on en recausera. »

Ils se levèrent et quittèrent la pièce en la remerciant pour le verre de vin et en répétant pour la énième fois qu'il ne fallait pas s'emballer.

La porte n'était pas fermée depuis une minute que Fouine fit son entrée. Il avait le visage sombre.

« Quand je suis arrivé, je vous ai entendus discuter. Alors, j'ai attendu à côté, dans le cellier pour pas vous déranger. J'l'ai pas fait exprès, mais j'ai tout entendu. »

Pierrette fit la moue mais ne se permit aucune remarque. Elle continua à verser les rillettes liquides dans les terrines. Fouine poursuivit :

« Alors, cette fois, t'es décidée, tu veux vendre.

— Oui… » répondit-elle en fuyant son regard.

Il resta debout, appuyant ses deux mains sur le bout de la table et se pencha vers elle.

« Tu vas acheter à Chartres ? »

Elle était mal à l'aise et aurait préféré éviter cette discussion. Fouine le sentit et en profita pour affermir ses interrogations. Elle répondit avec beaucoup de réticences :

« J'attends des réponses.

— Qui c'est qui s'occupe de tes affaires ?

— ... j'ai quelqu'un...

— C'est M. Rémi, pas vrai ?

— ...

— Si tu crois que j'ai pas compris. Et moi alors ? »

Pierrette reposa la louche au fond de la cocotte, s'approcha de lui, l'embrassa sur la joue et le tira par la main pour qu'il vienne s'asseoir près d'elle sur le banc. Elle lui parla gentiment, comme à un enfant qu'on veut consoler. Il avait une écharde dans le cœur et elle devait la lui enlever. Mais comment lui expliquer qu'elle allait lui faire mal en désirant le contraire ?

« Je t'ai déjà expliqué, Robert. Je t'aime bien, j'ai beaucoup d'affection pour toi. On a grandi ensemble, on est un peu comme cousin-cousine. Mais nous deux, c'est pas possible. La vie en ville, tu peux pas comprendre ?

— Les boutons, les aiguilles, les dentelles... » murmura-t-il.

Il lui caressa la main et plongea dans une méditation qui se prolongea longtemps. Pierrette n'osait plus bouger, de peur de briser un vieil espoir, de lui faire mal, un peu comme quand on gratte une ancienne cicatrice. Elle glissa son doigt dans une boucle de cheveux et la déroula jusqu'à ce qu'elle lui échappe. Ce fut lui qui mit fin au silence :

« Pourtant, on s'rait heureux tous les deux. Oui, on s'rait heureux avec tous nos gosses autour de la table. »

XXI

RÉGINE SE DÉCHARGEA rapidement des champs en vendant sur pied toutes les récoltes en cours. Fouine tua les cochons et les agneaux jusqu'au dernier. M. Rémi bichait. Il achetait tout, même les poussins et les petits lapins que des gens de Chartres voulaient finir d'élever dans de minuscules jardinets ou dans des petites cours. Restait le jardin qui éclatait de verdure mais où la récolte était loin de la maturité. Un crève-cœur.

Le caractère de Régine ne s'arrangeait pas. Du matin au soir, elle restait quasiment muette et les rares paroles qu'elle prononçait laissaient filtrer une méchanceté grandissante. Elle en voulait à tout le monde. Quand l'essentiel du travail fut terminé, elle finit même par se brouiller avec Fouine.

« J'vous ai pourtant rendu pas mal de services, se plaignit-il.

— Des services... Tu nous as tondus comme les autres, oui. Si tu nous avais pas eus, c'est toi qu'aurait crevé de faim.

— J'ai travaillé et j'ai pas toujours gagné mon dû. Vous êtes peut-être dans le malheur, mais...

— Rapport à qui ? Si ça s'trouve... »

Bref, la dernière conversation fut lourde de sous-entendus et Fouine préféra hausser les épaules et s'en aller.

Heureusement, on était en juin. La période des foins et des binages battait son plein. Il fallait engranger le plus possible de nourriture pour les bestiaux en prévision de l'hiver et il y avait toujours un fermier pour dire :

« J'on du faraud à mettre en billottes. J't'attends.

— Viens à 4 heures et demie d'main. On fauchera à la fraîche.

— Une journée pour "r'courrir" les bett'raves et une aut'pour "échardronner" dans les blés. »

Tous les soirs de classe, le jeudi et le dimanche, Pierrot et Claude allaient aux doryphores. Ils partaient avec une gamelle, avançaient lentement entre les rangs de patates et ramassaient un à un les insectes qui grignotaient les feuilles jusqu'à la tige. Le soir, ils revenaient avec les mains jaunes, gluantes et puantes, mais posaient avec une grande fierté quelques pièces de cent sous sur la table.

« On a fait trente et une boîtes à nous deux et on nous les paie vingt sous la boîte », triomphait Pierrot.

La vieille Léonie ramassait aussitôt les pièces. Fouine caressait les cheveux de ses garçons et partait dans le jardin travailler jusqu'à raide nuit tandis que les gamins, eux, frottaient leurs mains avec de la cendre tamisée pendant un bon quart d'heure sans parvenir à retrouver la couleur d'origine.

Deux jours après la Saint-Jean, Lucien confia Tambour et un tombereau à Fouine pour rapatrier les hardes de sa mère à Rouvray.

« J'veux pas y aller moi-même, avoua-t-il. J'en entendrai ben assez comme ça après, c'est pas la peine de mettre le feu aux poudres dès l'premier jour. Pisque t'es le seul à être ben avec elle... »

Le soir même, la vieille Régine s'installa dans l'ancienne laiterie où Irène avait accroché des rideaux à petits carreaux bleus et blancs. De toute la journée, elle n'avait pas desserré les dents.

Pour elle, maintenant, une seule chose importait : découvrir qui avait dénoncé Léon.

XXII

DÉBUT JUILLET, le ciel s'enflamma et transforma le jaune tendre des blés en or puissant. La plaine s'embrasa. Dès midi, les terres exhalaient des vapeurs de chaleur qui montaient de l'horizon vers le ciel en vibrations stridentes comme des chants de grillons. On commença à moissonner avec une bonne semaine d'avance.

Pour Fouine, le temps béni du travail à pleines journées était de retour. Le patron de la grande ferme l'avait embauché jusqu'à la fin de la moisson.

« L'cul l'premier ! » cria l'entasseux du haut de la meule.

Fouine venait d'arriver des champs avec une voiture pleine à ras bord. Perché tout en haut du chargement, il piqua la première gerbe avec son broc en ayant soin de faire partir le pied de la botte en premier comme l'avait demandé l'homme qui construisait la meule. L'approcheux était installé sur le chaffaud, sorte de palier intermédiaire accroché aux barreaux d'une grande échelle et qu'il montait au fur et à mesure que la meule s'élevait. Il la lui passa. L'approcheux la fit suivre à un second approcheux qui la présenta à l'entasseux qui, lui, la saisit avec son crochet et la plaça en rive, les épis à l'intérieur. De la voiture, une autre gerbe était déjà partie et montait de fourche en fourche avant de prendre place à son tour. La chaîne des bottes grimpait au rythme des bras des hommes qui se cassaient et se redressaient avec des mouvements de mécanique bien huilée.

« L'épi en avant », ordonna l'entasseux.

Fouine inversa le sens de départ de la botte. En haut, l'homme emplissait l'intérieur de la meule.

Il faisait chaud. La sueur imbibait le bord de la casquette. Le soleil brûlait les épaules. Les deux chevaux se reposaient, agitant la queue en permanence pour chasser les mouches ou remuant la tête pour que les cheveux de leur crinière chassent les petites bêtes noires et des guêpes qui tournaient sans cesse autour de leurs naseaux couverts d'écume. De temps en temps, ils poussaient un long souffle bruyant pour s'en débarrasser. La sueur disparaissait au fur et à mesure qu'elle perlait sur la peau, absorbée par le hâle puissant de l'été en flammes.

Petit à petit, le chargement diminuait dans la voiture. Fouine tenait maintenant son broc au bout du manche et portait les bottes plus haut. Sur son chaffaud, le premier approcheux était obligé de se pencher pour les saisir. La meule s'élevait. Un autre attelage arrivait au bout du pré.

« Y a core combin d'vouétures à v'nir ed'Tourne-Oreille ? demanda l'homme tout en haut.

— Sept ou huit, répondit l'arrivant.

— On va être obligé d'en r'commencer eun'autre avant la nuit », décida l'homme.

Les dernières bottes semblaient plus lourdes. Il fallait pousser jusqu'au bout des bras et les porter très haut pour que le suivant puisse les piquer. Quand la voiture fut vide, Fouine coinça sa fourche dans les cornes et s'approcha du cheval de tête. Il le flatta à plusieurs reprises sur la joue :

« On r'part mon vieux. Hue ! »

C'était un cheval docile et franc qui connaissait bien son travail. Il avança, ce qui tendit les chaînes et donna le signal du départ au puissant percheron qui était dans les limons. Un jeune, plus haut, lourd, musculeux. L'attelage sortit du pré où l'on bâtissait les meules en prévision de la batterie, contourna les bâtiments et s'engagea sur le chemin. Dans la plaine, l'air chaud passait sur le visage et le torse en une brise qui paraissait rafraîchissante. Là-bas, contre les meules, c'était le four.

Partout, des hommes s'affairaient. On coupait dans tous les champs et les bras des faucheuses-lieuses moulinaient pour rabattre les tiges vers la lame. On aurait dit que les ventres des machines enfantaient sans fin et posaient sur le sol des myriades de gerbes. Des armées de femmes relevaient les bottes et mettaient en tas. Les terriaux s'alignaient, comme une multitude de petites maisons. Près de la ligne de chemin de fer, deux femmes se tenaient assises dans les chaumes, à l'ombre d'une maringotte posée sur sa béquille. La jeune donnait le sein à un gros bébé joufflu qui tétait à pleine bouche. La grand-mère attendait que sa fille reparte au travail pour bercer l'enfant. À quelques mètres de là, le vieux, le mouchoir de cou soigneusement noué pour que la poussière ne pénètre pas dans sa chemise, faisait les coins à petits coups de faux. La machine ne pouvait pas aller partout et il ne fallait pas perdre. Plus loin, un autre faucheur débridait un champ pour que la lieuse puisse commencer dès le lendemain matin.

Une fois le passage à niveau franchi, la plaine brûlait jusqu'à Villars. Dans les pièces vidées de leur récolte, des femmes et des volées de gosses glanaient tous les épis qui avaient échappé à la mécanique. Fouine avait été obligé de gronder son Pierrot la veille. Pour aller plus vite, le gamin cisaillait aux trois quarts la ficelle d'une botte encore en terriau. Au moment de la *brocqueter*[1] pour la charger, la ficelle cassait et l'homme, poussé par l'élan de son geste, fuyait sous une averse d'épis. Que la glane était facile ensuite !

Une voiture chargée quittait Tourne-Oreille au moment où Fouine arrivait. Quand il la croisa, le charretier lança au milieu d'un grand rire :

« Va gueuler, l'tasseux. Tu lui laisses même pas l'temps d'boire un coup ! »

Dès qu'une charrette était pleine, une autre arrivait et l'homme qui tassait les gerbes passait de l'une à l'autre. Bienheureux quand la voiture vide tardait à revenir : il avait quelques instants de repos.

« J'peux quand même pisser ! » grommela l'tasseux.

Fouine répondit par un éclat de rire. Il amena sa voiture devant le premier terriau tandis que l'autre, qui avait ouvert sa braguette, lançait vers le

1. Brocqueter : *saisir une botte avec un broc (fourche à trois doigts).*

sol desséché un jet clair qui disparaissait aussitôt dans les craquelures de la terre, ne laissant, pour toute trace, qu'une mousse écumeuse qui pétillait avant de disparaître à son tour.

« Va pas bien, ta gamine. Vient d'tomber dans les pommes. Les femmes l'ont portée à l'ombre », raconta-t-il en pointant le bras en direction du champ voisin qui venait d'être coupé et où on relevait les bottes tout en secouant les dernières gouttes.

Fouine mit sa main en visière et regarda ce qui se passait. Il ne voyait pas sa fille. Des femmes étaient accroupies et leurs chapeaux de paille retenus par un foulard de couleur dansaient au-dessus d'un terriau.

« C'est la chaleur, avança Fouine.

— Avec les gamines, on sait jamais. Pour peu qu'ça soye ses mauvais jours ! ajouta l'autre. Tiens, moi, ma bonne femme, des fois, elle... »

Le tasseur monta dans la voiture. Fouine décrocha son broc et piqua la première gerbe qui tomba sur le plancher de bois de la voiture avec un « blan » sourd. Les autres bottes suivirent. L'homme les saisissait au vol avec son crochet court et les alignait d'instinct contre la ridelle.

Fouine fit avancer l'attelage de terriaux en terriaux. Son regard épiait toujours le groupe des femmes, espérant voir Claire se redresser et reprendre sa place. C'était une gamine dure au travail, mais il s'inquiétait parce qu'on en avait vu de bien plus solides abattues par une insolation. Quand la voiture fut complètement chargée, il fit un détour et alla aux nouvelles.

« Elle est tombée dans les pommes au moment où elle posait une botte du dessus, expliqua une forte femme aux bras rougis par les coups de soleil.

— Elle nous a fait peur. Elle bougeait plus », ajouta une autre.

Claire était pâle et les femmes continuaient à l'éventer, mais elle se releva pour le rassurer.

« C'est rien, c'est rien, dit-elle. Un petit coup de fatigue. Je vais retourner. Je crois que c'est passé, maintenant. »

Elle sourit pauvrement, mais cela suffit à convaincre Fouine.

Claire travailla jusqu'à l'heure de la soupe. Les hommes ne s'arrêtèrent que fort tard. En séchant, la sueur salée avait déposé de larges plaques blanches sur les flancs des chevaux. Eux aussi étaient abattus et n'en finissaient pas de sortir de la mare où on les avait conduits pour délasser leurs pattes et boire tout leur content.

La journée s'acheva à nuit noire. Quand Fouine rentra à la maison, les deux garçons et Claire étaient couchés. Léonie dormait sur une chaise. Elle éprouvait des difficultés grandissantes à respirer en position allongée, ce qui l'empêchait de fermer l'œil, disait-elle. Il enleva son maillot et s'ébroua dans le baquet d'eau pour chasser toute la poussière collée par la sueur puis tomba sur son lit, ivre de soleil et de fatigue.

Le lendemain matin, tout le monde se leva sur le coup des 4 heures. Les gamins avaient retrouvé une vivacité étonnante et Pierrot parlait d'aller mettre des petits collets le long de la ligne de chemin de fer pour choper un ou deux perdreaux.

« J'ai vu une coulée, affirmait-il.

— C'est ça, avec tout l'monde qui passe par là ! Certainement pas », lui interdit son père.

Le gosse était déçu.

« Et puis les perdrix, c'est pas le bon moment. On verra après la moisson quand elles se seront gavées de blé et qu'elles seront bien dodues. J't'apprendrai. »

Léonie négociait difficilement une fin de crise de toux par des sifflements respiratoires bizarres et des crachats dont elle emplissait son mouchoir.

« C'est dégueulasse ! commentait Claude dont les mimiques de dégoût déformaient le visage.

— Laisse-la, lui conseillait son frère, pendant c'temps-là, elle nous fout la paix. »

Claire était assise, silencieuse, devant un bol de lait qu'elle ne buvait pas. Elle n'avait pas l'air bien.

« Tu manges pas ? » s'inquiéta Fouine.

Elle ne répondit pas. Il s'assit à côté d'elle et observa les cernes bleutés qui lui ourlaient les yeux. Il lui posa sa grosse patte sur la main et la lui pressa.

« Ça va pas ? Tu t'es pas r'mise d'hier ? Avec cette chaleur, le travail est bien plus pé... »

Brusquement, Claire se leva et se précipita vers la pierre à évier. Elle poussa un haut-le-cœur et vomit un liquide gluant qui ressemblait à du blanc d'œuf. D'autres arrachements d'estomac jaillirent en cascades chaotiques. La tête lui tournait et elle s'agrippait ferme au bord de l'évier pour ne pas perdre l'équilibre. Entre deux haut-le-cœur, elle respirait rapidement en crachant pour essayer de débarrasser ses lèvres des fils collants qui pendaient.

Léonie refaisait surface et la regardait de biais.

« J'ai rien dit, mais hier et avant-hier aussi, t'as dégueulé. »

Fouine s'était retourné et ne savait pas quoi faire. Sa femme avait des malaises comme ça autrefois…

« C'est-y pas qu'tu s'rais grosse ? » persifla Léonie.

Claire fit un effort pour se redresser, se torcha la bouche d'un revers de main et fit face. Son visage était décomposé.

« C'est rien. C'est fini. C'est la fatigue d'hier qu'est pas passée », assura-t-elle, les yeux fuyant ceux de Fouine.

Mais Léonie ne baissait pas pavillon.

« La fatigue, mon cul, oui. J'te r'garde ben depuis quequ'semaines. T'as les seins qu'ont gonflé. T'es en cloque, oui.

— Non, non. C'est la chaleur », essaya de se défendre Claire.

Mais l'intonation de la voix trahissait son émotion. Elle éclata en sanglots et se jeta dans les bras du père. Il reçut son jeune visage contre son cou et sentit des larmes couler sur son épaule.

« Dame, à s'jeter sur l'dos dans tous les tas d'paille avec un fumelier sur l'ventre, on finit par décrocher la timbale. Tu l'as eu assez longtemps, l'feu au cul. T'en as voulu du mâle. Et ben t'en as eu. Ils ont ben rigolé et maint'nant t'es grosse. À quinze ans et demi ! Si c'est pas une honte !

— Foutez-lui la paix, s'insurgea Fouine. La paille aussi, vous connaissez. »

Momentanément, ces paroles clouèrent le bec de la belle-mère, mais on sentait qu'elle ruminait une nouvelle attaque. Claire sanglotait. Pierrot et Claude la regardaient, blottie contre le père qui lui tapotait l'épaule, comme si ce geste pouvait la consoler et effacer le malheur qui leur tombait dessus.

« Elle pourrait p't'être nous dire pour quand qu'c'est et qui c'est l'père ? » reprit Léonie.

Il n'y eut pas de réponse.

« Peuh ! Elle en sait s'ment rin ! ricana la grosse femme. Dame, on l'a vue avec tell'ment de gars qui tournaient autour comme des chiens en feu. C'est-y le p'tit Breton ? C'est-y l'charretier d'à côté ou le gars à Anceaume ? C'est-y un grand, c'est-y un gros ? Elle peut pas l'dire parce qu'elle a frayé avec tant d'monde. Pis on les connaît pas tous. Y en a sûrement d'autres. T'es incapable de nous dire parce que t'en sais seulement rien toi-même. C'est ça la vérité.

— Si, je sais, se rebiffa Claire en redressant le cou, toutes griffes dehors comme un animal blessé.

— Et ben dis-le, traînée ! »

Fouine n'avait pas souvent un vocabulaire de salon, mais il n'admettait pas qu'elle insulte les enfants. Il se retourna vers Léonie et haussa le ton.

« Foutez-moi l'camp ! cria-t-il, ou c'est mon pied que vous allez prendre dans… »

Il fit mine de se lever.

« C'est ça, dis tout d'suite que t'es de son côté et que tu t'en fous qu'elle soit tournée marie-salope ! riposta-t-elle.

— Nom de Dieu ! » jura-t-il en flanquant un coup de poing sur la table.

Léonie prit peur. Elle le savait capable de la rudoyer et de la jeter dans la cour. Elle grommela et sortit d'elle-même. Le silence revint dans la maison. Les garçons suivaient les événements, bouche ouverte. Claire se frotta les yeux et baissa la tête.

« Je crois que c'est pour janvier… murmura-t-elle. J'ai pas mes règles depuis deux mois et demi… »

Fouine était triste, parce qu'il entrevoyait déjà tout le cortège de difficultés supplémentaires qu'ils allaient devoir affronter, mais, au plus profond de lui-même, ce petit germe qui prenait vie dans le ventre de Claire ne représentait pas un terrible malheur pour lui. Un enfant… C'est une telle réussite, un enfant. Surtout dans une maison où on rate toujours tout. Il hésita et bredouilla quand même :

« Et l'père ? Tu sais qui c'est l'père ? »

Claire plongea à nouveau le visage contre son épaule et pleura à chaudes larmes, de vraies larmes cette fois, abondantes et chaudes comme une pluie d'orage.

Elle ne répondit pas et il ne reposa pas la question.

XXIII

Monsieur Cochepin avait demandé au garde champêtre et à Lachaume de passer à la mairie à 20 heures pour l'aider à trancher une affaire de borne disparue du côté du bois au Plat. Le cadastre était étalé sur la table et, tour à tour, les doigts des trois hommes tapotaient les plans pour étayer leurs dires.

« La borne, elle est au creux du fossé, au moins quatre mètres à l'intérieur du bois, affirmait le champêtre, un petit bonhomme aussi malingre que malicieux.

— Tu rigoles, contestait Lachaume, un pétainiste de la première heure qui se trouvait plus à l'aise au comptoir que dans les champs. La borne, elle est là, exactement à la corne du bois.

— Alors, elle devrait être au bord du chemin, déduisait le secrétaire tout en jetant de fréquents coups d'œil en direction de la fenêtre.

— J'te dis qu'elle est là ! maintenait le champêtre

— Jamais de la vie, s'insurgeait Lachaume.

— À moins qu'elle ait été arrachée et qu'on l'ait replantée au petit bonheur la chance, on ne la retrouve pas », argumentait M. Cochepin qui donnait l'impression de vouloir faire traîner la conversation.

Brusquement, une traction avant noire vira sur la place et bloqua ses roues dans un grand coup de freins juste devant la mairie. Trois hommes en surgirent. Un quatrième resta au volant, maintenant le régime du moteur à petits coups d'accélérateur nerveux. Ils se précipitèrent vers la grille, entrèrent dans la mairie et firent irruption dans la pièce en malmenant la porte à double battant qui ne s'ouvrit pas complètement parce qu'elle frottait sur le carrelage en fin de course. Les arrivants avaient recouvert le bas de leur visage d'un mouchoir de cou bleu. Le premier pointa un revolver anglais de gros calibre.

« Pas de conneries. Bougez pas », menaça-t-il.

Malgré sa plaque de la loi, le garde champêtre était trouillard comme un lapin. Il blêmit et leva les bras le premier, imité aussitôt par M. Cochepin dont pas un trait du visage n'avait changé. Quant à Lachaume, il résista jusqu'au moment où le canon de l'arme vint rôder sous son nez.

« Toi, le pétainiste, tu veux que je t'aide à comprendre la situation ? » réitéra l'homme dans un moulinet du canon de l'arme.

Lachaume obéit, mais son visage s'empourpra. Sa tension avait dû monter subitement. Il fulminait intérieurement et ne put s'empêcher de lâcher :

« Des terroristes ! »

Le second homme sortit un poignard et s'approcha de lui, visiblement soucieux de bien mettre les choses au clair :

« Qu'est-ce que t'as, Laval ? Pas content que des résistants viennent faire un petit tour par ici ? Après tout, les mairies, c'est ouvert à tout le monde… »

L'homme au revolver poussa le champêtre dos au mur.

« Toi aussi, ordonna-t-il à Lachaume, et fais pas l'con si tu veux pas que je te plombe la bedaine. »

Le troisième homme, grand, élégant, s'approcha du secrétaire et dit d'une voix chaude en brandissant une musette de toile :

« Les cartes d'alimentation, les coupons, les tickets et les formulaires de cartes d'identité. Vite. »

M. Cochepin baissa les bras. Il restait parfaitement calme. Il fit deux pas vers le placard, tira la porte et saisit plusieurs boîtes en carton qu'il posa sur la table. Dans le même temps, l'autre ouvrit la gueule de la musette. Lachaume roulait des yeux remplis de foudre. Il bouillait.

« Les E1 et les E2, on n'en veut pas, dit l'homme au couteau en désignant les cartes destinées aux enfants. C'est celles des adultes qui nous intéressent. »

Le secrétaire déversa dans la musette plusieurs liasses de coupons violets, jaunes et verts. Il déposa ensuite des imprimés vierges retenus par des bandes de papier et qui étaient soigneusement empilés dans les boîtes. Il y en avait de tous les modèles, pour toutes les occasions : le ravitaillement, l'identité, la circulation, les demandes les plus diverses. À croire qu'il avait préparé un échantillonnage…

« Si c'est pas malheureux ! bougonna Lachaume.

— La ferme ! »

Les yeux du champêtre brillaient comme ceux d'un loir se goinfrant de cerises une nuit de lune. Malgré la frousse procurée par l'énorme revolver, il suivait tous les gestes des terroristes.

« C'est bon, j'ai ce qu'il faut », lança l'homme à la musette.

La mairie n'avait pas le téléphone, mais elle abritait le central par lequel toutes les communications de Rouvray et de Montainville transitaient avant de parvenir au standard de Voves. Avec son couteau, l'autre cisailla les fils blancs et rouges afin d'interdire l'alerte. Il arracha quelques prises et brisa un capot de protection. Il y eut quelques pétillements.

« On décroche ! »

Le porteur de musette sortit le premier, suivi de l'homme au couteau. Enfin, celui qui brandissait le revolver recula en disant :

« Le nez contre le mur, et personne ne bouge. »

Les trois otages s'exécutèrent et se retournèrent. Cinq secondes plus tard la traction démarra sur les chapeaux de roues. Lachaume fit face, rouge, furieux :

« Ah, les salauds ! Attaquer une mairie en plein jour ! Faut donner l'alerte. »

Il se précipita à l'extérieur et courut vers le bistrot. Le garde champêtre tomba sur une chaise, souleva son képi et se passa la main sur le front pour éponger la sueur froide qui y perlait.

« Ils nous auraient tués ! Heureusement que Lachaume a pas fait l'couillon et l'a pas trop ramenée, sinon, on y passait tous les trois. C'est qu'ils rigolent pas, les résistants ! »

M. Cochepin approuva d'un signe du menton. Il contourna la table et s'approcha du couloir.

« Tu as ton vélo ? demanda-t-il.

— Oui, répondit le champêtre. Il est contre le marronnier.

— Je le prends dix minutes. Il faut que j'aille prévenir le maire. »

Le garde champêtre ouvrit le col de sa chemise et acquiesça :

« Allez-y. Je garde la mairie... »

Et, entrevoyant déjà les ennuis que cette attaque allait provoquer, il ajouta pour lui-même :

« Piller la mairie... j'vais être obligé de témoigner. Pourvu qu'on m'emmène pas à Chartres ! »

XXIV

Depuis qu'elle était revenue à Rouvray, Régine était inoccupée. À la ferme, tout le monde l'évitait pour ne pas se faire cingler par quelques paroles acides. Parce qu'il n'y avait plus guère que de l'acidité au fond de la vieille, comme dans le fond d'une bouteille de mauvais vin blanc ouverte depuis des mois et qu'on aurait oublié de reboucher. Du matin fort tôt jusqu'au soir très tard, elle partait dans les champs et dans les bois, marchait interminablement, les mains derrière le dos, se glissant entre les fourrés comme une belette aux yeux vifs, toujours à l'affût de ce que faisaient les uns ou les autres. Pour tromper sa solitude, elle s'était mise à se parler à mi-voix, des mots insaisissables qu'elle ne prononçait que pour elle-même et qui sifflaient entre ses incisives comme des éclats de silex sous les dents d'une herse.

Régine remontait la Grande Allée, du chemin de Meigneville à la route de Marolles. Sa silhouette sèche n'était jamais dans le champ, mais elle ne pénétrait pas complètement dans le bois, là où l'ombre des frondaisons des chênes interdisait aux taillis de pousser. Elle louvoyait à la lisière, entre la lumière et l'épaisseur des ronces, se dissimulant comme une bête dans le réseau serré de branches d'aubépine et le feuillage épais des noisetiers. Elle s'arrêtait de temps en temps, la main en avant, tendant l'oreille et plissant ses yeux d'animal aux aguets pour surprendre le moindre mouvement.

Son esprit, livré au désœuvrement à la suite de la cessation brutale de ses activités, ruminait à longueur de journée la même idée fixe : « Qui a dénoncé Léon ? » Et, comme elle ne parvenait pas à trouver la réponse, elle soupçonnait tout le monde avec la ferme intention de démasquer le malfaisant et de se venger.

« Quinze hectares, c'est pas rien. Ils vont les acheter. Et avec nos sous. Faut pas chercher plus loin. C'est lui. Dame, c'est quand même c'ti-là qu'en profite le pude qu'a certainement dénoncé. »

Par Fouine, qu'elle parvenait à surprendre de temps en temps dans ses maraudages, elle avait appris que la cousine Quillay était pratiquement tombée d'accord avec Lucien et René. C'était maintenant une question de jours ou de semaines, le temps que le notaire règle la succession de Léon et verse tous les fonds aux héritiers.

« Lucien, notre propre gars… mais il en est ben capable. Depuis l'premier jour, il nous regarde de travers parce qu'on fait un peu d'commerce. »

Elle s'arrêta, réfléchit et cassa une brindille d'aubépine.

« L'René aussi, il est ben capable de nous avoir vendus. Les terres, c'est quand même lui qui les guigne depuis des lunes. Comben d'fois qu'il est v'nu à la maison pour que l'grand-père lui prête des sous ? C'est un malin, l'René, et pis les terres, c'est plus fort que l'reste… »

Elle reprit sa marche de belette et se coula dans les mêmes passages que le gibier. Les paroles prononcées par le gendarme le jour du suicide de Léon étaient gravées profondément : « C'était une lettre anonyme… une lettre anonyme… anonyme. » Les mots résonnaient à longueur de journée, toujours suivis de la même question : « Qui ? » Tantôt, elle se disait que M. Rémi avait peut-être voulu se venger des prix élevés que Léon lui imposait. Ils avaient souvent eu des mots et ce beau monsieur était finalement une ordure sans scrupule qui trafiquait et qui avait intérêt à clouer le bec à ceux qui risquaient de témoigner contre lui. À moins que ce soit Ferron qui n'avait pas digéré l'humiliation infligée par Léon le jour où il l'avait surpris dans l'écurie. Un chien en feu arraché à la saillie par un coup de fouet. Et puis il y avait la Ferron et sa famille. Les terres, les sous, c'était de son côté. La femme ne devait pas apprendre les exploits du mari et c'est pour ça aussi que Ferron avait intérêt à faire taire Léon ?

Une bande d'épines touffues s'opposa à sa marche. La vieille hésita un instant et sortit du bois pour marcher dans la dernière raye que la charrue avait tracée, entre la lisière et les chaumes de blé. Malgré elle, ses yeux balayaient le sol à la recherche des épis oubliés qui restaient à glaner. Elle se baissa à plusieurs reprises pour en ramasser.

De temps en temps, elle se disait que d'autres aussi avaient pu écrire la fameuse lettre. Pourquoi pas Fouine qui disait tant de mal d'eux quand il avait un coup dans le nez ? Pourquoi pas cette petite mijaurée d'Irène, qu'elle avait accueillie dans un drôle d'état à la gare de Voves et sur laquelle des bruits couraient maintenant ? Mais n'importe quel jaloux avait pu écrire. Une bonne femme à qui Léon avait refusé un bout de viande, un voisin qui n'avait pas digéré une vieille histoire de bornage. Un paysan à qui Léon avait soufflé un lopin de terre. Un trouillard jaloux qui n'osait pas profiter du marché noir mais qui en crevait d'envie.

Elle arrivait à une quarantaine de mètres de la route de Bonneval quand elle entendit un bruit de moteur. Le chauffeur rétrogradait et elle reconnut le bruit caractéristique d'une traction Citroën. Instinctivement, elle recula dans la végétation et s'immobilisa derrière le feuillage dense. La voiture s'arrêta une seconde au bout de la Grande Allée. Un homme ouvrit la portière arrière, descendit rapidement et se glissa à l'intérieur du bois. La traction repartit immédiatement et Régine n'eut pas le temps de distinguer les visages des trois hommes assis à l'intérieur. Le bruit du moteur s'éloigna et disparut dans la courbe du bois d'acacias.

L'homme qui était descendu s'immobilisa un bon moment, tournant la tête dans tous les sens pour vérifier qu'il était seul. Régine le voyait distinctement. Il se collait contre le tronc d'un chêne, essayant de se dissimuler, comme quelqu'un qui n'a pas la conscience tranquille. Il était jeune, grand, beau. Elle ne le connaissait pas. D'ailleurs, ce n'était ni un paysan, ni un homme de la région. Question d'expression du visage, de façon de poser ses mains sur l'écorce. C'était un homme de la ville. Quand tout lui sembla normal, il se détacha du tronc et avança à travers bois, tournant la tête, puis il se rassura, mit les mains dans ses poches et balança les épaules comme un promeneur. Il descendit en direction de la vallée, marchant parallèlement à la route qui conduisait à Rouvray d'où la voiture arrivait.

« Il vient de Rouvray en voiture mais il s'est pas arrêté et maintenant il y retourne à pied avec des allures de voleur… »

Régine lui laissa prendre de l'avance et, quand il fut à la limite de sa vue, elle se faufila à sa suite. L'homme parvint dans la vallée et s'arrêta à la lisière, n'osant pas traverser la centaine de mètres de pré et de champs qui séparait le bois des premières maisons. Il s'assit et attendit que le jour déclinât un peu. Un vélo passa sur la route. Une femme ramena les vaches au pré après la traite du soir. Le jour finit par s'engourdir.

Alors l'homme sortit du bois, se faufila par les derrières, sauta un bout de mur et disparut dans un jardin.

Le jardin de Lucien, précisément.

XXV

Ce soir-là, Fouine était descendu à Rouvray avec des envies d'amour plein la tête. Pierrette égouttait le fromage blanc pour le repas du soir des enfants. La présence de Fouine l'irritait et elle manifestait par de petits gestes brusques son agacement à le sentir tourner autour d'elle. Mais il ne semblait pas s'en rendre compte et continuait à lui proposer de passer la nuit ensemble.

« J'ai des envies de toi, voilà », lui avoua-t-il à l'oreille.

Elle ne répondit pas. Il crut qu'elle le laissait faire, comme les autres fois. Il la prit par la taille et lui posa un baiser sur la nuque tout en promenant ses mains contre les hanches dont il sentait la peau tiède sous la mince robe de coton. La réaction fut inattendue. Elle se retourna et un visage fermé qu'il ne connaissait pas lui fit face :

« Me touche pas ! Faut qu'tu saches et qu'tu comprennes une bonne fois pour toutes. »

Fouine fut surpris et chercha vainement dans ce regard dur la complicité des moments de douceur passés.

« Je pars avec M. Rémi. »

Tout semblait dit en quatre mots. Il resta interloqué.

« Mais… »

Elle lui tourna le dos et agita le torchon contenant la boule molle du fromage blanc au-dessus de l'évier pour faire tomber les dernières gouttes de petit-lait.

« M. Rémi et moi, on va vivre en ménage. Dès que les Bailly auront payé les terres, je quitte Rouvray. On va prendre une affaire à Chartres.

— Vivre avec lui…

— T'as bien entendu. J'ai envie de refaire ma vie avec quelqu'un qu'est pas dans la culture. Je l'ai toujours dit que j'étais pas faite pour la terre. Je veux aller en ville, plus avoir les mains dans la boue, faire autre chose que tirer les vaches. »

Fouine sentit qu'elle parlait différemment des autres fois et il n'osa pas la prendre par les épaules comme il le faisait d'habitude pour gommer les rebuffades. Le ton était trop ferme. Il recula, s'assit sur le bout du banc, posa les coudes sur ses genoux et baissa la tête. Elle attendit un moment et reprit d'une voix apaisée :

« On n'a plus quinze ans, Robert. Tous les deux, c'est pas possible. J'ai essayé de te le faire comprendre des dizaines de fois, mais tu veux rien entendre. On a passé des bons moments, mais… c'est pas possible de vivre ensemble. »

Il resta silencieux.

« Il a une belle affaire en vue. Une chance à pas louper. L'appartement est juste au-dessus du magasin. Ce sera pratique. Rue du Bourg. Tu vois où c'est, la rue du Bourg ? Il dit que… »

Fouine redressa la tête. Une bouffée de jalousie monta subitement en lui. Pour la première fois peut-être, il eut envie de la secouer.

« M. Rémi, M. Rémi. Tu en as plein la bouche de ton M. Rémi, mais il t'aime pas, lui.

— Si. Il me l'a dit.

— Si tu crois que j'ai pas compris depuis longtemps. Il vient s'amuser une nuit de temps en temps, mais il ne t'aime pas. Ouvre les yeux. »

Le visage de Pierrette rougit, comme piqué par un gros insecte.

« Je t'interdis de parler comme ça. Je fais ce que je veux et ça ne te regarde pas. J'ai pas de comptes à te rendre.

— C'est un traficoteur. Tu vois pas qu'il profite de la misère ?

— Tu es jaloux parce qu'il a une belle voiture, qu'il est bien habillé et qu'il fume des cigares. Oui, il gagne de l'argent. Il est pas bête comme toi, lui, jeta-t-elle à la figure avec la volonté de le remettre à sa place.

— Il fait du marché noir. Voilà comment il roule en belle voiture, ton M. Rémi. Son argent, c'est pas de l'argent propre. »

Elle se tut un instant pour reprendre son souffle.

« C'est ma vie. Je fais ce que je veux. »

Fouine regarda le bout de ses brodequins. Sûr qu'il ne pouvait soutenir la comparaison avec ce Monsieur de la ville. Il avait des manières et un portefeuille que lui n'avait pas. Il comprenait qu'une femme comme Pierrette qui n'avait pas la vocation de la terre puisse se laisser séduire par un homme qui lui promettait la vie dont elle avait toujours rêvé. Du rêve. M. Rémi proposait une vie de dimanche, tandis que lui, pauvre crève-la-faim ne pouvait offrir qu'une vie de tous les jours, peut-être même une vie de vendredi maigre. Mais il y avait la tendresse. Est-ce que cela ne comptait pas, la tendresse ?

Malgré la jalousie qui commençait à le ronger, il se força au calme et tenta de la ramener à lui par un autre chemin.

« Un appartement… Et tes enfants ? Tu y as pensé à tes enfants ? Tu les vois enfermés dans une cage au premier étage ? »

Elle se raidit et parut mal à l'aise.

« Ils seront pas malheureux, mes enfants. »

Il sentit une faille. Il ressuscita l'image de son vieux rêve :

« Nos enfants, tous assis autour de cette table, avec toi et moi pour les voir grandir. Réfléchis donc au lieu de causer comme une sans-cervelle. Sûr qu'on serait heureux et nos gosses aussi. Ils ont pas été élevés en ville, ils s'habitueront pas. »

Elle eut une hésitation et trancha net :

« C'est avec M. Rémi que je veux vivre. J'ai une chance, je veux pas la rater comme j'ai raté ma jeunesse. Je reviendrai pas là-dessus. J'ai beaucoup pensé à mes enfants. Je veux pas qu'ils restent des pécores. Ils iront à l'école, ils feront des études… »

Il essaya de la culpabiliser. Les enfants, c'était peut-être sa véritable chance de l'amener à réfléchir.

« Et s'ils gênent de trop, M. Rémi pourra toujours leur payer la pension », ironisa méchamment Fouine.

Elle haussa les épaules, mais il remarqua un frisson. Elle porta la main à son visage. Une larme, probablement. Sans se retourner, elle ajouta :

« D'ailleurs, c'est presque fait. J'ai déjà été voir le notaire pour les terres. C'est décidé. »

À ce moment, l'aîné des garçons s'engouffra dans la cuisine et interrompit la discussion en criant :

« Maman, maman, y a les terroristes qu'ont attaqué la mairie. »

fond jour et nuit. Il se passe plein de choses dans le monde. Un grand débarquement se prépare. Les Anglais, les Américains, les Canadiens, tous les Alliés. Il faut que, nous aussi, nous participions. La Résistance s'organise. Regarde, même ici, nous sommes capables de réussir des petits coups de main. L'attaque d'une mairie, ce n'est pas grand-chose, mais c'est important pour le moral de ceux qui luttent. Nous sommes capables. Nous ne vivons plus à genoux. »

Irène promenait sa main sur la poitrine nue. Il posa des baisers furtifs sur l'épaule ronde.

« Londres insiste pour que nous nous organisions plus étroitement et que nous agissions. Dans les maquis et dans les villes, des réseaux se forment. Tout le monde a besoin d'armes, de matériel, d'explosifs. Pour qu'un débarquement réussisse, il faut qu'une force immense se soulève au même moment et harcèle les Allemands à l'intérieur.

— Les résistants sont si peu nombreux en Beauce…

— Il y en a dans la région, à Allonnes, à Voves, à Bonneval, partout. Il faut en trouver d'autres. Dans le triangle Chartres-Châteaudun-Orléans, les Allemands sont peu nombreux. Londres pense que c'est une zone où pourraient se dérouler des parachutages d'armes et de matériel pour alimenter les maquis de Sologne et du Sud d'une part et la région parisienne d'autre part. La nécessité est grande. Ils ont besoin de nous. »

Irène le sentait tout excité, comme quand ils avaient fui en Angleterre au lendemain de l'exode. Elle s'enthousiasmait à l'entendre et s'enflammait autant que lui à la pensée de se lancer dans l'aventure de la libération de la France. Seulement, les années passées lui avaient dévoilé d'autres facettes de la guerre : les bombardements, les morts, les incendies, les arrestations et les exécutions sans jugements. L'image de l'homme abattu sur le quai de la gare surgissait comme un épouvantail dans sa mémoire. Elle se taisait parce qu'elle ne voulait pas avouer qu'elle avait peur, mais, en même temps, elle était fière de Philippe et buvait ses paroles avec bonheur. Elle posa sa joue au creux de son épaule. La peau était douce, chaude et lui procurait une sensation de bien-être sans cesse renouvelée. Ils gardèrent le silence, caressant les courbes de leurs corps, les yeux fermés.

« Londres a désigné un certain "Saint-Clair" pour coordonner des actions dans le coin. Il nous manque des agents de liaison pour faire circuler les informations. On a besoin de toi, Irène… finit-il par murmurer.

— Je saurai me rendre utile », répondit-elle sans réfléchir.

La nuit était maintenant largement avancée. Il pouvait être 1 ou 2 heures du matin. Des rais de lumière lunaire pénétraient dans la chambre par le petit cœur découpé dans les volets. Ils s'embrassèrent, s'épousèrent, burent l'amour sur leurs lèvres, laissèrent couler le temps.

Un peu après 3 heures, la lune déclina. Il était l'heure de se séparer. Philippe voulait rejoindre la ferme où il se cachait avant le lever du jour. La prudence, toujours. Il s'habilla. Irène enfila sa robe pour l'accompagner jusqu'au mur du jardin.

La cuisine était vide et on n'entendait que le tic-tac de la comtoise. De l'autre côté de la porte d'une chambre, Lucien ronflait. Ils sortirent.

Philippe lui passa le bras autour des épaules. Ils marchèrent d'un même pas traînant vers le jardin et s'arrêtèrent près du mur de bauge à demi éboulé qui s'ouvrait sur les ouches et, plus loin vers les bois. Ils se firent face et s'embrassèrent.

« Dans deux jours, des chefs de “Libération-Nord” viennent nous voir. On va s'organiser. On aura besoin de toi.

— Tu peux compter sur moi, répondit-elle.

— Des jours importants se préparent. Il faut que nous prenions notre part du combat.

— Je t'aime », murmura-t-elle pour toute réponse.

Ils s'embrassèrent à nouveau et il franchit lentement la brèche du mur. Sa main traîna en arrière et les doigts d'Irène descendirent lentement de l'épaule vers le bras, le poignet, la main. Lorsque leurs doigts se rencontrèrent, ils se refermèrent un instant, comme pour retenir encore quelques fragments du temps.

Puis Philippe se retourna, courba le dos et courut. L'ombre de la première haie l'absorba complètement. Il disparut de sa vue. Irène imagina sa progression vers le bois au bruit de ses pas, puis le silence lui rendit sa solitude. Malgré elle, des larmes glissèrent de ses yeux. Elle resta longtemps à épier la nuit. Mais le charme était rompu. Philippe était parti.

Elle finit par faire demi-tour et remonta l'allée. Quand elle arriva près de la porte qui séparait le jardin de la cour, un frisson l'agita brusquement et elle faillit pousser un cri : Régine était là, immobile, cachée dans l'obscurité de l'énorme buisson de seringa. Ses yeux roulaient et brillaient.

« Tu m'as fait peur ! » avoua Irène.

La vieille ne répondit pas et demeura figée comme une statue. Irène fouilla la nuit pour lire le visage muet. Elle eut soudain peur, peur de cette fixité et de cette silhouette noire sur laquelle ni la fatigue ni le temps ne semblaient avoir prise. Elle avança la main. Aussitôt, Régine recula :

« J'sais tout », grinça la vieille.

Brusquement, Irène se sentit perdue. Un formidable frisson l'agita et elle se mit à courir vers la maison.

XXVII

LA LETTRE RECOMMANDÉE envoyée par le notaire arriva le lendemain. Régine était partie vadrouiller dans les fins fonds de la Fosse aux Blaireaux, histoire d'aller marauder sur un petit bout de champ que Lucien possédait à cet endroit. Le facteur grogna mais accepta de revenir sur le coup de midi pour la lui remettre en mains propres et obtenir la précieuse signature sur son carnet.

Régine s'enferma dans sa cuisine, s'assit et posa la lettre sur la table, juste devant elle. Elle la regarda longuement sans l'ouvrir. À quoi bon ? Elle savait ce qu'elle contenait. C'était le règlement de la succession de Léon et le notaire lui notifiait certainement qu'elle ne possédait plus rien, que l'ensemble de l'héritage avait été dévolu à Lucien et à Jeanne. Mais, comme Jeanne était bonne sœur, qu'elle était partie aux cinq cents diables et qu'elle avait donné procuration à son frère, c'était comme si Lucien héritait de la totalité.

Finalement, ce n'est qu'après avoir grignoté un quignon de pain et un morceau de fromage sec qu'elle décacheta l'enveloppe. La lettre du notaire confirmait tout ce qu'elle avait pensé. Aucune surprise.

Malgré la chaleur de la mi-journée qui frappait fort, Régine se sentit prise d'un besoin de marcher, d'aller loin. Elle présumait que cette longue marche l'aiderait à digérer une situation qu'elle ruminait jour et nuit depuis des semaines. Avec tout cet argent, Lucien et René allaient concrétiser l'achat des terres de Pierrette et il lui apparaissait de plus en plus évident qu'en tirant profit de la mort de Léon, ils se dénonçaient eux-mêmes. Qui plus que Lucien avait eu intérêt à envoyer la fameuse lettre ?

Elle suivit le chemin de Meigneville, les mains dans le dos, la poitrine plate penchée en avant. Puis elle foula les champs maintenant nus de la Fosse Robert, s'acharnant à mettre le pied sur les pointes acérées des chaumes pour les écraser. Elle longea la Pièce des Roues et traversa la route de Chartres pour entrer dans les Bois Gayard. La relative fraîcheur maintenue par les frondaisons la calma un peu. Elle ralentit sa marche et finit par s'asseoir sur une souche.

Jusqu'au soir, elle ressassa les mêmes pensées :

« Lucien les avait foutus dehors comme des malpropres et, maintenant qu'il avait hérité du père, il était sur le point d'acheter les quinze hectares à la Pierrette. »

Il n'y avait pas de moralité. Les souvenirs des altercations qu'ils avaient eues au retour de l'exode remontaient en elle, puis des images fugitives, mais nettes et tranchantes comme des éclairs. Le départ à Montainville, le regard désapprobateur du fils, la fuite…

Elle oublia l'heure et resta longtemps assise. Puis un train passa et donna quelques coups de sifflet en croisant le passage à niveau de la route de Chartres. Le bruit la tira de ses pensées. Elle revint à la réalité et suivit la respiration lourde de la locomotive, atténuée dès que le train glissa derrière le bois de la Place. Au passage à niveau du chemin de Marolles, les sifflements se reproduisirent, plus faibles, lointains. Régine se redressa et se mit à marmonner à mi-voix, subissant la manie qui l'avait attrapée depuis quelques mois.

« I'm'saigne... I'm'enterre vivante. »

Elle éprouva soudain le besoin de sortir du bois, comme si le spectacle de sa silhouette sèche traversant les champs nus comme des ventres vidés de leur grossesse pouvait témoigner de son malheur. Elle descendit jusqu'aux quatre routes et piqua tout droit sur Pilmont.

Le hasard plaça Lucien sur son chemin. Il revenait de Marolles avec un tombereau. Qu'était-il allé faire ? Régine, pourtant si curieuse de tous ses faits et gestes, ne se posa même pas la question. Une seule idée s'imposait à elle : le provoquer, l'obliger à parler de cet héritage qu'il venait de toucher et des terres qu'il allait acheter. C'était en elle un impérieux besoin de se soulager en libérant un peu du venin qui l'empoisonnait. Elle accéléra le pas et croisa le chemin de son fils une centaine de mètres avant le château d'eau. Lucien parla le premier :

« Alors, la mère, toujours en balade ?

— C'est pas l'ouvrage qui m'fatigue maint'nant que j'sé à rin ! grogna-t-elle.

— T'as assez trimé. Tu peux ben t'payer un peu d'bon temps, essaya-t-il de philosopher pour détendre une conversation qu'il sentait mal partie.

— Du bon temps... Quand qu'on a été dépouillée comme des moins que rien ! »

Lucien haussa les épaules. Pour lui, l'affaire était close et il ne souhaitait plus en parler. La mère, elle n'avait plus qu'à vieillir tranquillement, sans se soucier du lendemain puisqu'il lui avait promis de lui assurer le nécessaire.

« Fait chaud, reprit-il. Tu veux monter dans le tombereau ? »

Régine sentit qu'il essayait de faire dévier la conversation. Elle lui lança comme un caillou :

« L'notaire a écrit. T'as touché. Tu vas pouvoir acheter les terres à la Pierrette.

— Ah ! Tu vas pas r'mettre ça ! se défendit-il.

— V'z'êtes contents, le René et toi. D'puis l'temps qu'ça vous brûlait les yeux de lorgner sur ces trente mines ! Tu pourras pas dire que ça a pas du bon que l'père soye calenché.

— T'as pas l'droit de dire des choses pareilles. J'y suis pour rien si l'père a goupillé ses affaires de cette façon. Et pis d'abord, les terres, c'est pas comme tu crois. Pierrette va vendre, elle l'a décidé, mais pas à moi. Ferron en propose bien plus et je peux pas suivre. Alors, tu vois, c'est pas la peine de m'agonir de sottises. »

La nouvelle réjouit le cœur de la vieille et elle lâcha sans vraiment avoir eu le temps de réfléchir :

« Y a une morale ! »

Lucien se sentit blessé et laissa échapper quelques paroles acides :

« De l'argent du marché noir ! C'est pas étonnant que ça porte pas chance ! De l'argent maudit, voilà c'qu'il m'a laissé, l'père. »

Régine observa le visage rouge de son fils. Elle devinait sa rogne à sentir les terres lui passer sous le nez et elle en ressentait une sorte de jouissance. C'était comme si sa vengeance commençait à s'assouvir. Elle en éprouva un brusque soulagement qui lui ôta l'envie de le piquer davantage.

« C'est ben fait », conclut-elle en plissant les lèvres.

Puis elle bifurqua vers la ligne de chemin de fer et longea un champ de patates aux fanes desséchées.

XXVIII

Les ordres de la préfecture et de l'autorité allemande étaient clairs : chaque maire devait prendre les mesures nécessaires pour que pas un seul brin d'herbe poussant sur les accotements, les talus et le bord des fossés communaux ne soit perdu. Tout devait être transformé en foin. À Rouvray, les bonnes femmes partaient le soir avec une pouche et une faucille pour ramasser l'herbe aux lapins. Il n'y avait pas grand-chose de perdu. Seul le talus qui longeait la ligne de chemin de fer n'était pas coupé. Le maire avait donc embauché Fouine pour deux jours, histoire de montrer qu'il n'y mettait pas de mauvaise volonté.

« Tâche d'en faucher de quoi fournir quelques dizaines de bottes, sinon on va m'accuser de négligence », recommanda-t-il.

Fouine était bon faucheur et il aimait ce travail qui balançait le corps sur un rythme régulier. On le demandait souvent pour débrider les rives des champs. Mais là, le plaisir du geste était sans cesse interrompu par les chocs de la faux se plantant dans les taupinières. Tous les deux ou trois mètres, une gerbe de terre éclatait et émoussait le fil de la lame.

« Nom de Dieu de sales bêtes ! » jurait-il.

Il s'arrêtait, levait la lame, sortait la pierre à affûter qui trempait dans la corne qu'il portait à la ceinture et refaisait le fil en quelques coups adroits.

Depuis que Pierrette l'avait clairement repoussé, une tristesse inhabituelle s'était emparée de lui. Son esprit était sombre, contrarié, occupé en permanence par des pensées contraires. Il se rendait compte qu'il était attaché à Pierrette beaucoup plus qu'il ne l'avait cru. Les parties de jambes en l'air, considérées pendant un temps comme un vague amusement dont il rapportait facilement les détails au comptoir quand il avait un coup dans le nez, le liaient à Pierrette beaucoup plus fortement qu'il ne l'avait pensé. Il y avait autre chose entre eux. À force de se dire que cette vie commune pouvait un jour devenir réalité, il avait fini par le croire. C'était comme une obsession et il en revenait toujours à sa fameuse phrase :

« On serait pourtant heureux tous les deux avec nos gosses autour de la grande table ».

Malgré cela, il admettait qu'il s'était peut-être monté la tête tout seul, que Pierrette ne lui avait jamais caché qu'elle aspirait à partir en ville et qu'elle ne lui avait jamais fait de promesses. Après tout, elle était libre. Ce qu'il admettait mal, c'était qu'elle ait choisi ce M. Rémi, un malhonnête homme en qui il n'avait aucune confiance. Le simple fait d'imaginer ce gandin, qui portait une chevalière en or et possédait une voiture, tout nu en train de frotter son cuir de sanglier contre la peau douce de Pierrette lui faisait serrer les poings et lui donnait des envies de frapper. À trente et quelques années bien tassées, il découvrait la jalousie.

Quand l'image des deux amants nus surgissait dans sa tête, la lame couchait avec rage des alignées de bleuets et de coquelicots. Les cornes de la faux rabattaient violemment l'herbe vers le bas du talus et la rejetaient sur l'andain.

La ligne de chemin de fer passait à quelques mètres au-dessus de lui. Entre la voie et le talus en dévers, il y avait un sentier sablé que les cheminots utilisaient pour circuler en vélo. Quand ils se rendaient dans un passage à niveau ou sur un point de la voie pour y travailler, c'était le plus court chemin. Régine marchait sur ce petit chemin depuis le PN 72 de Marolles mais, comme Fouine fauchait en contrebas, il ne la vit pas arriver. Il fut tout surpris d'apercevoir la silhouette de la vieille, se détachant, noire sur fond de ciel clair, quand il se redressa pour passer un coup de pierre sur sa lame.

« Y a longtemps qu'vous êtes là ? » demanda-t-il.

Il n'eut pas de réponse. Régine le dominait et lui lançait un regard d'émouchet qui bélouette au-dessus d'un mulot courant dans les chaumes. Elle voulait lui parler, mais ne savait pas trop comment s'y prendre. Elle avisa un passage et descendit sur le chemin.

« Tu coupes de l'herbe pour tes lapins ? demanda-t-elle

— Pas du tout. C'est pour les Allemands.

— Ah... »

Fouine ne l'avait pas beaucoup revue depuis son retour à Rouvray. Maintenant qu'elle ne lui donnait plus d'ouvrage, il n'avait plus l'occasion. Il reprit sa faux et se remit au travail. Régine resta plantée debout à sa hauteur et le regarda.

« Alors, comme ça, paraît que Pierrette va partir », lâcha-t-elle brutalement.

Au mot « Pierrette », Fouine posa la lame de sa faux sur le sol et tourna la tête.

« On dit que c'est fait, poursuivit Régine en observant l'effet de ses paroles sur le visage de son interlocuteur. Elle vendrait à Ferron et partirait pour de bon, en ville. D'aucuns disent même qu'elle part avec un homme, tu sais, M. Rémi… »

Fouine se sentit humilié. Il eut tout à la fois envie de répondre méchamment à la vieille et de lui dire de continuer pour avoir des précisions.

« Partir, partir, partir… répéta-t-il en secouant la tête d'un air dubitatif. Comme vous y allez…

— En tout cas, pour les terres, c'est comme si c'était fait. Pierrette le dit à tout le monde. »

Sur le coup, quand Lucien lui avait annoncé que la cousine avait décidé de vendre ses terres à Ferron parce qu'il en proposait un prix que lui ne pouvait pas mettre, elle s'en était réjouie. Mais, dans la nuit qui avait suivi, d'autres pensées l'avaient tourmentée : les champs passaient sous le nez de Lucien et de René pour mieux tomber dans la main de Ferron. Et Ferron, blessé dans son honneur de mâle, à la merci de la première parole de Léon, avait eu toutes les raisons d'envoyer la fameuse lettre. Lucien ne profitait pas de l'héritage, c'était bien, mais il ne fallait pas, non plus, que Ferron fasse l'affaire.

Alors, des heures durant, Régine avait cherché un moyen de faire sournoisement capoter le marché et elle pensait l'avoir trouvé. Le bâton dans les roues, c'était Fouine.

« Pourtant, ajouta-t-elle sur un ton innocent, tout le monde dit qu'elle est ben entichée d'toi. C'est sûrement l'autre gourgandin qui lui monte l'bourrichon. Tu devrais pas t'laisser faire. »

Fouine se pencha et la faux reprit son mouvement.

« Tu réponds point ? »

Un feulement de lame coucha un triangle d'herbe. La vieille remonta sur le bord de la ligne et le domina à nouveau :

« Si elle part, tu pourras pas dire que tu l'as beaucoup r'tenue. Tiens, j'vas t'dire, c'est ben fait pour toi si elle s'met en ménage avec l'autre. T'as une mentalité d'cocu. Ouais, d'cocu battu même. »

Elle mit les mains sur ses reins, tourna les talons et partit en direction du cimetière. Fouine grommela et lança la faux qui éclata aussitôt dans une taupinière, soulevant une pluie de terre fine.

« Bordel de nom de Dieu ! » jura-t-il, sans qu'il fût possible de discerner si la lame ébréchée ou les paroles de la vieille en étaient la cause.

XXIX

PHILIPPE VIVAIT avec de faux papiers et ne pouvait trouver refuge que chez quelques cultivateurs acquis à la Résistance. Partout, il laissait entendre qu'il n'était qu'un jeune fuyant le service du travail obligatoire qui refusait la perspective d'un départ en Allemagne. Rien de plus. De là à voir en lui un militant de la Résistance, il y avait un fossé que personne ne franchissait. Sa prudence l'amenait à se méfier de tout le monde. Malgré cela, dès son arrivée, il était entré en contact avec des gens du mouvement de résistance « Front National », puis, après que les principaux responsables de ce mouvement aient été fusillés au mont Valérien, avec ceux de « Libération-Nord » dont il se sentit immédiatement plus proche. Il se fit quelques solides amis qui partageaient à la fois ses sentiments, son ardeur et son envie de chasser les Allemands.

Une nuit, Pierre Legrand, un homme chargé par Londres de l'organisation d'opérations de parachutages et Bichat, le responsable de « Libé-Nord » sur le département réunirent quelques hommes sûrs dans une ferme. Legrand et Bichat étaient des pseudonymes, mais personne ne connaissait les vrais noms des deux hommes.

« Des maquis sont en cours de constitution, exposa d'emblée Pierre Legrand. Il faut les équiper en armes, explosifs, matériel, vivres. Londres est prêt à effectuer des parachutages. À nous de trouver des terrains, de les baliser, d'organiser la réception des containers, de prévoir des caches, de faciliter le transport et le transfert de ces matériels. Organisons-nous. Le temps est venu d'agir. »

Le cultivateur qui ouvrait sa maison était un homme jeune qui fumait du mauvais tabac dans une pipe. L'odeur était désagréable, mais attisait cependant la convoitise des autres qui ne parvenaient que très difficilement à se procurer des cigarettes.

« Les Allemands sont nombreux à Voves, expliqua-t-il. Il y a le camp des prisonniers, la *Kommandantur* et la gare. C'est un nœud ferroviaire important, la gare de Voves. Sans compter les Boches qui ont réquisitionné des maisons et qui sont dispersés en ville. Est-ce qu'il n'y a pas des zones moins exposées ?

— Nos chances de réussite résident dans la multiplication des petits parachutages, répondit Legrand. Un ou deux avions qui larguent une douzaine de containers sont moins repérables qu'une escadrille.

— Le risque existe, poursuivit Bichat, mais en calculant bien son coup, on doit pouvoir le minimiser. Sur dix petits parachutages, il y en aura forcément quelques-uns qui réussiront. Par contre, on peut tout perdre au cours d'un gros. »

Philippe déplia une carte du canton et effaça les plis en trois passages du tranchant de la main. Ils examinèrent toutes les possibilités une à une.

« Les Allemands patrouillent sur quelles routes ?

— Lignes électriques à haute tension ?

— Les bois, les fossés, les hameaux ?

— Les fermes amies ?

— Les lieux de replis en cas de coups durs ? »

Pendant deux bonnes heures, leurs doigts tracèrent d'hypothétiques arabesques sur la carte.

« Il faut être capable de dissimuler très rapidement les containers, dit Poitevin. Pour cela, nous avons besoin de caches discrètes, nombreuses, faciles d'accès.

— D'où la nécessité de prospecter, de rechercher des caves, des souterrains, des granges », ajouta le cultivateur.

Ils en vinrent à évoquer d'autres détails : Combien d'avions ? Combien d'hommes ? Quel jour ? Quelle heure ? Comment seraient-ils prévenus de l'opération ?

« À part la B.B.C. qu'on reçoit très mal parce que les Allemands brouillent la fréquence, on ne dispose d'aucun moyen de communication radio.

— On peut avoir recours à des messagers, dit Philippe. J'en connais déjà une. »

Sur le coup des 3 heures du matin, ils replièrent la carte. Un parachutage semblait réalisable dans le triangle Allonnes-Mauloup-Vieil-Allonnes. Mais il leur restait une montagne de problèmes, d'incertitudes et de questions. Ils envisagèrent de se répartir les tâches. Ceux qui pouvaient se déplacer facilement furent chargés des contacts. D'autres héritèrent de missions plus discrètes. Philippe fut chargé des planques.

Le lendemain matin, comme tous les ouvriers, il alla trouver le patron pour recevoir les ordres. Quand les autres partirent aux champs, il s'arrangea pour se trouver seul avec lui :

« Dans une grande ferme comme celle-là, il n'y a rien de drôle à avoir besoin de marne. T'en as toujours plus ou moins tiré de la marne, pour mettre dans tes champs. Alors, si on remettait la marnière en activité et qu'on en reprenait l'exploitation, personne ne trouverait ça bizarre. Pendant ce temps-là, on pourrait creuser une planque. »

L'autre tira une bouffée sur sa pipe et sourit :

« Bonne idée. »

L'après-midi même, Philippe se mit au travail, aidé par un brave ouvrier qui avait travaillé dans cette marnière pendant des années pour le compte du père du cultivateur et qui se réjouissait de la voir revivre. Philippe ouvrit les anciennes galeries et se fit donner tous les renseignements. En moins d'une heure, il se rendit compte que l'aménagement d'une pièce secrète de quelques mètres carrés était possible. Il suffirait de travailler la nuit et pendant les moments où l'ouvrier ne serait pas là.

Au moment où Philippe contournait la mare pour rentrer à la ferme à l'heure du souper, Irène arriva en vélo. Ils s'assirent à l'abri des regards, derrière les troncs des peupliers qui poussaient au bord de l'eau et s'embrassèrent longuement. Mais elle était tourmentée :

« Elle t'a vu, commença Irène. Je suis sûre qu'elle sait que tu as participé à l'attaque de la mairie de

Rouvray. Elle est partout. On ne la voit pas et pourtant elle est là. Elle nous a espionnés. Peut-être a-t-elle entendu ce que nous nous sommes dit.

— Calme-toi. Elle ne sait rien. J'ai fait attention. »

Elle se serra dans ses bras.

« C'est ma grand-mère, mais je n'ai pas confiance en elle. Elle est tellement bizarre depuis la mort de son mari ! »

Puis, après avoir laissé couler un instant, elle avoua à voix basse :

« Philippe, je tremble pour toi. J'ai peur que quelque chose arrive... »

XXX

À 6 HEURES, Fouine arrêta de faucher l'herbe sur les talus de la ligne. Il rapporta la faux et la rangea dans la remise attenante à l'arsenal. Puis il se dirigea tout droit vers la maison de Pierrette, avec la ferme intention de lui parler, de lui ouvrir les yeux et de la convaincre de revenir à lui. Mais la voiture de M. Rémi était garée contre la grange.

« Core là, l'aut'matou ! »

Il sentit son sang s'échauffer. Il passa devant le portail sans le franchir et se força au calme. Le meilleur moyen de ramener Pierrette à lui, c'était la douceur, la persuasion, l'affection. Il l'aimait et sentait que cet amour constituait sa principale force.

Il entra à l'auberge et se fit servir un canon.

« Tiens, dit le patron en posant un ballon sur le comptoir et en l'emplissant de vin d'Orléans, mais est-ce que t'as des sous pour me payer, au moins ?

— M'emmerde pas avec tes sous. J'en ai point et c'est pas le moment de m'chatouiller. »

Le patron leva la main en signe d'apaisement et rigola.

« Tu m'dois quand même dans les cinquante francs...

— M'en fous. »

Fouine se pencha vers le comptoir. L'autre trempa un verre sale dans l'eau et gargota quelques secondes avant de saisir un torchon pour l'essuyer.

« Te fâche pas. On peut s'arranger. Tiens, si t'avais un beau lièvre...

— Un lièvre... Si t'effaces mon ardoise avec un lièvre, ça peut se faire, répondit Fouine en levant le coude.

— Paraît que du côté de Créton, on en voit des beaux en ce moment, poursuivit l'aubergiste.

— Créton... C'est à pas cinq cents mètres du château. »

À Reverseaux comme partout ailleurs, la chasse était interdite depuis le début de la guerre, aussi le gibier était abondant. Les fermiers du comte se plaignaient des dégâts considérables qu'il provoquait dans les cultures. De temps en temps, les Allemands faisaient bien irruption au château et organisaient, contre la volonté du comte et malgré ses protestations, une partie de chasse réservée aux seuls officiers et à quelques collaborateurs de haut rang. Le comte exigeait un ordre de réquisition en bonne et due forme et essayait de faire jouer ses relations pour qu'il soit refusé. Mais la chasse avait lieu, ce qui ne diminuait en rien la quantité de gibier.

Malgré cela, le comte continuait à payer son garde-chasse particulier et exigeait de lui qu'il lutte contre le braconnage avec le même zèle qu'avant guerre. Questions de principe et de tradition.

Fouine avait absolument besoin de braconner pour vivre. C'était là une source de nourriture inépuisable et gratuite, sa seule possibilité de troc pour habiller ses gosses, se procurer des médicaments ou un peu de tabac. Sa seule chance aussi de continuer à se faire servir quelques canons puisqu'il n'avait jamais d'argent. Mais, au-delà de cette nécessité et depuis toujours, il trouvait dans le braconnage un plaisir à nul autre comparable. Le braconnage, c'était la revanche du rusé sur le puissant, sa façon de pisser sur les fleurs du comte et les pneus des voitures allemandes. Il y avait de la provocation, de la bravade, de la résistance dans la pose d'un collet. Aussi, l'idée d'aller traîner à deux pas des fenêtres du château ne lui déplut-elle pas.

« T'en auras un », affirma-t-il en reposant son verre sur le comptoir tout en s'essuyant les lèvres du dos de la main.

Il remonta la route de la Prieuré et entra dans le bois quand il aperçut les grands cèdres du château. L'image de la voiture dans la cour de Pierrette emplissait toujours son esprit et il se faisait du mal à les imaginer tous les deux dans la maison.

« Si ça s'trouve, elle a envoyé les gosses à l'autre bout du pays pour avoir du temps ! »

Et, malgré lui, il les voyait nus dans le grand lit. Le gourgandin pétrissait à pleines mains les seins ronds de Pierrette. Elle ébouriffait les cheveux du spécialiste du marché noir tout en ouvrant les jambes pour mieux lui offrir le chemin de son ventre.

« Bougre de salaud ! Sacrée garce ! » tonnait-il sourdement.

La marche en sous-bois le calma un peu. Un faisan jaillit d'un roncier et s'envola à travers un fouillis de jeunes bouleaux. Il approchait de Créton, des champs enclavés dans les bois dont les fermiers de Reverseaux disaient par-derrière qu'ils ne les cultivaient que pour nourrir le gibier du comte. Instinctivement, il porta la main à sa musette pour vérifier que le rouleau de fil de laiton était bien là. Il s'arrêta contre un gros tronc, s'accroupit et épia les environs. Le garde pouvait traîner. L'endroit semblait désert, mais ses sens aiguisés par des années d'observation lui permirent de débusquer un écureuil à la fourche d'un grand chêne, de remarquer deux entrées de terriers de lapins, de repérer une musaraigne au frémissement léger d'une touffe de genêts…

Petit à petit, le braconnage l'absorba tout entier et il oublia la voiture, Pierrette et ses déboires.

Il avança jusqu'à la lisière du bois et se coucha dans un buisson. Le champ avait porté une récolte de blé. Il était d'autant plus nu maintenant que les moutons étaient passés et avaient rongé les moindres pousses. Il balaya minutieusement la surface des yeux. En trois ou quatre endroits, des amas de paille formaient de minces protubérances. Il les observa longuement.

« Pas de doute, ce sont des gîtes de lièvres. Ils n'ont plus rien à bouffer dans la pièce, ils viennent certainement brouter dans le bois. Reste à trouver les passages. »

La lisière du bois était moyennement touffue, ce qui ne facilitait pas la découverte des coulées. Les lapins utilisaient toujours le même chemin et les endroits où ils passaient étaient piétinés comme un sentier de jardin. Les passages des lièvres étaient plus discrets. Il fallait être attentif au moindre brin d'herbe sèche brisé, à la hauteur du trou dans la base des feuillages. Fouine sourit : il venait d'en apercevoir un, fraîchement emprunté à en juger par les feuilles encore retournées.

« C'est comme si t'étais déjà dans la casserole », dit-il en s'adressant au lièvre.

Il prépara un collet, arrondit le fil et avança jusqu'à l'endroit qu'il avait repéré. Il fixa le laiton, le camoufla et vérifia que ni le lièvre ni le garde ne pouvaient le découvrir. Puis il s'aplatit à nouveau dans l'herbe et les feuilles mortes et reprit ses observations. Il ne lui fallut guère qu'une demi-heure pour en poser quatre. Après quoi il décida de revenir vers Rouvray en prenant soin de ne pas reprendre le même chemin. Précaution de braconnier.

Quand il posa les brodequins sur les pierres de la petite route de Reverseaux, ses pensées jalouses l'accaparèrent à nouveau.

La voiture de M. Rémi était toujours dans la cour, mais la porte était ouverte et, par moments, on apercevait Pierrette aller et venir dans la cuisine. Il se glissa dans l'écurie qui faisait face à la maison et épia les gestes des deux coupables, bien caché entre des ballots de paille et les sacs d'avoine. M. Rémi était assis, des papiers étalés sur la table comme les cartes d'un joueur de belote devant lui. Pierrette prenait des œufs dans un panier et les enveloppait dans du papier journal tout en répondant toujours oui avec un mouvement très large de la tête.

« Il perd pas l'nord, murmura-t-il pour lui seul. À peine sorti du plumard, faut qu'il r'pense à traficoter. Mais elle est donc aveugle ! »

L'attente se prolongea encore une bonne heure, puis M. Rémi alla ranger les œufs dans le coffre déjà bien plein de sa belle voiture, revint dans la maison et embrassa longuement Pierrette sur la bouche. Fouine crispa les poings.

Quand l'auto fut partie, il laissa passer quelques minutes et sortit discrètement de sa cachette. Il frappa à la porte de la cuisine en se forçant à prendre l'air de l'ami qui passe et qui s'arrête pour dire bonjour. Pierrette lui sourit et lui fit signe de venir s'asseoir.

« On te voit plus depuis quelques jours, s'étonna-t-elle.

— J'ai du travail », s'excusa-t-il.

Elle était de bonne humeur et se déplaçait autour de la grande table avec la légèreté d'une jeune fille. Elle sortit un verre et une bouteille de vin blanc.

« Tu refuseras pas un petit verre. »

Il lui adressa un bref sourire en guise d'acquiescement. Son regard fouillait le corsage boutonné très haut, le creux des reins, la bouche aux lèvres rouges. Il se disait que l'autre avait refermé ses mains moites sur chaque centimètre de ce corps et cela le rendait malade.

« J'suis venu voir si t'avais pas besoin d'aide. Dame, c'est pas l'ouvrage qui doit manquer. »

Elle prit un torchon posé sur le dossier d'une chaise et l'accrocha près de l'évier.

« J'ai plus de problèmes, répondit-elle dans un sourire. Ni avec les champs, ni avec la ferme. Ferron prend tout ça en main. On va chez le notaire dans une semaine pour signer les promesses de vente.

Dans trois mois, tout sera réglé et je quitterai Rouvray. Je pars, Robert, définitivement. »

Il serra les dents et la regarda droit dans les yeux.

« Faut pas, Pierrette. Faut pas que tu fasses ça.

— C'est décidé.

— Pars pas avec M. Rémi. Il t'aime pas. C'est juste pour ton argent. Moi, je t'aime. Faut pas que tu me laisses.

— J'ai bien réfléchi, Robert. »

Elle s'assit et lui expliqua calmement, en ami et confident, qu'elle avait déjà signé des papiers pour permettre à M. Rémi de faire le nécessaire pour le magasin.

« Je ne verrai même pas l'argent. Le notaire de Voves le versera directement au notaire de Chartres. Tu vois, c'est simple. »

Fouine résistait à l'envie de crier. Il répétait inlassablement :

« Il t'aime pas comme moi. Il t'aime pas. Tu seras pas heureuse avec lui. Fais pas cette bêtise. »

Pierrette ne semblait pas se rendre compte du désespoir que produisaient ses paroles. Elle laissait échapper des éclats de rire et des intonations de voix qui trahissaient son emballement. Elle finit par avancer le verre de vin qu'il n'avait pas encore touché. À ce moment, Fouine ne se contint plus et explosa :

« J'en veux pas de ton pinard. C'est du vin de marché noir. Il pue. »

Il atteignit la porte en trois pas et se retourna subitement. Pierrette semblait surprise par cette colère qu'elle n'avait pas sentie venir.

« Il t'aime pas, gueula-t-il. Il en veut qu'à tes sous et à ton cul. Et toi, tu veux rien voir, rien comprendre. T'es une dinde, Pierrette, une sacrée garce de dinde. »

Ce soir-là, Fouine resta longtemps au bistrot et prit une cuite monumentale. Une cuite triste, silencieuse, de celle qu'on prend quand on a envie de se pendre.

XXXI

L'AUTOMNE 43 S'ÉCOULA, doux et pluvieux. La guerre suivait son cours. On barbotait toujours, même si on n'y comprenait pas grand-chose, dans les cartes d'alimentation, les coupons qu'on échangeait contre des tickets donnant droit à deux cent vingt-cinq grammes de pain ou à soixante-quinze grammes de sucre, à cent vingt-cinq grammes de margarine ou soixante-quinze grammes de succédané de café. Il se trouva des Parisiens pour acheter les rutabagas à deux francs cinquante le kilo et les topinambours à trois francs.

À partir de la Toussaint, le travail se fit à nouveau rare. Fouine partagea son temps entre le jardin, le coup de main occasionnel dans les fermes et le braconnage.

Claire s'arrondit considérablement avec les mois et, à partir de Noël, elle se demandait tous les matins si la naissance n'allait pas avoir lieu le jour même tant son ventre prenait du volume. Elle vivait cette grossesse avec bonheur et s'émerveillait chaque fois que son petit bougeait dans son ventre.

« Mets ta main, vite, ici, bousculait-elle le père au milieu du repas. On sent ses pieds. »

Malgré les protestations de Léonie, Fouine exigeait qu'on lui réserve une bonne part de la viande, du sucre, des nouilles ou du chocolat qu'on pouvait se procurer. Heureusement, les autres pouvaient se rabattre sur le lait, les patates et les garennes. Cette mangeaille-là ne manquait pas.

Les douleurs annonciatrices de la naissance la réveillèrent sur le coup des 3 heures le 21 janvier 44. Elle posa les mains sur son ventre, surprise par ces premières contractions dont elle ignorait à peu près tout, respira profondément et attendit, immobile dans son lit. Elles passèrent et ne se renouvelèrent que longtemps après. Mais, cette fois-ci, il n'y avait plus de doute, le grand moment était arrivé. Vers les 4 heures, elle se leva malgré le froid qui envahissait la maison maintenant que le feu était quasiment éteint et traversa la cuisine, posant avec précaution ses pieds nus sur le carrelage glacé pour ne pas réveiller la grand-mère qui, selon ses habitudes, dormait sur une chaise, le coude posé sur la table, la tête appuyée dans sa main.

« C'est le moment », murmura-t-elle en secouant l'épaule du père.

À cette heure, il ne dormait plus profondément. Il ouvrit les yeux et répondit simplement :

« Je vais chercher le docteur. »

Il sortit du lit en bannière et lui entoura les épaules. Claire tenait son gros ventre comme si elle avait peur qu'il tombe tant il était lourd. Le père la poussa doucement vers la chambre et elle avança d'une démarche de canard. Léonie avait le sommeil très léger, surtout sur le matin. Elle ouvrit les yeux sans bouger la tête et observa les manigances de son gendre. Immédiatement, elle comprit que l'enfantement avait commencé, mais elle garda sa position de dormeuse pour mieux surprendre ce qu'ils se disaient.

« Le docteur, répétait Claire, mais on n'a pas d'argent.

— T'occupe pas. Je m'arrangerai avec lui. »

De nouvelles contractions s'annonçaient. Claire s'allongea. Elle sentit les muscles de son ventre se durcir en mille crampes et une douleur aiguë percer ses chairs. Elle respira fortement, mais ne put réprimer un cri. Pierrot et Claude se réveillèrent et s'assirent à l'équerre dans leur lit, les yeux ronds comme ceux des animaux de nuit quand ils sont éblouis par la lumière. Ils regardèrent leur grande sœur balancer la tête de droite à gauche sur l'oreiller, les paupières closes, le visage grimaçant, les dents serrées. L'intensité des contractions s'amplifia. Fouine lui prit les mains. Claire mordit le drap, planta ses ongles dans les doigts du père et cria à nouveau.

« Elle a pas gueulé comme ça quand elle l'a fait ! lança Léonie de la cuisine.

— Je vais chercher le docteur, je vais chercher le docteur, répétait Fouine.

— C'est la mère Anceaume qu'il faut appeler, dit Léonie en haussant les épaules. Est-ce qu'il y a besoin de dépenser des mille et des cents ? Un accouchement, c'est pas une maladie.

— C'est ça, pour qu'elle la loupe, comme elle a loupé sa mère ! » riposta Fouine.

Brusquement, il s'agita comme un papillon enfermé dans un bocal. Il se redressa et son visage changea d'expression. À la surprise et à l'étonnement succéda un dynamisme surprenant. Léonie grommela sourdement mais n'osa pas s'interposer davantage.

« Faites du feu pour qu'il fasse chaud là-dedans, lui ordonna-t-il. Mettez de l'eau à bouillir et préparez du linge propre. Claude, lève-toi, mon bonhomme, arrange la chambre et mets un peu d'ordre dans la maison. Toi, Pierrot, reste à côté de ta sœur et empêche la grosse de se mêler de ce qui la regarde pas. »

Cette série de contractions s'estompait. Des gouttes de sueur et des larmes inondaient le visage de Claire. Pierrot, les jambes nues sortant d'une chemise donnée par la femme d'un gendarme et qui était deux fois trop large pour lui, plongea la main dans l'armoire et attrapa une serviette avec laquelle il tamponna le front de Claire, qui se força à sourire et profita de l'accalmie pour relever ses jambes et relâcher ses muscles.

« Pouh ! respira-t-elle, ça donne chaud. »

Fouine enfila son pantalon, un tricot et l'épaisse veste qu'il portait tout l'hiver pour travailler dans les champs. Il s'approcha du lit et jeta un œil inquiet :

« Ça va, le rassura Claire. T'inquiète pas comme ça. Elle a raison pour une fois, c'est pas une maladie...

— Je vais chercher le docteur. J'y vais... »

Il sortit en trombe, enfourcha son vélo sans même se rendre compte de la bruine froide qui glaçait la selle et le guidon et se mit à pédaler comme un fou en direction de Voves. Dans sa tête, les images terribles de la mort de sa femme remontaient en souvenirs douloureux et, dans la traversée de Rouvray, il se surprit à répéter des « Pourvu qu'il soit pas trop tard, pourvu qu'il soit pas trop tard ! »

Il lui fallut un petit quart d'heure pour arriver. Il tambourina à la porte du docteur et le réveilla. Le brave homme descendit et ouvrit lui-même la porte de l'entrée. Fouine était nerveux et agité.

« Faut venir, docteur. La petite accouche. Elle a des contractions terribles. Elle va...

— Du calme, du calme », répondit le médecin en lui posant la main sur le bras.

Il le fit entrer et referma la porte pour couper le froid.

« Voyons, reprit-il, le travail a commencé à quelle heure ?

— Sur le coup des 3 ou 4 heures, docteur. Il faut venir tout de suite. Elle est si jeune. Elle saura pas. Elle crie, elle a mal...

— Il n'y a pas le feu. Pour un premier, il y aura plusieurs heures de contractions. Et puis je ne peux pas venir comme ça. »

Fouine découvrit que le docteur n'était pas habillé.

« Est-ce qu'elle a perdu les eaux, au moins ?

— Les eaux... » répéta bêtement Fouine.

Le docteur sourit en lisant l'étonnement qui s'afficha brusquement dans ses deux grands yeux ronds de hibou.

« Bon. Je m'habille. Rentre. J'ai eu un peu d'essence. Avec ma voiture, je serai à Marolles en même temps que toi. »

Puis il ajouta en quelques mots lourds de sous-entendus, parce qu'il était parfaitement au courant du genre de relations que tout le monde entretenait avec Léonie :

« Elle a sûrement besoin de ta présence pour lui éviter des litanies. »

Quand Fouine revint à la maison, toutes les lumières étaient allumées. Les ronds de la cuisinière étaient rouges et il faisait une bonne chaleur. De l'eau chauffait dans la grande lessiveuse. Pierrot luttait contre la grand-mère avec l'énergie d'un roquet à qui on dispute son os, mais elle avait réussi à approcher sa chaise et observait les contorsions de la malheureuse avec l'œil mauvais d'une vieille femelle stérile. Claire subissait des séries de contractions de plus en plus rapprochées, les deux mains sur son bas-ventre, refusant de se laisser toucher par sa grand-mère. Elle luttait pour maintenir ses jambes serrées l'une contre l'autre malgré l'étouffement provoqué par une respiration désordonnée, incapable d'endiguer les battements puissants de son pouls. Léonie faisait mille remarques crues :

« Tu gueulais pas comme ça quand il est rentré. Tais-toi donc et écarte les cuisses que j'voie si l'trou s'agrandit. »

Fouine entra dans la chambre et Pierrot lui cria qu'il ne pouvait pas contenir les assauts de la vieille.

« Dehors ! » tonna le père en pointant son doigt vers la cour.

Comme elle ne semblait pas comprendre qu'il voulait dire à l'extérieur de la maison, il lui saisit le bras et l'entraîna de force vers la porte.

« Allez donc chez la mère Anceaume et dites-lui que j'veux pas la voir ici non plus. Si vous r'venez, l'une ou l'autre, c'est mon pied dans l'cul qui vous attend ! »

Au passage, la vieille cueillit son châle de laine noire en répétant : « Ah, ben vrai ! Ah, ben vrai ! »

Le docteur n'arriva que sur le coup des 6 heures, son sac de cuir marron à la main. Il sembla mettre un temps infini à enlever ses gants et son chapeau. Il observa le visage baigné de sueur, palpa le ventre, posa son oreille à même la peau pour écouter le cœur de l'enfant, procéda à un examen pour se rendre compte de l'avancement du travail. Puis il se releva, calme, satisfait :

« Et bien, c'est parfait tout ça, dit-il en souriant à Claire. Pour un premier, c'est rapide. Tu as perdu les eaux et tu en es déjà à cinq francs. Profite du répit que tu as entre deux contractions pour te reposer. Respire profondément. Comme ça... »

Il ébaucha une profonde inspiration pour mieux lui faire comprendre et l'entraîner. Puis il s'arrêta, se tut et sembla hésiter : de toute évidence, il avait le temps de rendre visite à quelques malades, mais il se rendit compte que sa présence avait calmé tout le monde. Tour à tour, il observa la future mère dont le regard s'accrochait à lui comme un noyé à une branche, Fouine qui s'était assis près de l'oreiller et tenait la main de Claire, Pierrot et Claude, blottis dans le coin sombre de la chambre, fascinés par ces cuisses écartées au milieu desquelles éclatait le sexe violacé d'où allait jaillir la tête du bébé. Le docteur renonça finalement à reprendre ses gants et rabattit le drap avant de s'asseoir :

« On m'a dit que l'inspecteur au ravitaillement avait fait une descente à Montainville, commença-t-il pour lancer la conversation. Il paraît qu'il a infligé quatre amendes, dont une de trois mille francs pour dissimulation de récolte. Es-tu au courant ? »

Fouine répondit, par politesse. Pendant plus de trois heures, les contractions se succédèrent, entrecoupées de périodes de plus en plus courtes pendant lesquelles Claire récupérait un peu. La voix du docteur ronronnait dans la chambre et Fouine répondait n'importe quoi. Puis le docteur fit sortir les deux garçons, ôta sa veste et enfila un tablier imperméable. Le grand moment était arrivé.

La naissance fut facile. C'était un très beau garçon de sept livres. L'un de ces beaux bébés potelés qui sont roses à la naissance et qui se jettent immédiatement sur le sein. Une sorte de revanche de la nature, qui donne souvent aux plus pauvres des enfants beaux comme les anges joufflus des tableaux placés au-dessus de l'autel des églises. Claire était fatiguée, mais nullement exténuée. Elle était rayonnante et serrait son petit contre sa poitrine. Elle avait réussi quelque chose de merveilleux, de grand et elle en éprouvait une immense fierté. Fouine était heureux comme un vrai grand-père qu'il était presque et des larmes montaient dans ses yeux quand il approchait sa grosse patte cornée de la petite main.

Le docteur ne partit que lorsque l'enfant fut emmailloté, sans parler d'argent, sans autres honoraires que ce moment de joie et une promesse implicite d'être ravitaillé en gibier jusqu'à la fin de la guerre.

« N'oubliez pas de le déclarer à la mairie, recommanda-t-il. Tant qu'il n'a pas d'acte de naissance, il n'existe pas vraiment. »

Léonie ne montra timidement le bout de son nez que vers midi. L'heure était à la gaieté et il ne vint même pas à l'idée de Fouine de lui barrer le chemin de la chambre. La grosse femme se laissa attendrir au point d'en oublier de faire vibrer sa mauvaise langue. Pierrot et Claude couraient tout Marolles pour annoncer qu'ils étaient tontons. Dans l'après-midi, Mme la comtesse en personne rendit la première visite et offrit l'un des langes de laine qu'elle faisait tricoter par les femmes du château en prévision des heureux événements qui survenaient dans la commune. Puis il y eut la patronne de la grande ferme, les voisines, les vieilles, les amies de Claire et la maîtresse d'école. Toutes s'extasièrent sur la beauté du bébé.

Régine, elle, ne vint que le lendemain, pendant que Fouine travaillait et que les gamins étaient à l'école.

« Un bien beau bébé, dit-elle. Et comben qu'il pèse ?

— Sept livres, répondit fièrement Claire.

— Pour un beau bébé… »

Léonie connaissait maintenant tous les détails de l'accouchement et donnait mille précisions, comme si ses propres mains avaient sorti l'enfant du ventre de sa mère :

« La première douleur, ça a été à 3 heures. Je dormais dans la cuisine. J'peux pas m'coucher dans un lit parce que…

— Le docteur, il est arrivé sur le coup des 6 heures. Il est resté pendant plus de 3 heures. Faut croire qu'il avait pas d'autres malades à voir.

— Alors, le p'tit, il est sorti d'un coup, d'abord la tête, puis l'épaule gauche, avec un flot de liquide qu'a jailli sur le tablier du médecin.

— ... il a coupé l'cordon et il l'a badigeonné avec j'sais pas quoi, un produit bleu qui sent drôle. »

La grand-mère raconta tout, commentant chaque geste du docteur. Régine écoutait, patiente, silencieuse, approuvant chaque mot de hochements de tête admiratifs. Quand le récit de Léonie commença à tarir, elle avança quelques paroles insignifiantes :

« Et c'est quoi ses p'tits noms ? demanda-t-elle.

— Alain, Robert, répondit Claire.

— Ah... Il en a que deux ?

— Oui. »

L'heure de la tétée approchait. Le bébé mâchouillait dans le vide et ses lèvres s'ouvraient et se fermaient en un disque charmant qui découvrait une adorable petite langue rose. Claire souriait, heureuse que son bébé soit si longuement admiré. Léonie cherchait vainement quels détails supplémentaires elle pouvait encore avancer. Régine fixa le petit et le dévisagea longuement en silence. Elle se pencha davantage et se tordit le cou pour mieux voir.

« C'est drôle, dit-elle en direction de Claire, on peut pas dire qu'il te ressemble beaucoup. Ce s'rait-y qu'il tiendrait d'son père ? »

Le visage de l'accouchée blanchit et son cœur frappa fort dans sa poitrine. Depuis la naissance, personne n'avait prononcé le mot « père ». Elle serra les dents. Il y eut un silence glacé. Léonie se dandina sur sa chaise, prête à tous les coups de mauvaise langue. Régine poursuivait son examen du visage du petit sans se gêner le moins du monde, insistant, dévisageant, repoussant le lange du doigt pour mieux voir.

« C'est souvent comme ça, insista-t-elle au bout d'un long moment. Un garçon, c'est le plus souvent du côté du père. »

Elle releva son regard et le planta dans les yeux de Claire, puis elle affirma d'une voix froide :

« Il a un visage carré et des sourcils forts... Comme Ferron... »

Claire baissa immédiatement les yeux, mais il était déjà trop tard. Un flot de larmes jaillit. Elle serra le bébé contre elle et tenta de dissimuler le petit visage en l'enfouissant contre son sein. Léonie fut prise d'une sorte d'hystérie. Elle se leva, tenta d'arracher la main de Claire pour vérifier les dires de Régine, vexée de n'avoir pas remarqué la ressemblance la première.

« Non. Non, répétait Claire. Laisse-moi.

— Pourtant, il a ben un père, ce petit, brailla Léonie. Dis-le donc qu'tu t'es fait engrosser par le Ferron. Ben dis-le donc !

— Non. Non.

— Menteuse ! Et moi qui croyais qu'il t'avait foutue à la porte parce que tu voulais pas qu'i't'tripote ! C'est l'contraire.

— C'est pas vrai. C'est pas vrai.

— Ah, ben t'as ben caché ton jeu ! Tu parles d'une marie-salope ! »

Claire avait remonté le drap et sanglotait. Le bébé, réveillé par cette soudaine tempête, se mit à pleurer, tourna le visage, ouvrant et fermant la bouche dans l'espoir d'attraper le mamelon.

« Ben c'est sûr qu'il ressemble à Ferron, reprit Léonie quand elle put apercevoir la petite frimousse. J'me disais aussi… C'est du joli. Faut-y être traînée pour débaucher un homme marié ! »

Léonie déversait un flot intarissable de commentaires orduriers. Régine, elle, avait retrouvé son attitude droite et sèche et se taisait, observant avec minutie les conséquences de ses propos dévastateurs.

Ferron était le père, c'était l'évidence. Le bébé était son portrait tout craché. D'un autre côté, Ferron pouvait avoir dénoncé Léon et il fallait coûte que coûte l'empêcher de devenir propriétaire des terres de la cousine Pierrette. Puisque l'argent venait du côté de la femme, une brouille dans le ménage Ferron n'était-il pas de nature à faire annuler la vente ? Régine y avait pensé pendant des jours et des nuits et avait attendu cette naissance dans l'espoir que la ressemblance soit frappante. Et elle l'était.

« L'important, c'est que l'enfant soit beau, reprit-elle en imposant silence à Léonie d'un geste de la main. Mais maintenant, faut l'élever. »

À ce moment, Fouine rentra dans la maison, ce qui contraria fort Régine parce qu'elle n'avait pas terminé. Il regarda Claire en larmes, les deux vieilles, et comprit qu'elles accablaient la jeune mère de méchancetés. Il devint rouge avant même qu'elles n'aient eu le temps de prononcer un seul mot.

« Nom de Dieu de nom de Dieu ! Mais qu'est-ce que vous avez encore manigancé ! Foutez-moi le camp toutes les deux. »

Il avança sur elles, la main tendue pour saisir le bras de Léonie qui, pressentant un geste brutal, anticipa le mouvement et recula dans la cuisine. Régine toisa Fouine d'un regard glacé, se leva lentement, croisa son châle sur sa poitrine osseuse et sortit sans prononcer un seul mot. À peine avait-elle quitté la chambre que Fouine claqua violemment la porte pour s'enfermer avec Claire en jurant un nouveau « Nom de Dieu de nom de Dieu ! » sonore et puissant.

« C'est qu'il est violent, dit Léonie toute haletante. Il m'a déjà rouée de coups, le salaud. »

La grosse femme s'assit et respira lourdement pour réprimer le sifflement que la peur avait déclenché dans sa poitrine. Régine s'immobilisa, calme et insensible à ce qui venait de se passer. Elle tendit l'oreille et entendit Fouine consoler Claire. Alors, elle poursuivit :

« N'empêche, ce petit, va falloir l'élever maint'nant.

— Pour sûr, répondit Léonie. C'te garce de fumelle, elle l'a aguiché et l'autre était sans doute ben trop content de prendre un peu de bon temps sur une botte de foin.

— Seulement, c'est Claire qui va subir les conséquences...

— Bien fait ! Une roulure !

— Claire, Claire... C'est qu'une gamine. Faut être deux pour faire un petit. Ferron, il peut réparer...

— Peuh ! » désespéra Léonie.

Régine ne continua pas tout de suite. Elle laissa l'esprit lent de Léonie cheminer, puis, quand la grosse femme releva la tête, elle enchaîna immédiatement :

« Une petite pension...

— Ferron, une pension... Faut pas y compter ! Il la foutra à la porte en jurant que c'est pas lui, qu'il peut donner les noms de dix gars qui lui ont passé sur le ventre et que c'est pas la première garce qu'aurait l'idée d'accuser un homme marié pour avoir de l'argent.

— Lui, il voudra jamais. Mais elle ? avança Régine.

— La Ferron ?

— Qu'est-ce qu'une femme ferait pas pour cacher ces choses-là ! » s'exclama Régine.

Léonie se gratta la tête et ajouta :

« C'est une tête de cochon, Claire. Sûr qu'elle voudra jamais aller demander. »

Elle était essoufflée. Elle s'assit et passa la main sur son front à plusieurs reprises, preuve qu'elle réfléchissait et pensait à cet argent que Régine avait fait miroiter.

« Ni ce grand poivrot de Robert non plus. Il osera pas aller d'mander. Il est ben trop foireux pour ça. De la gueule quand il a un coup dans l'aile, ça oui, mais pour se défendre... »

Régine sentait qu'elle parvenait au but :

« Claire, Robert, d'accord. Mais toi ? Tu crois vraiment que la Ferron t'écouterait pas ? »

Léonie resta bouche ouverte un moment, puis dodelina plusieurs fois la tête. Elle avait compris.

Régine sourit.

XXXII

PHILIPPE TOURNA LE BOUTON du poste de T.S.F., fit avancer l'aiguille sur le cadran, puis la ramena en arrière et tâtonna avant de revenir sur le chiffre qui indiquait précisément la radio anglaise. La voix émise par la B.B.C. ondulait, montait, descendait, disparaissait dans un brouillard de friture qui la rendait difficilement audible avant de plonger dans des aigus fuyants ou des mélanges baroques de français, d'allemand et d'anglais.

« Tous les jours, c'est pareil, s'inquiéta Pierre, les Allemands brouillent les messages de Londres. »

Pierre était le propriétaire de la ferme où s'étaient regroupés Philippe, Irène et une douzaine d'hommes sûrs. Fouine avait été embauché pour la circonstance, mais il restait dehors avec les autres pour surveiller les environs. La femme du cultivateur n'arrêtait pas d'entrer et de sortir de sa cuisine, proposant sans cesse du mauvais café pour calmer son angoisse dans des gestes quotidiens. Ce soir, le message annonçant le premier parachutage devait être lancé et, pour tous, c'était un moment de grande excitation, de fièvre et de peur. Même bien préparé, ce parachutage pouvait se terminer par l'arrivée des Allemands, un bain de sang ou une dénonciation.

« On distingue suffisamment, répondit Philippe, très calme. Si le message est diffusé, on ne peut pas le manquer.

« La marguerite attend le jardinier près de l'arrosoir. Je répète : la marguerite attend le jardinier près de l'arrosoir. Grand-mère a besoin de sucre pour ses confitures. Je répète : Grand-mère a besoin de sucre pour ses confitures. Trois canards se sont noyés dans... »

Les messages se suivaient, mais celui qui devait annoncer le parachutage entre Mauloup et Vieil-Allonnes n'arrivait pas.

« Tu crois que Paris a bien transmis ? s'inquiéta Pierre.

— Oui, le rassura Irène. Je suis allée à Bonneval exprès en vélo pour recevoir confirmation de la bouche même d'un correspondant venu tout spécialement de Paris.

— Notre terrain a bien pour nom de code "la nappe", répéta Philippe pour la dixième fois au moins, et le nombre de couverts nous indiquera le nombre d'avions qui doivent passer. »

La radio grésilla plus fortement et la voix émise depuis Londres fila comme emportée par un brusque coup de vent. Philippe la rattrapa aussitôt en faisant glisser l'aiguille du cadran d'un bon centimètre vers la droite.

« Le marquis offrira cinq tulipes rouges à sa fiancée pour leur nuit de noce. Je répète : Le marquis offrira cinq tulipes rouges à sa fiancée pour leur nuit de noces. Mettez la nappe pour deux couverts. »

« Ça y est ! s'exclama Pierre. C'est pour cette nuit.

— Chut ! » le coupa immédiatement Philippe.

« Je répète : Mettez la nappe pour deux couverts. Les canaris sont… »

« Deux couverts, commenta Irène. Il y aura deux avions.

— Heureusement qu'on est nombreux, ajouta Philippe en tournant longuement le bouton de la T.S.F. pour la régler à nouveau sur la radio française avant de la couper. Avec deux avions, on aura au moins deux douzaines de parachutes. »

La femme de Pierre apporta à nouveau du café, mais personne n'en but. Les yeux brillaient. Il fallait attendre, attendre le milieu de la nuit et les regards commencèrent à se tourner de plus en plus souvent vers le cadran de l'horloge.

À 11 heures et demie, ils se couvrirent chaudement. Dehors, il y avait maintenant une lune bleutée et il gelait. Le temps était calme, le vent à peu près nul. C'était une belle nuit de fin janvier, l'une de ces nuits de gel où les ombres rases hérissent les labours et les guérets d'arêtes vives. Les violets métalliques frappaient brutalement les noirs polis et le miroir des blancs comme si de rapides coups d'épée les avaient tranchés au cours de duels épiques. Un homme sortit de l'ombre d'une grange et vint à leur rencontre. Pierre lui donna quelques ordres brefs et silencieux. L'homme disparut.

« J'ai des lampes de poche, dit Pierre, mais je vais quand même prendre quelques lampes à pétrole. On sait jamais. »

Irène et Philippe traversèrent la cour carrée entourée de bâtiments. Il lui passa le bras autour des épaules. Elle se serra contre lui. Ils retrouvaient le bonheur profond d'être ensemble et de partager la même action, le même risque, le même idéal, comme en Angleterre quand on leur avait confié leurs premières missions. L'action, enfin. Deux hommes les attendaient près du portail de la ferme. Pierre accourut. Fouine et deux gars d'Allonnes les rejoignirent. Ils restèrent silencieux, regardant instinctivement le beau ciel bleu nuit où scintillait la multitude des étoiles.

« Fait ben froid, lança Fouine pour rompre un silence que son excitation supportait mal. Heureusement qu'on a bu une p'tite goutte avant d'partir. »

Les autres sourirent mais ne répondirent pas. L'heure n'était pas à la plaisanterie.

« Il faut se presser, dit Pierre que l'impatience rongeait. Ils peuvent arriver d'un moment à l'autre.

— Non, temporisa Philippe. Les avions ne passeront certainement pas avant minuit. De toute façon, on les entendra venir de loin.

— Espérons qu'on s'ra les seuls ! »

Tous les hommes partirent et marchèrent pendant un bon quart d'heure. De temps en temps, le carré noir d'un petit bois se découpait sur la nudité des champs baignés de lumière lunaire. Les hommes se dispersèrent sur les lieux du parachutage et gagnèrent les postes prévus. Ils s'accroupirent au milieu des grands champs déserts constellés de centaines de monticules de fumier gelé et disparurent au regard, devenus brusquement eux-mêmes monticules immobiles. Ils scrutèrent le ciel dans l'espoir de voir apparaître les avions anglais. Le froid les engourdit petit à petit.

Silence. Pour chacun, c'était un moment extraordinaire fait d'une curieuse solitude où l'on se sentait entouré, de pensées fugitives, de peur, d'espoir. Attente interminable dans le froid, le regard tendu vers le ciel profondément bleu. Mystère des choses qui ne vivent que la nuit.

Vers 1 heure du matin, un faible ronronnement monta, très loin en direction du nord-ouest. Les visages se tendirent vers les étoiles. Le bruit grandit, se rapprocha, jusqu'à ce que le doute ne soit plus permis. Alors, Philippe se leva et annonça :

« C'est un Lancaster ! C'est bien les Anglais. »

Chacun se dressa et les champs se remplirent de silhouettes sombres.

« On n'entend qu'un seul avion, constata Pierre. Ils avaient pourtant annoncé deux couverts.

— Possible qu'ils se soient perdus de vue, répondit Philippe. Préparez les lampes. »

Il n'y avait aucune possibilité de communiquer par radio avec le pilote et le balisage prévu était des plus rudimentaires. Trois lampes blanches en ligne pour désigner le sens du parachutage et une lampe rouge sur le côté pour indiquer la direction du vent. Les hommes coururent et allumèrent les lampes de poche.

L'énorme Lancaster décrivit une large courbe en réduisant le régime de ses quatre formidables moteurs pour perdre un peu d'altitude. Le pilote fit un premier passage, s'éloigna jusqu'à virer au-dessus de Voves et revint, beaucoup plus bas, à huit cents mètres peut-être. Tout le monde avait le cou tendu vers le gigantesque oiseau de nuit. Ainsi, c'était donc vrai, les Anglais ne les laissaient pas tomber. Quand il passa à la verticale des lampes, le régime des moteurs diminua encore et des masses noires jaillirent des flancs de l'appareil. Aussitôt, la corolle blanche du premier parachute s'ouvrit dans un « vlouf » mou nettement perceptible au sol, suivie d'une seconde, puis d'une troisième, puis d'autres et d'autres. L'avion remit les gaz, le ronronnement devint rugissement et le Lancaster vira, reprit de l'altitude et s'éloigna vers le nord-ouest en poussant ses moteurs à fond pour grimper au plus vite. C'était un spectacle extraordinaire. Les parachutes descendaient doucement, silencieusement, berçant les gros tuyaux des containers qui se balançaient au bout des cordes.

« Il y en a quatorze, compta Philippe.

— Oui, quatorze, confirma Pierre, la main en visière au-dessus de ses yeux. »

Le premier, qui paraissait plus lourd que les autres, toucha le sol au milieu du champ et rebondit sur le sol gelé en produisant un bruit métallique. Aussitôt, deux hommes coururent et l'atteignirent au moment où la soie du parachute s'affalait dans le labour. Un second s'écrasa en douceur sur un tas de fumier. Puis ce fut une pluie de containers atterrissant à un rythme rapproché et les hommes n'étaient pas assez nombreux pour s'occuper de tous les parachutes en même temps. Pendant quelques minutes, il régna une agitation de fourmilière à l'approche de l'orage. Il fallait décrocher les sangles, enrouler les fines toiles en paquets et les enfourner dans les sacs à pommes de terre apportés exprès.

Puis, deux par deux, les hommes saisissaient les containers et couraient vers les petits bois où ils avaient dissimulé les charrettes. Philippe et Fouine portaient un container assez lourd. Ils arrivèrent près des chevaux en soufflant comme des taureaux.

« Mais c'est du plomb qu'ils nous ont balancé, dit Fouine en laissant tomber le sien.

— Des armes, des munitions ! » sourit Philippe.

D'autres hommes arrivaient, portant d'autres containers. Pierre était au comble de l'excitation. Lui, le patriote, comme l'appelaient parfois ses amis, revivait debout pour la première fois depuis quatre ans. Il n'y tenait plus. Il avait besoin de voir, de toucher.

« Ouvres-en deux ou trois », dit-il.

Philippe le regarda et s'apprêtait à répondre que ce n'était guère prudent, mais une autre voix insista :

« On veut voir. C'est la première fois. »

Les hommes s'approchèrent. Philippe s'agenouilla, fit sauter les trois fermetures et souleva le demi-cylindre du couvercle. Tous les visages suivirent l'ouverture du container dans un silence impatient. Il dégagea une toile. Un murmure courut de lèvres en lèvres. Il en ouvrit un second, puis un troisième. Il y avait de tout : des revolvers, des mitraillettes, des grenades, des pains de plastic, des bazookas, des munitions, deux postes émetteurs... Il y avait aussi des pneus de vélo, des cigarettes anglaises, du café, du chocolat, des chaussures... Les hommes n'en finissaient pas de s'étonner.

« Nom de Dieu, ça va leur péter au cul, aux Frisés ! » s'exclama Fouine.

Ces paroles rompirent le silence. Chacun y alla de son commentaire et il fallut toute l'autorité de Philippe pour ramener les hommes à la réalité.

« C'est pas le moment de discuter. On charge et on décroche. Ce n'est pas prudent ce qu'on fait en ce moment. Allez. »

Les deux derniers arrivèrent avec un container qui pesait beaucoup moins lourd que les autres, ce qui l'avait fait dériver jusqu'à un boqueteau.

« Le parachute s'est foutu dans un arbre. On en a eu un mal pour le décrocher. »

Philippe et Pierre organisèrent le chargement et le transport.

« On n'a récupéré que douze des quatorze containers qui ont été largués, s'exclama soudain Irène.

— Merde. Le vent aura déporté les autres.

— Il faut les retrouver. »

Tout était allé trop vite et ils sentirent le danger. Il fut décidé que Pierre et quelques hommes rentreraient à la ferme avec les deux charrettes et les douze containers récupérés. Philippe, Irène et tous les autres continueraient à chercher et les rejoindraient plus tard.

« Les Frisés vont pas tarder à être au parfum, commenta Fouine. Faut s'magner.

— Ils sont forcément allés dans cette direction, indiqua Irène, mais avec tous ces tas de fumier, ils doivent se confondre. »

La petite troupe se déploya et ratissa les champs pendant plus d'une heure. Par bonheur, la brise força un peu et gonfla une, puis deux poches blanches dans les parachutes tombés au sol.

« Là ! »

À 6 heures, l'opération était terminée. Le contenu des huit premiers containers avait été réparti dans cinq planques différentes. Les quatre qui contenaient les grenades, les détonateurs et les pains de plastic étaient dissimulés dans la cache spécialement aménagée dans la marnière. Des explosifs...

Dès le lendemain, les gendarmes reçurent de la *Kommandantur* de Chartres l'ordre d'ouvrir une enquête. De « bons Français » avaient signalé avoir entendu un avion anglais dans la nuit. De là à penser qu'il y avait eu un parachutage clandestin... Une aubaine. Le chef envoya ses hommes aux quatre coins du canton pour se renseigner. Vers midi, le sous-brigadier et l'un de ses collègues rendirent visite à Pierre.

C'est ainsi qu'il apprit que deux containers devaient être pris en charge par un gars des Ponts et Chaussées pour être convoyés vers un maquis du sud du département la nuit même et qu'un camion descendrait spécialement de Paris pour prendre livraison des quatre suivants le lendemain matin. Pour les autres, il fallait attendre les ordres.

Quant aux gendarmes, ils notèrent dans leur rapport n'avoir recueilli aucun témoignage sur un éventuel parachutage dans la région.

XXXIII

UN CHARRETIER de la grande ferme devait apporter une farinière à réparer au charron. La grosse Léonie profita donc de l'occasion pour venir à Rouvray en voiture, mais la perspective d'un retour à pied la mettait de fort méchante humeur. Quand elle entra dans la cour de la ferme, elle n'était pas à prendre avec des pincettes.

Ferron profitait du temps de gel pour rouler du fumier. Le tombereau était au bord du tas à demi vidé de son contenu et l'homme arrachait des fourchetées fumantes qu'il envoyait par-dessus la grosse roue avec un rythme régulier.

Léonie avança droit sur lui et n'y alla pas par quatre chemins :

« Claire a eu un p'tit gars. C'est ton portrait tout craché, mon cochon, et la gamine jure que c'est toi qui l'as engrossée. »

Ferron piqua sa fourche devant lui et appuya les deux paumes de ses mains sur l'extrémité du manche. Il releva la tête et prit immédiatement un air goguenard :

« Ho, la mère, on s'est l'vé l'cul l'premier à matin ? On prend même pas l'temps de dire bonjour aux gens ? »

Mais Léonie ne l'entendait pas de cette oreille. Elle se planta devant le fermier, écarta ses grosses jambes et mit ses poings sur ses hanches.

« Bougre de saligaud ! Une gamine qu'a pas encore seize ans. Ose dire qu'il est pas à toi, il te ressemble comme deux gouttes d'eau. Tu peux pas l'renier. »

Le calme du fermier contrastait avec la fougue de Léonie.

« Mais de quoi que vous parlez ? J'y comprends rien à rien.

— C'est ça, fais l'innocent. Elle v'nait travailler chez toi tous les matins et tu l'as coincée sur un tas d'paille. Ah, c'est bon et frais une jeunette de c't'âge-là. Pour un fumelier comme toi, des p'tits nichons ben ronds et un cul tout tendre, ça met l'feu à la braguette. Seul'ment, tu l'as foutue en cloque et maint'nant, elle a un gnas.

— Ho là ! Comme vous y allez ! V'là une p'tite garce qui tient sur l'dos mieux qu'une bique sur les cornes. Y a guère que l'train qui lui est pas passé dessus. Tout l'monde l'a vue frayer avec Pierre, Paul, Jacques. Et c'est moi que vous v'nez accuser ?

— Le p'tiot est là pour le dire !

— Ben voyons ! J'vous vois v'nir. Vous voulez des sous. Alors vous préférez accuser quelqu'un qu'en a plutôt qu'un tâcheron ou un potrassier qu'a même pas sa ch'mise à lui. Ben vous vous foutez l'doigt dans l'œil, parce que c'est pas moi le père.

— Fumier ! La gamine l'a dit.

— C'est une menteuse. J'l'ai jamais pognassée.

— Bougre d'salaud ! Dis qu'c'est pas vrai que le Léon Bailly t'a surpris en train de la boutiquer. Même que t'as voulu lui foutre un coup de fourche tellement que t'étais en colère. »

Cette fois, Ferron abandonna son air goguenard. Il pâlit, abandonna le manche de son outil et resta un instant silencieux. Manifestement, Léonie avait marqué un point.

« Alors, tu dis plus rien, hein ?

— Il est plus là pour le dire. C'est des inventions.

— Tu crois peut-être qu'il avait pas raconté tes saloperies à droite ou à gauche avant de s'pendre ? Y a des témoins. »

L'homme restait estomaqué et avait du mal à retrouver des arguments. Il jeta un rapide coup d'œil vers la maison puis marcha vers l'étable qui se trouvait à l'opposé.

« C'est des menteries… mais, même si c'était vrai, qu'est-ce que ça prouve ? J'aurais pas été tout seul…

— Faut-y que j'te l'amène chez toi, l'petit, pour que tu voies à qui il ressemble ? »

Ferron jeta un nouveau regard vers la maison.

« Pisque vous dites que vous êtes au courant de tout, on vous a peut-être dit aussi que la petite garce s'est pas fait prier. Elle était ben contente et elle…

— Ah, tout de même ! T'avoues qu'c'est toi !

— J'avoue rien du tout…

— Et pis même si elle était en chaleur et qu'ça la démangeait, qu'est-ce que ça change ? Tu lui as fait un gosse et il est ben à toi. »

Il enfonça les mains dans ses poches et baissa la tête. Il essayait de réfléchir, mais on le sentait pris dans un piège aux mâchoires puissantes à la façon dont il reluquait avec inquiétude vers la maison. Léonie était rouge. Elle se calma un peu et respira fort. Elle avait le sentiment d'avoir fait le plus dur.

« Admettons qu'ça soye un accident, poursuivit Léonie d'une voix plus conciliante. N'empêche, faut l'él'ver à c't'heure. Et pour l'élever, faut des sous. Alors tu vas payer.

— Payer, payer… Faudrait pouvoir…

— Fais-moi pleurer. J'veux que tu signes un papier.

— Et pis quoi core ?

— Et pis une pension tous les mois !

— On voit que vous avez de l'expérience, se rebiffa Ferron. C'est comme ça que vous avez l'habitude de faire ? Vous, pis votre fille et maint'nant la petite-fille… Une sacrée famille !

— Si j'ai pas l'papier et les sous, j'vais chercher l'gosse et je le laisse sur ta table de cuisine. »

Ferron se montrait très embarrassé. Il poussa une pierre de la pointe du pied et recula vers la porte de l'étable.

« Faut que je réfléchisse…

— Réfléchir à quoi ? C'est tout de suite que je veux une réponse.

— Demain… R'venez demain… »

La porte de l'étable comportait un vantail haut et un vantail bas. Les deux étaient fermés. Il posa la main sur le loquet du haut et ouvrit. Alors une vision de cauchemar lui apparut : sa femme était derrière la porte, blanche comme un linceul, muette, les yeux exorbités et fixes, immobile comme une statue de pierre.

« Mais... Mais... » bredouilla-t-il à plusieurs reprises.

Léonie elle-même fut impressionnée par cette soudaine apparition. La Ferron avait tout entendu et elle, la femme que l'on disait froide, frigide et stérile comme une pierre, semblait écraser son mari d'un silence épouvantable.

« C'est pas vrai... j'vais... »

L'homme paralysé à la pointe de son regard, elle appuya sur le loquet du bas et poussa la porte. Mari et femme se retrouvèrent alors face à face. On eut l'impression qu'une chape de tension semblable à celle qui précède le premier coup de tonnerre laminait la cour de la ferme.

Puis la main de l'épouse bafouée cingla l'air comme la lanière d'un fouet et explosa sur la joue du mari.

Après quoi, elle marcha comme une somnambule vers la maison et s'enferma.

Léonie regarda tour à tour Ferron, les épaules soudainement voûtées, la main sur la joue et la porte close. Elle eut le sentiment qu'il pouvait se passer autre chose. Elle prit peur, préféra battre en retraite et sortit de la ferme.

Quand elle traversa le pays, elle passa devant la ferme des Bailly. Régine était au milieu du portail grand ouvert et elle lui demanda simplement :

« Alors, comment qu'elle l'a pris, la Ferron ? »

XXXIV

La femme Ferron ne fit ni dans le détail ni dans la discrétion. Sans doute l'humiliation terrible qu'elle venait de prendre en pleine tête l'avait-elle aveuglée. Elle mit quatre affaires dans un petit sac, coiffa un chapeau et alla sur-le-champ trouver le voisin pour qu'il la conduise chez son père. Une fortune.

Dans l'après-midi, le beau-père arriva en automobile et s'enferma un petit quart d'heure avec son gendre. Une sacrée leçon.

Avant la soupe du soir, la nouvelle avait fait le tour du pays et des hameaux. L'aventure réjouit fort les piliers de bistrot pour qui les histoires de braguette, de filles engrossées, de gros sous et de démêlés avec les belles-mères constituaient l'essentiel des centres d'intérêt. Et puis, les manières de Ferron avaient fait poussé tant de cornes plus ou moins avouées sur les fronts de la moitié d'entre eux qu'ils savouraient leur vengeance à grand renfort d'éclats de rire, de ballons de rouge et de paillardises.

Pierrette, par contre, ne prit pas l'affaire à la rigolade. Dès qu'elle sut que le beau-père était venu voir Ferron, elle comprit immédiatement que la vente de ses terres était compromise. L'argent était du côté de la femme et il lui apparut évident que les beaux-parents ne consentiraient plus aucun effort pour agrandir la ferme d'un ménage bancal qui risquait de se disloquer à plus ou moins long terme. La stérilité de leur fille les avait amenés à se montrer généreux pour compenser, mais là, les bornes semblaient franchies.

M. Rémi était là, caressant la femme et se goinfrant de ce que la ferme produisait de meilleur.

« Non, ce n'est pas possible, affirma-t-il, il faut que tu ailles le voir immédiatement et qu'on sache à quoi s'en tenir.

— Mais c'est délicat d'aller le trouver maintenant », essaya-t-elle de résister.

Après manger, M. Rémi avait tellement insisté qu'elle se rendit chez Ferron. Il était seul, assis dans le bout de la grande table vide. Le feu était éteint et il faisait froid dans la maison. Il était visiblement très abattu, encore sous le coup de la visite du beau-père et du sévère sermon qu'il lui avait asséné. Il avoua avec un soulagement d'homme brisé :

« J'ai pas un sou à moi et son père a bien mis les points sur les i : elle va revenir, ils vont payer pour le gosse, mais je ne serai rien de plus que le charretier de la ferme. Voilà. Alors, pour les terres, c'est même plus la peine d'en parler.

— On a signé une promesse de vente chez le notaire, riposta Pierrette.

— Bof, répondit Ferron, le beau-père le connaît bien. Il donnera des instructions pour annuler tout ça.

— Mais j'ai signé des papiers, j'ai pris des engagements. J'ai besoin de cet argent », s'affola Pierrette.

Ferron la regarda avec des yeux de chien qui vient de prendre une sacrée raclée au retour d'une maraude.

« Tout ça, c'est mort... »

Pierrette sentit la panique grandir en elle. Elle revint chez elle en toute hâte dans l'espoir de trouver un quelconque réconfort auprès de son amant.

« C'est plus que fâcheux, tonna-t-il en se mettant à arpenter la grande cuisine avec la grogne d'un ours en cage. Tu as donné ta signature au bas d'un engagement pour que j'aie des prêts. Il me faut absolument cet argent. Et vite, parce que j'ai déjà largement engagé les procédures. On ne peut plus reculer. En cas de défection, je vais avoir de gros ennuis, mais toi encore plus que moi, parce que c'est toi qui as signé. Il y aura des poursuites, des actions en justice, la prison peut-être. »

M. Rémi fit une tête de marbre, n'essaya même pas de dissimuler sa colère et partit sur-le-champ en prétextant qu'il devait se rendre immédiatement à Chartres pour essayer de limiter les dégâts.

Ces sombres pensées assaillirent Pierrette pendant toute la nuit et elle ne trouva pas une minute de sommeil. Dès qu'elle fermait les yeux, le fameux papier surgissait, avec sa signature au bas, bien lisible, bien nette, apparition qui engendrait immédiatement des palpitations, une angoisse folle et une peur qu'elle ne parvenait pas à juguler. Les mots « justice » et « prison » sonnaient dans sa tête comme un tocsin de cloche.

Au matin, elle n'y tint plus. Avant même de tirer les vaches, elle se rendit chez les Bailly.

Lucien était assis dans la cuisine et cassait la croûte avec René. Tous deux découpaient de larges cubes de pain et posaient dessus des morceaux de poitrine de cochon froids à la graisse parfaitement blanche avant de les enfourner avec plaisir. Pierrette toqua à la porte et Marthe vint lui ouvrir. Les hommes observèrent ses yeux cernés mais ne lui dirent pas bonjour. Depuis qu'elle avait décidé de vendre ses terres à Ferron pour quelques malheureux milliers de francs de plus, ils étaient fâchés et ne lui parlaient plus. Pierrette savait que sa démarche était difficile et qu'elle se mettait dans une évidente position d'infériorité. Elle décida de jouer franc-jeu, sans minauder, sans essayer de se justifier. D'ailleurs, c'était inutile parce que les Bailly, tout comme les autres gens du pays, étaient au courant des déboires de Ferron et avaient probablement deviné que la vente était annulée.

« Je viens rapport aux terres », lâcha-t-elle d'emblée.

Elle attendit une réponse qui lui permette d'engager la conversation, mais Lucien posa son crochet sur l'avant-bras de son fils pour l'inviter au silence.

Il fallait laisser venir. Pierrette remarqua le geste, sentit sa gorge se nouer, mais entreprit de boire le vinaigre jusqu'à la lie. Il le fallait.

« Ferron achète plus. Je me suis engagée. J'ai besoin de cet argent.

— ...

— Quand on en avait discuté ensemble, on avait parlé de trente-quatre mille l'hectare. J'suis d'accord.

— Trente-deux, rectifia René.

— Trente-deux... s'étonna Pierrette, mais c'est huit mille de moins que le prix de Ferron. »

Lucien souleva la visière de sa casquette et tourna son visage rond vers la cousine. Il se sentait fort et voulait lui donner une leçon. Il répéta à peu près les mêmes mots que ceux qu'elle avait employés au moment du refus :

« Et d'un, j'pleure pas pour te les acheter. C'est toi qui viens chez moi. Et de deux, si Ferron donne huit mille de plus, ben, t'as qu'à lui vendre. »

Pierrette reçut ces paroles en serrant les mâchoires. Elle s'y attendait et admit que c'était dans l'ordre naturel des choses. N'empêche, c'était dur. Elle porta la main à ses yeux pour faire avorter une première larme. Lucien et René comprirent qu'ils pouvaient tirer parti de la situation.

« Assieds-toi », dit enfin René.

Marthe lui poussa une chaise et recula près de l'horloge. Ce n'était pas une affaire de femme, du moins, pas chez les Bailly. Pierrette s'assit. Lucien piqua un carré de cochon, le posa sur son bout de pain et saisit la bouchée avec son unique main. Il l'enfourna et la mastiqua sans se presser pour se donner le temps de réfléchir. Maintenant, il pouvait. La Pierrette était à terre, vaincue et elle n'avait plus qu'à écouter ses conditions. Encore fallait-il ne pas trop se presser.

« Comme ça, dit-il, t'as besoin de cet argent tout de suite.

— Oui…

— C'est-y que t'as déjà signé des papiers pour ta boutique ?

— Oui…

— En ce cas, poursuivit-il tout en se préparant une nouvelle bouchée, ça t'arrangerait que ça se fasse vite… très vite…

— Oui. »

René brûlait. Il avait envie de prendre la parole et de parler prix, mais son père l'incitait de temps en temps à la patience en lui posant inlassablement son crochet sur le bras. Lucien poursuivit :

« Nous, tu sais, depuis que tu nous as craché à la figure…

— Mais… essaya de le couper Pierrette

— Si ! Tu nous as fait affront et t'as craché sur la famille ! » la fit taire Lucien en haussant la voix.

René fut sur le point d'intervenir, mais la cousine baissa la tête. Lucien reprit plus calmement :

« Donc, depuis que tu nous as craché à la figure, on s'est retourné autrement. Nous, on a le sens de la famille. On a toujours dit qu'on souhaitait que les terres de la famille restent dans la famille. C'est comme ça qu'on a toujours pensé chez les Bailly. Ton père comme le mien. C'est la seule raison qui me pousserait à t'écouter parce que, pour le reste, t'en vaux pas la peine. »

Il porta le morceau de pain suivant à sa bouche et mastiqua.

« Trente mille », laissa-t-il enfin tomber.

Pierrette accusa le coup et ferma les paupières pendant une longue seconde.

« Trente mille, c'est très dur, répondit-elle. Tu sais bien que c'est de la bonne terre et qu'elle vaut davantage.

— On peut pas plus, lui opposa Lucien en la fusillant du regard.

— En ce cas, il faut que je réfléchisse… »

René sentit un flottement et voulut rattraper la situation. Il ne put s'empêcher de prendre la parole :

« Enfin, la discussion est pas fermée. Pour les très bonnes pièces, c'est à voir. Le père dit trente, mais ça peut être trente et un ou trente-deux.

— Non ! coupa Lucien. J'ai dit trente mille. Pas un sou de plus. C'est à prendre ou à laisser. »

La comtoise sonna le quart de 8 heures. L'eau chantonnait dans la bouilloire posée sur le coin de la cuisinière. Le chat sauta sur le rebord de la fenêtre et s'étira en regardant dehors. Marthe se tenait immobile dans son coin.

Brusquement, Pierrette plongea la tête dans ses mains et éclata en sanglots. Il y avait du désespoir dans ces larmes-là. Quand elle se fut un peu calmée, elle dit :

« C'est d'accord à trente mille, mais faut faire vite. Très vite. J'suis prise à la gorge. »

Le père et le fils se regardèrent et échangèrent un sourire furtif. Ils venaient d'avoir un formidable coup de chance.

Lucien commença à discuter des modalités pratiques. René ne tenait plus en place. Il bredouilla un prétexte que personne n'écouta et courut rejoindre sa femme qui tirait les vaches dans l'étable pour lui annoncer la bonne nouvelle.

« Tu te rends compte ? Trente mille l'hectare ! Quatre cent cinquante mille francs pour le tout. C'est inespéré ! »

À l'autre bout, loin d'eux, dans l'embrasure de la porte, la silhouette sèche de Régine s'était arrêtée depuis un moment. La vieille avait tout entendu.

XXXV

L'HIVER TRAÎNAIT. On n'avait pas vu de viande sur la table de Fouine depuis des semaines. À part du gibier. Les bois de Reverseaux constituaient le véritable garde-manger, la réserve inépuisable dans laquelle il puisait presque chaque jour. Quand il décrochait un lapin ou un faisan de ses lacets, Fouine ne manquait jamais de murmurer un ironique « Merci, monsieur le comte », comme d'autres tracent le signe de la croix sur le pain avant de le couper afin de conjurer le malheur, et d'obtenir du Tout-Puissant la faveur d'en avoir chaque jour.

Chose rare, Fouine surprit un matin trois chevreuils près de Mare Blanche. Il les observa. Un mâle à cul blanc dressait fièrement ses bois encore très courts. Deux femelles, dont une de moins d'un an, rongeaient l'écorce des jeunes merisiers et les bourgeons des noisetiers. Tous trois avaient des pattes frêles, un pelage lustré et des muscles fins qui saillaient quand ils se déplaçaient. L'instinct de la braconne alluma un désir immédiat dans les yeux du braconnier. Bien qu'il fût tout seul, il n'osa pas s'avouer que son véritable but était d'abord de satisfaire son instinct et il se bredouilla une sorte d'excuse :

« C'est de la viande assurée pour les gosses pendant deux semaines. »

Pendant toute la matinée, il les suivit, se glissant comme une couleuvre à travers ronciers et buissons, prenant grand soin de ne faire aucun bruit, de toujours se trouver à contre-vent pour que les animaux ne détectent pas l'odeur de l'homme. Les chevreuils étaient perpétuellement méfiants, surtout le mâle, et prenaient mille précautions avant de baisser la tête pour manger. Ils se déplacèrent sur deux ou trois kilomètres sans sortir des bois, puis, sans doute repus, ils s'enfoncèrent dans un taillis épais. Les femelles se couchèrent sur leurs pattes et se grattèrent les oreilles contre leurs épaules. Des démangeaisons dans les bois du mâle le poussaient à se frotter la tête contre le tronc d'un chêne.

Fouine ne les quittait pas des yeux.

« C'est pas la première fois qu'ils viennent ici, remarqua-t-il. L'écorce du chêne est râpée depuis pas mal de temps pour être aussi brune que ça. Les femelles ont l'habitude de se coucher à cet endroit, les feuilles mortes sont foulées... »

Alors, sans le vouloir vraiment, son regard fouilla les alentours à la recherche d'autres indices. Il remarqua des bouts de branches mordillées, des piétinements, des fumets. Il essaya de comprendre les habitudes des trois animaux, de découvrir les passages empruntés, les coulées qu'ils suivaient. Blotti à ras de terre, il oubliait le froid, l'engourdissement de ses membres dont il maintenait les muscles tendus dans de longues périodes d'immobilité. Il n'était plus un homme, même plus un braconnier. Il devenait chevreuil lui-même, gibier sauvage pour mieux percer les secrets des beaux animaux.

« C'est là qu'ils passent. C'est là que j'en aurai un » décida-t-il soudain.

Il se retira en reculant, sans faire le moindre bruit pour ne pas les effrayer. S'ils savaient leur refuge découvert, les chevreuils ne reviendraient probablement pas à cet endroit. Il retint son souffle, évita d'écraser les feuilles mortes et ne consentit à marcher courbé en deux que lorsqu'il fut sûr qu'ils ne pouvaient plus percevoir sa présence.

Dans l'après-midi, il démonta le câble du frein arrière de son vélo et regretta qu'il ne soit pas plus long d'un ou deux mètres. Il n'avait rien trouvé de plus souple, de plus solide, de plus mince pour fabriquer un lacet dans lequel un chevreuil puisse venir s'étrangler. Il le rallongea avec un solide fil de fer et retourna en fin de soirée le poser près du chêne au tronc râpé.

Le petit de Claire poussait comme un champignon. Le docteur était revenu une fois, sans qu'on le lui demande, simplement pour voir si tout allait bien, si la jeune mère avait suffisamment de lait, si le petit ne rencontrait pas de problème. Mais non. Une vitalité étonnante éclatait dans le corps de la mère et dans celui de l'enfant. La vie coulait à flot du sein vers la petite bouche gourmande. Un beau bébé. Un enfant naturel comme le lui avait expliqué M. Cochepin au moment de dresser l'acte de naissance. Naturel... quel joli nom pour un enfant conçu dans l'odeur du soleil que contenaient encore les bottes de paille sur lesquelles les amants s'étaient unis. À croire que les autres enfants, ceux que l'on fabriquait entre deux draps froids, dans le noir, après une journée de fatigue, ne pouvaient grandir qu'à coups de biberons et de lait condensé. Des enfants artificiels en quelque sorte.

Pierrot essayait vainement d'apprendre ses tables de multiplication. Son père passa la soirée à l'aider, mais le cœur n'y était pas. Une seule pensée l'accaparait : le collet fabriqué avec le câble du frein de vélo et le chevreuil.

« Tu sais, confia-t-il au gamin au moment du coucher, demain, faudra se lever de bonne heure. On pourrait avoir une surprise. »

La grosse Léonie restait muette depuis qu'elle était allée mettre la zizanie dans le ménage Ferron. Elle souriait bêtement en marmonnant des paroles que personne ne comprenait. Fouine se coucha, mais ne trouva le sommeil que très tard dans la nuit.

Dès 6 heures et demie, il secoua Pierrot et l'arracha au sommeil.

« C'est l'heure... »

Ils s'habillèrent en silence, avalèrent un bout de pain rassis et un bol de lait tiède, se couvrirent chaudement et partirent dans les bois. Il faisait encore nuit, mais le ciel commençait à blanchir en altitude.

« T'es pas comme d'habitude, constata Pierrot dès que la lumière du jour lui permit de distinguer les traits du visage de son père. On dirait que t'es plus content.

— Surprise... Tu vas avoir une surprise aujourd'hui », répondit-il en agitant la main pour épaissir le mystère.

Ils traversèrent le bois d'acacias, piquèrent tout droit vers la Grande Allée et traversèrent la route de Montainville. Puis ils bifurquèrent et s'enfoncèrent d'un bon kilomètre dans les bois de Reverseaux avant que Fouine ne mette la main sur l'épaule de son fils pour lui signifier qu'on arrivait et qu'il fallait faire silence. Tous deux s'arrondirent de façon à se fondre le plus possible dans la végétation. Ils arrivèrent près de l'endroit où le collet était posé. Les épais taillis conservaient l'obscurité et Fouine avait beau écarquiller les yeux, il ne distinguait rien. Ils avancèrent à pas de loup.

Brusquement, il y eut un piétinement rempli de panique, une amorce de fuite au cours de laquelle le sol résonna du choc de minces sabots. Puis, presque aussitôt, suivirent un grand bruissement de branches cinglées et le sifflement d'un lacet qui se tend. Les silhouettes de deux chevreuils disparurent vers la droite. Devant, à moins d'une trentaine de mètres, un raffut de branchages violemment secoués et les coups sourds de chutes successives emplirent la forêt.

« Nom de Dieu ! Il s'est foutu dedans. Il s'est foutu dedans. »

Fouine courut, Pierrot sur ses talons. L'enfant ne comprenait pas ce qui se passait, mais il pressentait une prise phénoménale à la mesure de la jubilation de son père. Quand ils l'atteignirent, le chevreuil tirait comme un bœuf pour tenter de se dégager. Il étouffait, aspirait le mince filet d'air qui filtrait encore dans ses poumons avec des renâclements de pendu.

« Les pattes. Chope les pattes avant, ordonna Fouine. Il va casser le câble. »

Le chevreuil tira encore davantage quand il sentit les mains de l'homme lui saisir les membres. Ses muscles palpitaient, les tendons se raidirent. Il était agité de mouvements désordonnés, essayait de vaincre les crins d'acier qui enserraient son cou tout en s'efforçant d'échapper aux mains des braconniers. La lutte dura une bonne minute. Pierrot était ballotté, repoussé, rejeté sur le côté. Il prit un coup de sabot dans les côtes et un coup de patte dans l'épaule. Puis, au prix d'un effort qui lui tordit la bouche, Fouine réussit à réunir les deux pattes arrière et à faire chuter l'arrière-train du chevreuil sur le côté. Alors, on entendit un craquement de branche sèche et la bête s'effondra, les vertèbres du cou brisées, morte.

Le père et le fils, épuisés par cette formidable lutte, se laissèrent tomber sur l'animal, la joue posée sur le pelage doux et respirèrent à pleins poumons pour calmer l'emballement de leur cœur.

« Nom de Dieu ! s'exclama Fouine en guise de cri de victoire. J'lai eu ! C'est la première fois que j'en ai un. »

Il s'agissait du jeune mâle. Sa tête, désarticulée et rejetée en arrière, pendait comme la capuche d'un vieux vêtement et ses bois venaient toucher son épaule. Fouine se releva le premier :

« Aide-moi à le soulever un peu. Le câble est trop tendu, je peux pas le défaire. »

Ils prirent l'animal pantelant sous les pattes avant, donnèrent du mou au lacet et le père, d'une main, détortilla le fil de fer. Le chevreuil fut allongé sur le sol dès que ce fut fini et ils ôtèrent le câble qui l'avait étranglé.

« Nom de Dieu qu'il est beau ! J'ai jamais rien pris de si beau ! »

Fouine enroula le collet et le fourra dans sa poche. Puis tous deux s'accroupirent et s'immobilisèrent. Pendant quelques minutes, pris par la lutte, ils avaient complètement oublié les risques qu'ils encouraient. Le garde était un matinal qui pouvait rôder dans les parages. Silence. Au loin, un pigeon se remit à roucouler. Tout redevenait paisible et habituel.

« Aide-moi, je vais le charger sur mon dos. »

Le chevreuil était aussi lourd qu'une belle chèvre. Fouine saisit les pattes avant et se baissa pour que Pierrot le hisse sur les épaules paternelles. Puis il se redressa avec un « han ! » étouffé, cala l'animal et commença à avancer à travers les taillis. L'enfant passa devant, écartant les branches basses pour dégager le passage.

Il faisait tout à fait jour maintenant, un jour laiteux. Ils marchèrent à travers bois, évitant de suivre les allées toutes droites où le garde aurait pu les apercevoir de loin. La bête était lourde et Fouine s'appuyait de temps en temps contre le tronc d'un arbre pour la remettre bien en place sur ses épaules. Il jubilait.

« Une fois, se mit-il à raconter à Pierrot, avec Gaston, on avait repéré des sangliers dans les bois du Gault-Saint-Denis. C'était à l'automne 34. Une nuit, nous v'là partis tous les deux avec mon fusil. On a fouillé les bois toute la nuit. Bernique. Pas vu la queue du premier. Le jour commençait à se lever.

"On rentre", décida le copain. Je remets mon fusil à la bretelle et on longe la lisière du bois. Arrivés à pas deux cents mètres de la route, qu'est-ce qu'on voit ? La troupe en train de se goinfrer de patates. Et pis, ça y allait. Tu parles d'un labour. On hésite. C'était bien près de la route et il était au moins 6 heures passées. Le copain me pousse du coude. Alors, on s'approche, je vise celui qu'était le plus près du bois et "pan", je tire... »

À ce moment, un bruit de branche brisée éclata à leur gauche, comme si quelqu'un venait de marcher sur du bois mort. Ils s'accroupirent et s'immobilisèrent. Le bruit se reproduisit peu de temps après, puis une silhouette furtive traversa l'espace des grands troncs.

« Le garde... » murmura Fouine.

Doucement, il fit glisser le chevreuil et le posa sur le sol. Puis il attira Pierrot et lui souffla :

« Faut le laisser s'éloigner. »

Mais le garde ne s'éloignait pas. Au contraire. Il furetait dans le secteur sans le quitter. À un moment, même, il s'approcha à moins de vingt-cinq mètres des braconniers avant de revenir sur ses pas.

« Il cherche. Peut-être bien qu'il nous a repérés. Reste là et ne bouge pas. Je vais l'attirer vers le pays. »

Il pressa l'épaule de l'enfant et se coula en arrière, décrivant un large cercle pour contourner le garde. Puis, quand il fut à l'opposé, il fit craquer une branche, s'assura que l'autre avait bien entendu et courut souplement, utilisant fourrés, taillis et ronciers pour se dissimuler. Derrière, le garde suivait à grands pas, debout, sans essayer de se cacher.

Quand ils eurent atteint le chemin des Laitiers, le garde appela :

« Robert, arrête-toi, je t'ai r'connu. »

Fouine ne répondit pas et continua sa fuite. Pourtant, l'appel le surprit. Les gardes aiment traquer le braconnier de la même façon que le braconnier poursuit le gibier. Il emploie les mêmes ruses et veut toujours surprendre en flagrant délit.

« Arrête, je te dis. J'ai quelque chose pour toi. »

Fouine se redressa et se cala contre un tronc. L'autre le rejoignit, essoufflé.

« J'savais bien que c'était toi, je t'avais vu traverser une allée. T'as eu le temps de jeter tes lapins ?

— Quels lapins ? s'étonna Fouine.

— Ah, pis, c'est pas pour ça que je te cours après. Tiens. »

Et il lui tendit une enveloppe fermée.

« J'ai travaillé chez le beau-père à Ferron étant jeune. Il est venu au château et il m'a dit de te donner ça. Faut que tu l'ouvres, qu'il m'a dit. »

Fouine palpa l'enveloppe gonflée et arracha le rabat. L'enveloppe contenait de l'argent, huit billets de cent francs. Rien d'autre. Pas un bout de papier, pas la moindre lettre d'explication.

« Cherche pas, c'est pour le petit à Claire. Il y en aura une comme ça tous les mois. Mais il veut pas te voir, alors c'est moi qui te l'apporterai. »

Il y avait du mépris dans les manières du beau-père à Ferron. Le Monsieur ne voulait pas voir un enfant qui était pourtant son véritable petit-fils naturel. Il affichait sa volonté hautaine de n'avoir aucun contact. Des gens qui possèdent une fortune, des terres et roulent en automobile ne se mélangent pas avec des traîne-misère. Et puis, le bon temps pris par un mâle pendant quelques instants se paie. C'est comme ça que ça se passe avec les filles dans les maisons. Entre gens de bonne moralité, c'est la règle.

Fouine referma l'enveloppe et l'enfourna dans la poche de la veste du garde.

« Tu diras à ton singe que ses billets, je m'en torche le cul. Le petit, il est beau, il pousse bien et il l'emmerde. »

L'autre mit la main à sa poche et ressortit immédiatement l'enveloppe qu'il essaya de faire reprendre par Fouine.

« Fais pas l'con. Je vais me faire sonner les cloches.

— On est pas des mendiants.

— Mais c'est pas pour toi, c'est pour le petit. »

Fouine repoussa la main et s'écarta de plusieurs pas.

« Le petit, il a une mère. Alors, si c'est vraiment pour le gosse, qu'il l'apporte directement à Claire. »

XXXVI

Voves. Il était presque midi et de nombreux passants allaient et venaient sur la place de l'église. Des femmes faisaient la queue chez le boulanger et discutaient des coupons dont la distribution était annoncée par la mairie. Des hommes rentraient du travail. Il y avait des chevaux, des carrioles, des voitures alimentées par des gazogènes, du bruit, des gosses dont la semelle en bois des galoches claquait sur la route. Trois Allemands sortirent de la mairie et prirent place dans une traction Citroën dont le chauffeur, au garde à vous, ouvrait une portière.

Régine se dirigea vers la boîte aux lettres fixée sur le mur de l'église. Elle plongea la main dans son sac noir et sortit une enveloppe. Puis, sans la moindre hésitation, elle la glissa dans la fente et tapota pour être sûre qu'elle était bien tombée à l'intérieur.

Puis la vieille fit demi-tour, entra dans la mercerie pour acheter une pochette d'aiguilles et traversa l a petite ville avant de reprendre le chemin de Rouvray. Quelques kilomètres à pied ne lui faisaient pas peur.

Voilà. C'était fait. La lettre était postée. Il n'y avait plus qu'à attendre et à espérer. M. Rémi était un salaud de profiteur, un faiseur de marché noir. Elle n'éprouvait aucun remords à le dénoncer. À bien y réfléchir, ce beau monsieur avait eu autant de raisons que les autres de vendre ce pauvre Léon. Plus même, parce que c'était un sans-cœur, un homme qui n'hésitait devant rien et qui avait trouvé sur sa route un Léon qui lui tenait tête et l'obligeait à sortir son portefeuille.

Les barrières du passage à niveau de Sazeray étaient fermées et la sonnette grelottait à qui mieux-mieux. La fumée de la locomotive sortant de la gare de Voves montait dans la courbe. Pourtant, Régine n'attendit pas. Elle poussa le petit portillon de fer réservé aux piétons et traversa à moins de cent mètres devant le train qui sifflait pour la prévenir. Elle bougonna mais passa.

Et puis il y avait eu de l'imprévu. Qui aurait pu imaginer qu'après leur dispute, Pierrette serait revenue se mettre à genoux devant Lucien pour lui proposer ses terres ? Qui aurait pu imaginer qu'elle accepte de les vendre dix mille francs de moins qu'à Ferron, trois à quatre mille francs en dessous de la première proposition de Lucien ?

Elle avait abattu Lucien et René une première fois, puis Ferron, mais le revirement de cette garce de Pierrette la ramenait à la case départ. Alors elle avait trouvé une autre combine : abattre M. Rémi. D'abord parce qu'il pouvait très bien être l'auteur de la lettre anonyme. Ensuite parce qu'il fricotait avec Pierrette et que c'était à cause de son impatience à se mettre en ménage avec lui qu'elle voulait vendre à tout prix. Plus de M. Rémi, plus de mise en ménage… plus de vente des terres non plus, parce que la Pierrette n'aurait que sa fermette pour survivre. Les quinze hectares échappaient une nouvelle fois à Lucien et à René, Ferron était écrabouillé comme un petit coq par une roue de tombereau, M. Rémi payait ses manigances et Pierrette était condamnée à tirer les vaches et à gratter la terre.

La vengeance totale. Il n'y avait plus qu'à attendre.

XXXVII

FOUINE DÉPOUILLA LE CHEVREUIL dans sa grange, de nuit, à la lumière de deux lampes à pétrole tenues par Pierrot et Claude. Il enterra les boyaux dans son jardin et se promit de porter la peau à son copain qui était berger à Villars pour qu'il la tanne. Peut-être pouvait-on en tirer quelque chose. Restait une importante quantité de viande tendre et savoureuse à souhait. De la vraie viande qui le faisait saliver à l'avance.

« Nom de Dieu de nom de Dieu, jura-t-il de plaisir, on va s'en foutre une ventrée ! »

Le lendemain, il roula un gigot dans un linge, des côtes dans un second et se rendit à Voves en vélo. Le gigot, c'était pour le docteur, les côtes pour la femme du sous-brigadier qui venait de donner un tas de chipes pour le bébé.

Il entra d'abord chez le docteur, frappa à la porte de la cuisine et confia le morceau de viande à la brave gouvernante :

« C'est de l'agneau sauvage des bois, lui murmura-t-il à l'oreille. Faut pas le cuire trop longtemps. »

Puis il se rendit à la gendarmerie et monta directement dans le logement. La femme du sous-brigadier lui ouvrit. Son mari n'était pas de service, c'est-à-dire qu'il portait quand même son uniforme, mais il avait relevé les manches de son pull-over, ôté sa cravate, ouvert son col de chemise. Il épluchait des poireaux, un torchon de cuisine coincé dans le ceinturon de son pantalon.

« Oh, que c'est gentil, l'accueillit-elle en frappant dans ses mains. Germain, M. Robert nous apporte de la viande.

— Chut, sourit Fouine, c'est de l'agneau sauvage et il vaut mieux que les gendarmes nous entendent pas.

— Ferme la porte », commanda son mari en abandonnant ses poireaux et en se levant pour venir lui serrer la main.

La femme déroula le linge et s'extasia à nouveau.

« On sait jamais, commenta le sous-brigadier, des collabos, y en a partout.

— C'est du chevreuil, expliqua Fouine. C'est pas souvent qu'on en voit traîner par Reverseaux. En plus, j'ai bien failli me faire piquer par le garde. »

La femme sortit un plat, y rangea les côtes et dit qu'elle rendrait le torchon quand elle l'aurait lavé. Le gendarme sortit une bouteille et deux verres.

« On va à Rouvray, tantôt, raconta-t-il en débouchant la bouteille. Une enquête qui est demandée par le procureur… Oh, tu connais. Le M. Rémi qui fait du marché noir autant comme autant, et ben, il est en prison.

— En prison… sourcilla Fouine.

— Comme je te le dis. Rue des Lisses. Derrière les verrous. Je ne sais pas comment ça s'est passé, mais il a été arrêté avec un cochon entier dans sa voiture.

Chez lui, les collègues de Chartres ont trouvé de quoi nourrir un bataillon. »

Les premières paroles réjouirent Fouine. M. Rémi était le rival qui lui avait arraché Pierrette et il n'était pas mécontent de le savoir dans l'embarras. D'autant plus que cette façon de gagner de l'argent l'avait toujours écœuré. C'était un juste retour des choses. Quand on est un salaud, un jour ou l'autre, on passe à la caisse. Le gendarme donnait des détails, mais Fouine n'écoutait pas vraiment.

« ... au chef qui nous a dit qu'on devait interroger tous les gens chez qui il se ravitaillait en patates, en... »

Fouine pensa à Pierrette. N'allait-elle pas avoir des ennuis ?

« Vous allez aussi chez Pierrette Quillay ? le coupa-t-il.

— Oui. C'est même par elle qu'on va commencer.

— Mais elle a rien à voir dans l'histoire !

— De tous ses fournisseurs, c'est pourtant elle qui le connaît le mieux.

— Mais qu'est-ce qu'elle a fait de mal ? Qu'est-ce qu'elle risque ?

— Rien. On veut son témoignage, c'est tout. Sauf si c'est clair qu'elle participait au marché noir et qu'elle en faisait commerce. Dans ce cas, elle aura peut-être une amende.

— C'est tout ?

— Ben, oui. »

Malgré ces assurances, Fouine était inquiet. Il trinqua rapidement, avala son verre de vin et rentra à Rouvray à toutes pédales. Pendant l'hiver, Pierrette s'était petit à petit débarrassée de ses bêtes et la cour de la ferme était maintenant presque vide. Il ne lui restait guère que ses vaches et une demi-douzaine de dindes suivant bêtement un coudrou qui faisait perpétuellement la roue au milieu de la cour. M. Rémi avait besoin de marchandises et puis, à quoi bon garder des bêtes puisqu'elle allait tout plaquer dans peu de temps.

Elle faisait sa lessive sous la remise. Le grand baquet galvanisé reposait sur le trépied, la planche à laver plongeait dans un mélange d'eau, de linge et de mousse et Pierrette frottait un à un les vêtements à grands coups de brosse en chiendent.

« Pour une surprise !

— J'ai à t'causer, dit-il en posant son vélo contre le mur.

— Fallait-y que tu sois fâché pour pas être revenu me dire bonjour. Moi, ça me faisait plutôt de la peine que tu l'aies mal pris. Je suis contente de te voir.

— Écoute, il se passe des choses, annonça-t-il gravement. Ton M. Rémi a été arrêté. Il est en prison. »

Sur le coup, la brosse tomba dans l'eau. Pierrette le regarda sans comprendre :

« Qu'est-ce que tu dis ?

— Il est derrière les verrous. »

Fouine crut un instant qu'elle allait éclater en sanglots, mais elle se redressa, essuya ses mains en bouchonnant son tablier et le railla :

« T'es un menteur. T'es un jaloux. C'est tout ce que t'as trouvé comme invention ? Et moi qui croyais que t'avais compris !

— Les gendarmes vont venir te voir dès cet après-midi. Tu pourras leur demander. Tu verras bien si je suis un menteur. »

Le ton montait un peu. Pierrette l'entraîna dans la cuisine. Il n'y avait pas besoin que ces paroles tombent dans les oreilles des voisines. Elles en disaient déjà bien assez depuis que M. Rémi passait des nuits ici.

« Quand est-ce qu'il a été arrêté ?

— Hier tantôt.

— Menteur, triompha-t-elle. Il est resté là jusqu'à 4 heures.

— C'est arrivé plus tard…

— Ben voyons. Et pourquoi qu'il aurait été arrêté ?

— Tu le sais bien, répondit Fouine en regardant ses mains. C'est un escroc, un trafiquant, un profiteur de marché noir… »

Elle pointa un doigt accusateur vers lui.

« J'ai compris ton manège. Tu veux nous séparer, tu veux le salir pour me détourner de lui et m'empêcher de partir vivre en ville. La vérité, c'est que t'as pas renoncé. Va-t'en. J'veux plus te voir ici.

— Mais tu comprends pas, je…

— Va-t'en ! »

Quand Fouine reprit son vélo sous la remise, il se sentit très malheureux.

XXXVIII

La résistance s'enhardissait. Un formidable parachutage venait d'être réalisé au Gault-Saint-Denis. D'autres avaient été réussis dans la région. Les armes et les explosifs contenus dans des dizaines de containers étaient acheminés petit à petit vers les maquis du Sud ou Paris.

Irène parcourait la plaine en vélo, établissant des contacts entre Philippe et les responsables de la Résistance, fixant des rendez-vous, récupérant des renseignements pour Londres ou les organisateurs d'opérations dans la région. La consigne de Londres était simple : entraver le plus possible le bon fonctionnement de l'armée allemande et la désorganiser.

La gare de Voves, sans être un carrefour ferroviaire important, voyait passer pas mal de trains allemands. C'est pourquoi elle était gardée nuit et jour par une poignée de soldats.

« Cinq lignes desservent Voves, exposait Philippe. Le point faible de cette gare, ce sont les aiguillages. S'ils sautent, non seulement la gare est paralysée, mais le transit est impossible. Ce qu'il faut, c'est placer de petites charges d'explosifs au cœur de chaque aiguille et les faire sauter toutes. Il n'y a pas de réparation possible, il faudra les changer et cela prendra du temps.

— Combien d'hommes ? interrogeait Pierre.

— Peu. Moins on sera, moins on risque de se faire repérer. Trois pour faire le travail et deux pour faire le guet. C'est suffisant.

— Si peu… Personne en couverture ?

— À voir… »

Ce ne fut guère difficile d'obtenir tous les renseignements techniques concernant les emplacements et le fonctionnement des aiguilles. Pas plus que pour connaître les habitudes des quelques Allemands qui surveillaient la gare. Georges, un cheminot, le sous-chef de gare et un garde-barrière faisaient partie de la Résistance. Georges organisa même une reconnaissance sur le terrain et Philippe se rendit en plein jour sur les voies pour examiner la meilleure façon de placer le plastic.

« Irène, tu feras le guet avec le garde-barrière. Pierre, Georges et moi, on fera le travail.

— Tu crois qu'on sera assez nombreux ? insistait Pierre.

— On emportera des revolvers. Les Allemands ne sont jamais plus de trois ou quatre.

— Mais d'autres couchent à Voves…

— Justement. À cinq, on aura décroché depuis longtemps quand les explosions auront lieu. »

Une nuit, le groupe se retrouva sur le coup des 2 heures du matin. Le ciel était couvert et l'obscurité était assez dense. Les deux guetteurs prirent chacun trois grenades, un revolver, deux chargeurs et gagnèrent leur poste après avoir convenu d'un signal en cas de problème. Les autres gravirent le talus au niveau de la route de Chartres, passèrent sur le pont et coururent derrière des wagons. La gare était complètement déserte et noire. Seule une fente de lumière jaune en haut de la fenêtre du bureau trahissait la présence des sentinelles allemandes.

« Ils viennent de faire une ronde, souffla Georges. La prochaine, c'est dans cinquante minutes.

— On y va », décida Philippe.

Ils remontèrent les voies en évitant de faire rouler le ballast sous leurs pieds. Ils commencèrent par l'aiguille la plus éloignée de leur point de repli. Pierre ramena sur son ventre la musette qui contenait le plastic et le cordon détonant. Philippe bourra le cœur de l'aiguille avec de l'explosif, planta l'extrémité du cortex dedans et passa à la suivante. C'était un jeu d'enfant. Ils déroulèrent le cordon détonant et relièrent ainsi toutes les charges les unes aux autres. En moins d'un quart d'heure, toutes les aiguilles furent sabotées.

« Tout va péter en même temps. Ils n'ont aucune chance d'en sauver une seule. »

Philippe brancha un crayon à retardement.

« Faites signe aux guetteurs, on décroche », ordonna-t-il.

Pierre et Georges donnèrent le signal. On aperçut la silhouette d'Irène et du garde-barrière se faufiler entre les bâtiments et les wagons pour les rejoindre.

« Passez devant. Quand ce sera amorcé, on aura environ vingt secondes pour décamper. »

Les quatre premiers dépassèrent le pont et se laissèrent glisser au bas du talus. À ce moment, Philippe amorça le crayon détonant mais, à peine eut-il eu le temps de se retourner que les explosions incendièrent la nuit de feu et de tonnerre. Des pierres furent projetées et des vitres brisées. Philippe fut surpris par une réponse aussi rapide. Normalement, il disposait d'un temps largement suffisant pour fuir. Il tourna la tête vers la porte de la gare. Les sentinelles n'étaient pas encore sorties mais, déjà, des projecteurs s'allumaient à l'extérieur. Il courut tant qu'il put, traversa le pont et plongea littéralement vers le talus. Il boula, roula, dégringola et une douleur intense lui tira un cri quand son corps toucha la route en contrebas.

« Oh ! Mon épaule ! »

Il se releva pour courir, mais il fit une embardée qui le projeta sur Georges. Le cheminot n'eut que le temps d'ouvrir les bras.

« Pierre, appela-t-il, prends son bardas. »

Les deux hommes soutinrent Philippe et reprirent leur course. Ils s'étaient assuré la complicité d'amis sûrs et le chemin de repli était prévu. Irène et le garde-barrière ouvrirent la porte du fond d'un clos. Le groupe disparut derrière le mur de pierre, traversa une cour, puis passa de maison en maison avant de s'arrêter dans un cellier où les attendait un homme assez âgé. Quand la porte fut refermée, il alluma la lumière.

« Laisse-moi regarder, dit Irène.

— C'est rien, c'est rien, essaya de la rassurer Philippe. C'est le choc. Ça va passer. »

Irène écarta le pan de la veste qui était déchirée dans le dos et glissa sa main à l'intérieur de la chemise. C'était humide. Il y avait une plaie toute droite et elle sentit du sang poisser au bout de ses doigts. Une déchirure pas trop profonde provoquée sans doute par la chute sur un piquet de fer. Elle palpa l'omoplate, mais Philippe ne cria pas. Elle n'était pas cassée. Par contre, la tête de l'humérus était à demi sortie de son logement et déformait l'épaule d'une bosse inquiétante.

« Une belle coupure et l'épaule déboîtée, annonça-t-elle.

— Faut réveiller le docteur, suggéra Pierre.

— Pour attirer les Boches, coupa le blessé.

— Tu peux pas rester comme ça », constata Irène.

Philippe respirait à fond, les yeux clos, pour récupérer un peu et atténuer la douleur. Rapidement, Irène prit une décision.

« Je vais t'emmener à Rouvray. Je pourrai te soigner et te cacher. Après tout, je suis infirmière. On s'arrangera pour faire venir le docteur discrètement.

— Je vais vous accompagner, proposa le garde-barrière.

— Irène a raison, admit Philippe. Je ne peux pas retourner à la ferme avec Pierre et Georges. Faut être prudent. »

Irène comprima la plaie avec une étoffe propre. L'hémorragie s'arrêta. Pour que le bras ne ballotte pas pendant les quelques kilomètres qui séparaient Rouvray de Voves, elle l'immobilisa en le plaquant contre la poitrine au moyen d'un bandage assez serré apporté par le vieil homme.

« Faut faire vite, les Allemands vont patrouiller. »

Effectivement, quand ils sortirent, ils entendirent le moteur d'un véhicule militaire et le bruit caractéristique d'une Citroën montant ses vitesses. Ils se séparèrent. Pierre et Georges disparurent dans la direction opposée à la leur.

Dans Voves, le garde-barrière connaissait la moindre courette et tous les passages permettant de se faufiler de jardins en maisons et de bouts de ruelles en cours communes. Ils sortirent sans encombre de la ville, seulement surpris de temps à autre par l'aboiement imprévisible d'un chien dérangé dans son sommeil. L'homme ouvrait la marche, tandis qu'Irène, le bras valide de Philippe passé autour du cou, aidait le blessé dans sa fuite.

« Tu tiens ? demandait-elle souvent.

— Les pas me résonnent dans l'épaule. J'ai l'impression que chaque secousse va m'arracher l'épaule. Mais ça va, ça va... », la rassurait-il en serrant les dents.

Quand ils eurent atteint les premiers champs, ils firent halte pour que Philippe souffle un peu et essuie la sueur froide qui ruisselait sur son front et sa nuque. La nuit était heureusement fort sombre. Derrière, du côté de la ville, les projecteurs étaient toujours allumés et un halo lumineux surmontant les maisons indiquait l'emplacement de la gare. Irène vérifia le bandage.

« La tête me tourne », avoua Philippe.

Heureusement, entre Sazeray et Rouvray, il y avait de nombreux bosquets. En cas d'arrivée de voitures, ils avaient largement le temps de se cacher. Ils marchèrent d'abord dans l'ombre des épines qui poussaient en rive de la ligne de chemin de fer, puis traversèrent un champ au guéret collant, se glissèrent dans un bois, suivirent un bout de chemin herbeux qui mouilla leurs chaussures, atteignirent le Bois au Plat et firent une nouvelle halte. Tout était calme.

« J'vais jusqu'à la Garenne et j'm'en r'tourne », annonça le garde-barrière.

Effectivement, aux premiers grands arbres, il rebroussa chemin en promettant de prévenir le docteur pour qu'il passe dans la matinée. Irène et Philippe avancèrent comme deux amants ivres. Ils contournèrent Rouvray par les ouches et gagnèrent la ferme des Bailly à l'endroit où le mur éboulé ouvrait le jardin.

Philippe tomba sur une chaise dès que la porte de la cuisine fut refermée. Irène vérifia que la couverture était bien mise devant la fenêtre avant d'allumer la lumière. Lucien et Marthe apparurent aussitôt en bannière à la porte de leur chambre, les yeux endormis.

« Sors la boîte à pansements, il est blessé. »

Irène nettoya la plaie mais ne parvint pas à remettre l'épaule en place. Il fallait attendre le docteur. Philippe ne pouvait pas s'allonger. Elle l'installa dans le fauteuil d'osier qui avait appartenu avant guerre à la mère de Marthe, lui allongea les jambes sur un tabouret et le couvrit chaudement.

Au matin, chacun reprit ses activités, sans rien changer, pour éloigner les soupçons.

Comme d'habitude, après la traite des vaches, Irène s'occupa du lait, de la crème et du fromage blanc.

Comme d'habitude, Régine sortit de son chez-elle, les mains sur ses reins, droite et sèche dans sa blouse noire. Elle fouilla la cour des yeux pour s'assurer que les autres s'étaient éloignés et elle pointa son nez dans l'embrasure de la porte de la laiterie. Elle lança comme une flèche en direction d'Irène :

« Y a eu des explosions cette nuit. Encore la Résistance. Ce coup-là, il a été blessé, ton homme, pas vrai ? »

XXXIX

RÉGINE APPRIT ÉVIDEMMENT l'arrestation de M. Rémi et en éprouva une secrète mais non moins grande joie. Ainsi donc, le même petit geste qui avait envoyé Léon dans la tombe expédiait en un éclair le fringant M. Rémi en prison. Cela lui sembla si facile, si rapide, qu'elle en fut déconcertée.

« Foutue époque qu'on vit là ! » admit-elle.

Ce fut avec l'arrogance d'un jeune coudrou qu'elle se mit donc dans les pattes de Lucien et de René avec l'espoir de voir s'effacer sur leur visage la joie que leur procurait l'achat des terres au moment où ils apprendraient que tout était cassé. Elle espérait des têtes longues et des amertumes cuisantes. Mais l'arrestation avait eu lieu depuis deux jours, la nouvelle avait fait le tour du pays, les gendarmes étaient venus ici même pour l'interroger ainsi que Lucien et, pourtant, il n'y avait pas trace de déception sur le visage rougeaud de son fils.

« C'est-y que tu te prépares à labourer les terres à Pierrette ? »

René attelait Tambour à un brabant. Il regarda sa grand-mère et lui adressa un sourire éclatant.

« Pas aujourd'hui, la mère. Pas aujourd'hui parce qu'on n'a pas encore été chez le notaire. Mais ça va pas tarder. »

Était-il donc possible que René ne soit pas au courant ? Elle insista, mi-ironique, mi-provocante :

« Tu sais donc pas qu'son gigolo est en prison ?

— Oh, mais si ! Et c'est bien ça qui la pousse encore plus », répondit René.

La vieille ne comprit pas. René rit, donna une tape sur l'encolure de son cheval et brailla un joyeux « Hue, bonhomme. Hue ! » Elle le regarda virer autour du tas de fumier et franchir le portail de la ferme. Son cerveau s'embrouillait. Elle était perplexe et éprouva le besoin de marcher. Elle traversa le jardin, gagna l'allée de tilleul qui longe la Grande Allée et, selon la nouvelle manie qu'elle avait prise, se mit à marmonner à voix basse.

« Si M. Rémi est en prison, la Pierrette n'a plus aucune raison de vendre ses terres. »

Pour elle, le schéma était simple : plus de Rémi, plus de vie en ménage, plus de départ en ville. Pierrette n'avait donc pas d'autre choix que de rester à Rouvray et gratter ses quatre lopins de terre pour vivre. Quelque chose lui échappait et elle eut beau arpenter les bois et les chemins pendant des kilomètres, les heures de marche ne lui apportèrent aucune explication. Il y avait là un mystère.

Dans l'après-midi, elle s'assit sur la grosse pierre plantée contre le portail de la rue. Le mur de bauge retenait la faible chaleur des rayons du soleil et elle disposait d'un poste d'observation qui lui permettait de percer maints détails de la vie des voisins. Le « Pourquoi Pierrette veut vendre ses terres encore plus qu'avant ? » devenait une idée fixe qui ne la quittait plus.

De la forge, le vent apportait une odeur de corne brûlée et de fer rougi brutalement plongé dans l'eau froide. Les couinements aigus d'un cochon montaient d'une ferme voisine. Un attelage passa en faisant claquer les moyeux de ses grandes roues et remonta ensuite sur la route de la Prieuré. Le village vivait autour d'elle, mais elle ne l'entendait pas tant l'unique question accaparait son esprit.

Elle appuya le dos au mur et ferma les yeux pour mieux s'isoler. Le temps s'écoula doucement, un quart d'heure, une demi-heure peut-être. On aurait cru qu'elle somnolait.

« Oh, Régine, tu prends du bon temps ? »

La vieille leva les paupières. La femme de l'aubergiste était de l'autre côté de la route et regardait à droite et à gauche pour traverser.

« On dort pas beaucoup la nuit… répondit Régine pour ne pas avouer qu'elle réfléchissait.

— On a tous besoin d'une p'tite coupure le tantôt, poursuivit l'arrivante. Moi, quand la vaisselle est finie, j'aime bien prendre le journal et m'asseoir. C'est qu'on en gagne pas avec les années.

— T'es jeune, toi. Tu verras quand t'auras mon âge.

— Jeune, jeune… J'ai des mauvaises jambes. »

La femme traversa et s'assit à côté de Régine. C'était une bavarde. L'habitude de l'auberge, sans doute. Elle savait tout ce qui se passait chez les uns et chez les autres. Il fallait se méfier de ce qu'on lui disait. Mais on apprenait beaucoup quand on parvenait à lui tirer les vers du nez. Régine écouta ses litanies sur la mauvaise circulation du sang qui faisait bleuir ses veines et lui donnait des jambes lourdes. Puis ce furent les derniers ragots des bonnes femmes. L'autre baissa la voix et en vint à parler de Pierrette. L'oreille de Régine se tendit :

« ... même qu'il paraît que l'cochon entier qu'ils ont trouvé dans la voiture, il l'a acheté chez Abel à Villeneuve. Les gendarmes sont venus chez Abel. Il va sûrement écoper d'une amende. Dame, il avait pas l'droit. »

La femme nomma une à une toutes les personnes des environs chez qui les gendarmes avaient enquêté. Elle baissa subitement la voix et confia encore que Pierrette était venue téléphoner à la cabine.

« Elle avait fermé la porte, mais, quand on est dans la cuisine, on entend tout sans le faire exprès, se disculpa-t-elle à l'avance. Ah, elle est tombée de haut. Elle qui croyait r'faire sa vie avec ce gourgandin, c'est sa catin qui a décroché et elle lui a pas envoyé dire.

— Ah bon, s'étonna Régine. Alors, il a promis à Pierrette de se mettre en ménage avec elle et il vit avec une autre ?

— Ben dame !

— Elle se s'ra monté l'bourrichon toute seule, la Pierrette.

— Pas du tout. J'crois bien avoir compris. C'est un malin, ce beau monsieur, et j'ai dans l'idée qu'il l'a roulée dans la farine. Au téléphone, j'ai entendu la Pierrette réclamer un papier qu'elle a signé. Ah, pis elle l'a réclamé au moins dix fois ce fameux papier. Je sais pas ce que l'autre lui a répondu, mais Pierrette s'est mise à pleurer et à supplier. La catin doit pas vouloir lui rendre. Pour moi, c'est un papier qu'à un rapport avec l'argent. Pierrette a dû donner ses terres en garantie ou quelque chose dans ce goût-là. Si c'est pas honteux, abuser d'une veuve qui a… »

Régine ne prêta plus vraiment attention aux commentaires. Elle avait la réponse.

« C'est donc pour ça qu'elle est encore plus pressée de vendre… bredouilla-t-elle pour elle-même.

— Comment ? s'interrompit soudain la femme.

— … T'as raison, c'est un pas-grand-chose, cet homme-là », se reprit Régine

Et l'autre enchaîna en déversant toute sa morale de commère sur la triste époque qu'on vivait en ce moment et la conduite qu'une femme devrait tenir quand elle tombe veuve.

XL

IL N'ÉTAIT PAS PLUS DE 7 HEURES, mais il faisait déjà petite nuit. On avait fini de souper. Le bébé avait bu et Claire avait changé ses langes. Maintenant, elle jouait avec lui et le poupon riait en découvrant ses gencives roses. C'était un plaisir de l'entendre. Pierrot avait enfin réussi à apprendre ses tables de multiplication, mais il ne comprenait rien aux divisions et le maître d'école lui en avait collé deux à refaire à la maison pour chacune de celles qu'il avait faites fausses en classe. Il en avait une sacrée ribambelle. Fouine lui expliquait à sa façon, mais ce n'était probablement pas celle de M. Cochepin, parce que le gamin persistait à ne pas comprendre.

« C'est pourtant pas difficile, répétait le père. En treize combien de fois quatre ? C'est comme si t'avais treize lapins et que tu devais les partager entre quatre personnes.

— C'est pas possible, répondait Pierrot. J'peux pas mettre treize lapins dans ma musette. »

Fouine était patient. Il riait et recommençait avec un autre exemple :

« Admettons. Alors, t'as treize œufs et on est quatre à... »

Claude lisait. Comme d'habitude. Il avait toujours le nez dans les bouquins et la grosse Léonie bougonnait du matin au soir contre ce satané gamin qui ne s'occupait à rien et qui deviendrait un pas-grand-chose dans la vie. M. le curé lui avait prêté un livre sur la vie de Moïse et Claude frissonnait de la tête aux pieds en dévorant les passages qui relataient les sept plaies d'Égypte. L'invasion des taons, tous ces bébés morts... Léonie fricotait dans la bassine posée dans l'évier et malmenait vaisselle et gamelles. Tout était prétexte à rouspétance :

« Elle va-t-y enlever les couches merdeuses à son gnas ou faut-y que j'essuie les assiettes avec ? »

Claire s'en moquait. Elle soulevait son petit à bout de bras et le faisait rire aux éclats sans se soucier de ce que la grand-mère disait.

« Mais non, rectifiait Fouine, tu retiens deux, pas trois. »

Le chien sortit précipitamment de sa niche et on entendit le raclement de sa chaîne sur la planche. Puis il aboya furieusement. Fouine tourna la tête vers la porte vitrée. Il ne vit rien que la nuit, puis la petite tête de l'aîné à Pierrette apparut. L'enfant entra sans cogner et ne prit pas le temps de s'essuyer les pieds. Il avait couru d'un souffle de Rouvray à Marolles et avait du mal à parler.

« Faut que tu viennes, supplia-t-il en agrippant la manche de Fouine. Maman fait que pleurer et elle a sorti une corde pour se pendre. Elle va le faire. Faut que tu viennes tout de suite.

— Nom de Dieu ! » blêmit Fouine en se relevant.

Il repoussa le cahier couvert de divisions, bondit, décrocha sa grosse veste au passage et l'enfila dans la cour tandis qu'il se dirigeait vers son vélo.

« Monte sur le porte-bagages. J't'emmène. »

Il appuya sur les pédales. En chemin, l'enfant expliqua que sa mère était allée à Chartres dans l'après-midi et que, depuis qu'elle était rentrée, elle n'arrêtait pas de pleurer, de dire que les gendarmes allaient la jeter en prison et qu'il valait mieux en finir tout de suite.

« Elle a été chercher une corde et elle dit qu'elle va s'accrocher. »

Quand Fouine entra dans la maison, Pierrette avait encore sa robe du dimanche, mais elle était échevelée et très agitée. Elle se jeta à son cou, le serra à lui faire mal et pleura.

« Ah, Robert ! Si j'avais su. Si j'avais pu d'viner. Mais comment que j'ai pu être aussi bête. J'aurais dû t'écouter. C'est un salaud. Il m'a fourrée dans l'pétrin. J'suis foutue, foutue... »

Fouine repoussa la porte du pied et lui caressa le dos. L'heure semblait tragique et, pourtant, la tenir ainsi dans ses bras lui procurait une immense sensation de bonheur.

« Allons, allons, calme-toi. Je suis là. T'es pas toute seule...

— Ah, Robert, si j'avais vu clair avant... »

Elle déversa un flot de larmes. Il la berça doucement. Elle enfonçait tant son visage qu'il sentait ses lèvres humides sur son cou. Il remonta sa main et lui caressa les cheveux en lui répétant :

« T'es pas toute seule, je suis là. Calme-toi. »

Petit à petit, les sanglots diminuèrent d'intensité et elle commença à raconter ce qui lui était arrivé :

« Je lui ai signé des papiers pour avoir de l'argent… pour le magasin. Il m'avait dit qu'il avait une secrétaire et que… »

Elle raconta tout en bloc, sans rien dissimuler.

M. Rémi était en possession de papiers signés par Pierrette lui permettant de débloquer une très forte somme, soi-disant pour acheter le fameux magasin, présenté comme une occasion urgente qu'il ne fallait surtout pas laisser passer. Aveuglée par la perspective d'une autre vie et les promesses qu'il avait faites, elle avait engagé une somme de quatre cent mille francs dont elle n'avait pas le premier centime. Ces papiers très compromettants, il fallait les récupérer au plus vite. Pierrette avait donc téléphoné à la « secrétaire » qui avait éclaté d'un rire moqueur en la traitant d'oie blanche. La créature n'avait pas caché qu'elle était la maîtresse de M. Rémi et que Pierrette pauvre innocente, n'était rien d'autre qu'une dinde qu'il comptait balancer dès qu'il l'aurait plumée.

« Je le croyais pas, mais j'avais très peur. Je suis allée à Chartres. Je voulais savoir, je voulais récupérer mes papiers. Une vraie poule, haute, méchante, avec les yeux faits et des ongles peinturlurés en rouge. Jamais j'aurais cru ça. Elle m'a ri au nez et m'a jetée dehors en disant qu'elle avait les papiers et qu'elle comptait bien s'en servir pour le faire sortir de tôle. »

Pierrette avoua qu'elle avait supplié, imploré. Mais l'autre grue lui avait craché dessus en répétant qu'elle en « avait rien à foutre de ces cons de culs-terreux, des deux morveux et de mes hectares à rutabagas ».

« Qu'est-ce que ça peut lui faire si ma maison est vendue ? Si faut que j'aille en prison, qu'est-ce qu'ils vont dev'nir, eux ? dit-elle en désignant ses deux petits figés de terreur au bout de la table.

— Calme-toi, calme-toi, ma Pierrette, répétait Fouine. T'es pas toute seule, j'suis avec toi. Doit y avoir un moyen… »

Cette nuit-là, elle ne voulut pas rester seule. Il passa une vraie nuit d'amour. Pas une nuit de plaisir, une vraie nuit d'amour où il sentit fortement qu'il comptait pour elle. Une affection intense, une tendresse puissante. Il la tenait dans ses bras et elle avait une telle façon de nouer ses jambes autour des siennes qu'ils n'eurent pas besoin de mots pour se comprendre.

Selon M. Cochepin, consulté avant l'ouverture de l'école le lendemain matin, Pierrette s'était mise dans de sales draps. Elle risquait fort d'être traînée en justice et d'être obligée de tout vendre pour couvrir les dettes de M. Rémi.

« Mon Dieu, mon Dieu ! se lamentait Pierrette. Mais qu'est-ce qu'on va devenir ?

— Doit bien y avoir un moyen de s'défendre, répétait Fouine. C'est pas possible de tondre le pauvre monde comme ça. Doit y avoir un moyen… »

Seulement, ce moyen, personne ne le trouvait.

XLI

IRÈNE NE JUGEA PAS POSSIBLE de dissimuler la présence de Philippe à Régine sans prendre un risque très grand.

« C'est ta grand-mère, raisonnait Philippe. Elle ne peut pas faire une chose pareille.

— Elle est obsédée par la lettre anonyme qui a dénoncé mon grand-père. Elle en veut à tout le monde. Je n'ai pas confiance », répondait Irène.

Le docteur de Voves était venu. Il avait remis l'épaule en place et recousu la plaie, mais il fallait qu'il passe de temps en temps. La vieille était toujours là, attentive aux mille petits détails qui trahissaient la présence du blessé.

« Je ne peux pas vivre en tremblant à chaque fois que je la croise. Elle me fait peur. Il faut l'empêcher de parler. »

Après de longues réflexions, Irène pensa qu'il valait mieux essayer de s'en faire une alliée. C'était le meilleur moyen de la neutraliser.

« En cas d'échec, le risque n'est pas plus grand qu'en continuant à la pousser à jouer le rôle d'une perpétuelle espionne. »

Dès que Philippe approuva l'idée, la petite-fille alla donc frapper à la porte de la grand-mère. Régine, chez qui personne n'entrait jamais, fut très surprise.

« Voilà, expliqua franchement la jeune femme, il s'appelle Philippe. Il est blessé et il se cache dans ma chambre parce qu'il n'a pas de papiers en règle. »

Irène appuya fortement sur le « vingt-deux ans ». C'était l'âge des S.T.O. Philippe, pour peu qu'on accrédite cette idée, pouvait très bien être dans la situation de ces dizaines de réfractaires à un départ forcé en Allemagne. Cette seule raison pouvait justifier le besoin de se cacher et l'absence de papiers. Bien sûr, la vieille avait probablement d'autres soupçons, mais il lui serait difficile de dire le contraire.

« Je te mets au courant parce que j'ai confiance en toi. Il faut que tu m'aides », continua Irène.

Régine n'en revenait pas. Elle n'avait jamais imaginé qu'on puisse lui tenir ce genre de discours. Elle était déconcertée, désarmée pour un temps.

« T'aider, t'aider… ça dépend pour quoi faire.

— Rien. Il n'y a rien à faire. Je te demande de ne rien dire. C'est tout. »

La vieille se demanda si ce n'était pas un piège, une sorte de ruse imaginée par Lucien pour l'enfermer dans le silence.

— « Te taire, c'est le meilleur moyen de m'aider, poursuivit Irène.

— Est-ce que j'me suis déjà occupée de tes oignons ? » répondit la grand-mère sur un ton sec.

Irène lui adressa un sourire candide pour toute réponse.

« Il y a des tulipes dans le jardin, dévia-t-elle. Tu devrais en couper un bouquet et le mettre sur la cheminée. Ça manque de fleurs chez toi. »

Puis, elle lui caressa la main en guise de remerciement et tourna le bouton de la porte. La conversation était close.

Régine ne comprenait pas. Elle s'assit, gratta une minuscule tache sur la toile cirée de sa table et ressassa les paroles de sa petite-fille pendant une bonne heure sans percer le mystère de cette confidence. Irène était-elle sincère ? Le clan des Bailly tout entier n'essayait-il pas de la berner ?

Dehors, il y avait du grand vent, mais la vieille préféra quand même parcourir les chemins qui traversaient la plaine plutôt que de vadrouiller dans les sous-bois. Elle noua un fichu autour de sa tête et s'en alla, mains sur les reins, marmonnant ses éternelles paroles bougonnes. Elle alla jusqu'au fond de Tourne-Oreille.

« Une chose est sûre, raisonna la vieille, c'est pas Irène qu'a envoyé la lettre. Elle était pas là. Alors, pourquoi qu'elle a la frousse de moué ? »

Pas vouloir partir en Allemagne, c'était possible. Mais, enfin, elle l'avait bien vue la nuit des explosions à la gare ramener ce Philippe blessé. Rapidement, la motivation d'Irène s'estompait et elle repensait aux terres.

« N'empêche, c'est son père qui va les avoir. »

Elle rumina ces deux pensées pendant une heure : Irène, les terres… Les terres, Irène… Puis, d'un seul coup, elle se figea net au milieu des champs.

Une révélation.

« Les papiers ! s'exclama-t-elle. M'faut les papiers ! »

En un éclair, tout un nouveau plan s'élabora dans les méandres de son cerveau tortueux.

Plan ingénieux : si Pierrette ne se sentait plus menacée par les fameux papiers qui lui faisaient tellement peur, elle n'avait plus aucune raison de vendre. Régine reprenait la main et empêchait Lucien et René d'acheter. Mieux, elle humiliait tous les Bailly d'un seul coup. Et pour récupérer les papiers, elle avait son idée : les Résistants !

« Dame, son Philippe à la Irène, c'est pas en la chatouillant qu'il s'est bousillé l'épaule en pleine nuit. Le sabotage de la gare, il était dans l'coup. »

Et puis, pour elle, c'était clair. Philippe n'était pas un de ces trouillards qui se cachaient pour ne pas partir en Allemagne. Il faisait partie de la Résistance. Or, la Résistance n'avait aucune raison d'être tendre avec un collabo notoire, un salaud qui fricotait avec les Frisés et qui menaçait d'envoyer une brave veuve en prison. Au contraire.

« La Résistance... pour peu que ce Philippe le demande, elle pourra pas r'fuser de faire une descente à Chartres... »

Et qui mieux que Régine pouvait exiger d'Irène et de Philippe que la Résistance organise une descente chez la poule à M. Rémi ?

XLII

LE CHANTAGE ne fut pas du goût d'Irène. Encore moins de celui de Philippe qui, de prime abord, refusa tout net de monter une opération. Mais la vieille avait vu juste : sortir une brave femme du piège d'un collabo fut un argument qui pesa lourd.

Une nuit, six hommes firent une descente dans l'appartement chartrain de M. Rémi et rapportèrent les papiers. Opération réalisée sans problème.

D'ailleurs, il faut croire que l'étoile de M. Rémi avait beaucoup pâli : on apprit plus tard que sa maîtresse avait également été arrêtée et que tous deux avaient été transférés vers une destination inconnue. Personne n'avait pris leur défense.

Par contre, pour Irène, il ne fut pas question de remettre les fameux papiers à Régine.

« Pourquoi tiens-tu tant à les posséder ? lui demanda-t-elle. On les a lus, tu n'es pas concernée.

— Je me mêle pas de tes oignons, répliqua-t-elle. Te mêle pas des miens.

— Ces papiers ne regardent que Pierrette. Il faut les lui rendre.

— Non. J'les veux. »

Régine se fâcha, menaça, mais elle sentit que Philippe et Irène tenaient bon et qu'elle n'aurait pas le dernier mot. Finalement, ce qu'elle voulait, c'était empêcher la vente des terres à Lucien et René. En lui rendant les papiers compromettants, Pierrette n'avait plus aucune raison de vendre. Et puis, tout le pays savait que depuis l'arrestation de M. Rémi, la veuve ne voyait plus que par Fouine. Les deux gamins de Pierrette et ceux de Fouine n'arrêtaient pas de dire que leurs parents allaient se marier et que tout le monde vivrait ensemble.

« Finalement, Fouine est pas un mauvais cheval, pensa Régine. S'il la tient, elle ne pensera plus à vendre parce que c'est pas lui qui l'entraînera en ville. Le mieux, ce s'rait finalement de donner un p'tit coup de pouce à la destinée avant que cette girouette de Pierrette change encore d'avis. »

Plus encore que la détermination d'Irène et de Philippe, ce fut cette perspective d'union qui lui parut le moyen le plus solide de bloquer définitivement la vente des terres et qui la convainquit. Elle fit une brusque volte-face et proposa :

« D'accord. Les papiers, faut les redonner à Pierrette, mais c'est moi qui vais lui rendre. »

Irène fut surprise, mais elle accepta, à condition de l'accompagner. La grand-mère et la petite-fille y allèrent le soir même. Pierrette et Fouine étaient dans l'étable. Elle tirait les vaches, il apportait de la paille. Dès qu'ils virent les deux arrivantes, ils se rapprochèrent l'un de l'autre, comme pour mieux se protéger mutuellement. Ce geste n'échappa pas à Régine et la conforta dans sa décision.

« J'te rapporte des papiers que t'aurais ben mieux fait de pas laisser traîner », dit Régine de but en blanc.

Elle déplia les quelques feuilles et les agita sous les yeux étonnés de Pierrette qui reconnut les fameuses signatures qui la hantaient nuit et jour.

« Mon Dieu ! »

La cousine tendit la main pour les saisir, mais la vieille les ramena à elle d'un geste vif.

« Seul'ment, si tout ça est arrivé, c'est parce que t'avais des mauvaises idées en tête. Promets d'abord que tu vendras rien du tout, à personne. »

Pierrette ne comprit pas pourquoi Régine exigeait ce genre de promesse, mais cela n'avait guère d'importance. Depuis deux jours, elle se mordait les doigts en se répétant que sa vie était foutue, que tout était brisé. En un éclair, elle comprit que tout était encore possible, et ce qu'elle voulait le plus au monde, c'était vivre avec Fouine, ici, dans la ferme.

« Oh non, j'les vendrai pas. Oh, non. Plus maintenant. »

Elle chercha une réponse dans les yeux de Fouine, la trouva et se serra contre lui, remplie d'espoir. Puis elle tendit la main et Régine lui remit les feuillets.

« Merci… Que vous êtes bonne… » balbutia-t-elle.

Fouine était tout ému. Il passa le bras sur les épaules de Pierrette. Tout basculait d'une façon si inattendue, si rapide. Alors, la grande table avec tous leurs enfants autour… les champs à cultiver pour leur compte… C'était donc… Ce n'était pas une…

Ils se regardaient et se réjouissaient sans savoir quoi se dire quand, brusquement, Régine blanchit. Son bras gauche partit et battit l'air, comme si elle cherchait à se rattraper à une invisible branche qu'elle ne parvint pas à saisir. Elle tituba sur le côté, perdit l'équilibre et tomba dans les bras d'Irène.

« Mais, qu'est-ce qu'il lui arrive ? » s'épouvanta Pierrette en portant la poignée de papiers sur son cœur.

« Elle tourne de l'œil ! » se précipita Fouine.

Un tremblement terrible agita le corps tout entier. Les mains et les jambes vibraient, le cou se tordait, les yeux surtout se révulsaient. Le spectacle était effrayant.

« Elle fait une attaque, dit Irène. Vite, il faut l'allonger. »

Fouine prit la vieille femme dans ses bras et la souleva comme une plume. Elle n'était pas bien lourde mais les convulsions qui l'agitaient faisaient peur. Pierrette passa devant, ouvrit des portes. Irène arracha l'édredon. Quand Régine fut allongée, longue silhouette entièrement noire sur le drap blanc, les tremblements cessèrent progressivement et une raideur extraordinaire s'empara du corps tout entier. Irène la contempla. Elle avait déjà retrouvé des vieillards dans cet état, à Londres, après les bombardements.

« Va téléphoner au docteur », dit-elle à Pierrette.

Puis elle demanda à Fouine de courir prévenir Lucien. Sa mère allait peut-être passer. Le docteur arriva une heure après. Tout le monde était dans la maison, embarrassé. Régine n'avait été bonne avec personne, mais de là à lui souhaiter du malheur…

« Une attaque… Paralysie totale », diagnostiqua le médecin.

Il s'assit et rédigea une très courte ordonnance.

« Pas grand-chose à faire, réfléchit-il. Elle aura eu une émotion, une contrariété... Elle a fait une pointe de tension qui aura entraîné une rupture de vaisseaux dans le cerveau.

— Une émotion... une contrariété... » répéta Lucien.

Il regardait sa mère sans comprendre. Comment une femme aussi dure qu'elle pouvait tomber raide à cause d'une émotion ?

« Elle peut partir d'un seul coup, prévint le docteur, ou vivre comme ça pendant des années. Elle peut aussi se remettre. Impossible de se prononcer. »

Marthe essuyait des larmes en regardant le corps sec, immobile. Chose étonnante, les yeux et les paupières restaient fixes, mais les pupilles noires demeuraient perçantes et vives.

« Vous croyez qu'elle voit ? » demanda Marthe.

Le docteur avait terminé. Il rassembla ses instruments dans son sac et s'approcha une dernière fois avant de partir.

« Probablement... Elle doit nous voir et nous entendre, mais est-ce qu'elle comprend ? »

Il serra la main de tout le monde. Lucien l'accompagna jusqu'à la porte.

« Honnêtement, la crise me semble sévère. Il faut vous attendre au pire d'un moment à l'autre », dit-il en baissant la voix.

René et sa femme les rejoignirent. Il y eut un long conciliabule pour trouver des solutions. De toute évidence, Régine ne pouvait pas rester dans le lit de Pierrette.

« On peut pas la ramener chez elle et la laisser toute seule, la pauvre, s'apitoyait Marthe.

— Où veux-tu qu'on la mette ? interrogeait Lucien.

— Il va falloir tout lui faire comme à un bébé. »

D'emblée, Marthe acceptait cette nouvelle charge sans discuter, comme cela lui semblait naturel avec de vieux parents. La femme de René s'offrit pour supporter une partie du travail.

Finalement, Irène trouva la solution et proposa sa chambre. Les hommes y ramenèrent la paralysée. Ce ne fut pas une mince affaire de la dévêtir et de l'installer. Les membres étaient raides et les articulations pliaient difficilement. Marthe avait peur de lui faire mal.

« Mon Dieu qu'elle est maigre ! »

Dans une poche cousue à l'intérieur de sa chemise, ils trouvèrent sept mille trois cent vingt-deux francs. L'argent, toujours l'argent. Il fallut forcer la porte de chez elle parce que personne ne savait où elle cachait sa clé et fouiller dans son armoire pour chercher du linge de nuit. Marthe était mal à l'aise. Fouiller dans le linge d'une vieille femme qui n'était pas encore morte…

Cette nuit-là, Irène et Philippe allèrent dormir dans la chambre de Régine. Mais eux aussi éprouvaient un malaise. Comment faire l'amour et dormir tranquillement dans le lit où Léon avait été allongé après s'être pendu et qui contenait l'odeur du corps maigre de Régine ?

« Maintenant, mon épaule est guérie, murmura Philippe dans le noir. Je crois qu'il est temps que je parte. »

L'attaque de la grand-mère précipitait les choses, mais Irène savait que cette phrase tomberait un jour. La blessure lui avait ramené son Philippe et elle ne se sentait pas la force d'interrompre ces nuits passées à nouveau ensemble.

« Je pars avec toi », annonça-t-elle.

Il ne répondit pas mais il noua ses doigts aux siens. Ensemble. Toujours. Pour tout.

« Une formidable armada se prépare en Angleterre. Les Alliés vont débarquer un jour ou l'autre. Le moment venu, ce n'est pas ici que nous serons utiles. »

Philippe évoqua la fin de la guerre, la Libération, leur vie à tous les deux après, quand tout serait fini et que le pays serait libre. Elle rêvait.

Au matin, le docteur revint. Régine n'était pas morte dans la nuit et, même si la raideur était un peu moins intense que la veille, il n'y avait aucune amélioration. Il fut formel :

« Aucune amélioration à espérer. Elle restera comme ça. Longtemps peut-être. »

Dans la matinée, Irène choisit un moment où son père était seul pour lui annoncer qu'elle allait partir avec Philippe.

« Pour l'instant, on va rejoindre un maquis. Après… »

Lucien lui mit un doigt sur les lèvres. À quoi bon en dire davantage. Sa gorge se nouait et il porta son unique main à ses yeux. Pour la seconde fois, il perdait sa fille, et il avait mal. Très mal.

Épilogue

16 AOÛT 44. On a sorti le fauteuil d'osier sur le perron et on y a assis la vieille Régine pour qu'elle profite du bon air et de la douceur de l'ombre sous la glycine. Elle ne bouge pas, sauf les yeux qui, avec le temps, ont peu à peu retrouvé leur mobilité. La prunelle noire, elle, n'a jamais perdu son éclat et elle s'acharne à briller comme autrefois.

Les Alliés ont débarqué depuis plus de deux mois et des Allemands, on en a vu remonter par camions entiers sur la route qui traverse Rouvray. Un soir, toute une troupe de S.S. a passé la nuit dans la ferme voisine. Ils se sont saoulés comme des porcs et ont tiré des coups de revolver sur les bouteilles vides. Tout le pays a eu peur. Dame, des massacres, il y en a eu à Prasville et, le mois dernier, c'est miracle si Boisville tout entier ne s'est pas transformé en cimetière.

Depuis qu'Irène est partie, Lucien ne parle pas beaucoup. René a pris du mauvais caractère parce qu'il a raté l'achat des terres de Pierrette. Il reproche sourdement à son père de n'avoir pas été assez rapide dans sa décision et les deux hommes s'accrochent parfois pour des futilités. Dans ces moments-là, l'éclat des yeux de Régine devient plus vif, mais, comme on ne sait même pas si elle comprend ce qui se dit, on ne se cache plus d'elle.

Les volailles grattent sur le tas de fumier. De temps en temps, un coq se redresse et lance un puissant cocorico. Le chien dort au bord de sa niche, la tête posée à même le sol. Un pigeon plonge du haut du toit de la grange et vient se poser à quelques dizaines de centimètres de l'aïeule. Il tourne la tête sur le côté pour la regarder, puis picore tranquillement les miettes qui sont tombées quand Marthe a secoué le torchon avec lequel elle a essuyé la table.

Brusquement, Fouine fait irruption dans la cour et les freins de son vélo couinent bruyamment parce qu'il les serre à fond. Le pigeon s'envole. Le chien se jette en avant, renverse sa gamelle d'eau et s'étrangle quand il arrive en bout de chaîne.

« Lucien, Marthe, appelle-t-il. Lucien, Marthe. »

Marthe sort sur le seuil de la maison.

« Les Américains ! crie Fouine.

— Les Américains… tremble-t-elle d'émotion.

— Ils sont entre Meslay et Montainville. Ils arrivent. Et pis y a Philippe et Irène dans une voiture des F.F.I. Y a des drapeaux et des tanks. C'est la Libération. C'est la Libération ! »

Lucien accourt. Fouine lui répète :

« Y a ta fille avec les Américains. Ils arrivent. Faut y aller, faut y aller. »

Fouine empoigne le cadre de son vélo, le soulève et lui fait décrire un demi-tour. Il repart pour annoncer la nouvelle à Pierrette, aux enfants, à tout le pays. Les gens sortent des cours et des maisons et se retrouvent dans la rue. Tout le monde se dirige vers Montainville en criant : « Les Américains, les Américains ! » Lucien, Marthe, René, sa femme, les petits, tous les Bailly courent à la rencontre de Philippe, d'Irène et des libérateurs, emportés par la vague de joie qui inonde subitement le village. La maison se vide en un instant.

Régine reste seule sur le perron, immobile dans son fauteuil. Le calme revient dans la ferme. Le soleil filtre à travers la glycine et un rond de lumière se pose sur la robe noire. Des gens traversent l'espace ouvert entre les deux piliers du portail. Certains courent. D'autres marchent. Léonie balance ses gros bras et souffle. Elle s'arrête, s'appuie contre l'un des piliers et reprend sa respiration. Elle aperçoit Régine.

Léonie entre et s'approche de la vieille paralysée. La porte de la cuisine est grande ouverte et elle se rend compte qu'il n'y a personne dans la maison. Elle monte les quelques marches d u perron et s'approche de Régine qui la fixe de ses yeux brillants.

« Moi, j'suis essoufflée, mais j'peux bouger. Toi, t'es core pire que moi, tu peux pas les suivre du tout. »

Léonie s'assied sur le muret et sa grosse poitrine roule sous sa blouse tant elle a du mal à reprendre sa respiration.

« Tu restes toute seule. Ils s'foutent pas mal de la vieille. C'est comme moi, y a plus personne à la maison. Robert s'est mis en ménage avec Pierrette, Claire va se marier. C'est comme ça la vie. Y a les jeunes et pis y a les vieux. »

Elle scrute les traits de la paralysée. Ses yeux se plissent, ses lèvres se pincent.

« Dans quel état que te v'là ! L'bon Dieu t'a ben punie d'avoir ramassé des mille et des cents malhonnêtement. T'en avais jamais assez. Tu te rappelles c'que tu donnais à ce grand cornichon de Robert quand il venait chez toi travailler toute une sainte journée ? Des têtes de moutons sans les langues. Donner ça à un homme qu'a des gosses à nourrir. Fallait-y qu'tu soyes rapiat à l'époque. Mais maint'nant, ma pauvre, quand j'vois ce que t'es dev'nue, j'te plains. »

Puis elle jette un coup d'œil circulaire pour vérifier qu'il n'y a personne, s'approche, baisse un peu la voix et glisse sur le ton de la confidence :

« Et dire que j't'en ai voulu pendant des mois à cause de ces têtes de moutons ! Dire que c'est rapport à ça que j'ai envoyé une lettre pour dire que Léon avait gardé un fusil. Dame, des têtes de moutons sans les langues, ça pousse à la vengeance. »

Les prunelles des yeux de Régine lancent des éclairs.

À ce moment, une grande rumeur s'élève du côté de la route de Montainville. Léonie se précipite vers le portail. Une jeep vire au milieu du carrefour et s'immobilise dans un grand coup de freins. Deux soldats sautent, se plaquent contre les poteaux électriques et braquent leur mitraillette en direction des toits. Un troisième pointe la mitrailleuse fixée à l'arrière de la jeep vers la route de Bonneval. Le chauffeur mâche du chewing-gum.

Les Américains libèrent Rouvray.

Dans la même collection

Dans la même collection

www.deboree.com
livres@centrefrance.com

Imprimé en France par CPI
en septembre 2023
N° d'impression : 2071241
Dépôt légal : septembre 2023
ISBN : 978-2-8129-3904-4
ISSN : 1627-6779